The Reset Life

라이프

의

회귀 경찰의 리셋 라이프 23

초판 1쇄 발행 2023년 6월 9일

지은이 ı 한길
발행인 ı 최원영
편집장 ı 이호준
편집 ı 송영규 최종건 정재웅 양동훈 곽원호 조정범 강준석
편집디자인 ı 한방울
영업 ı 김민원

펴낸곳 ı ㈜ 디앤씨미디어
등록 ı 2002년 4월 25일 제20-260호
주소 ı 서울시 구로구 디지털로 26길 111 JnK디지털타워 503호
전화 ı 02-333-2513(대표)
팩시밀리 ı 02-333-2514
E-mail ı papy_dnc@dncmedia.co.kr
블로그 ı blog.naver.com/gnpdl7

ISBN 979-11-364-4524-7 04810
ISBN 979-11-364-2581-2 (SET)

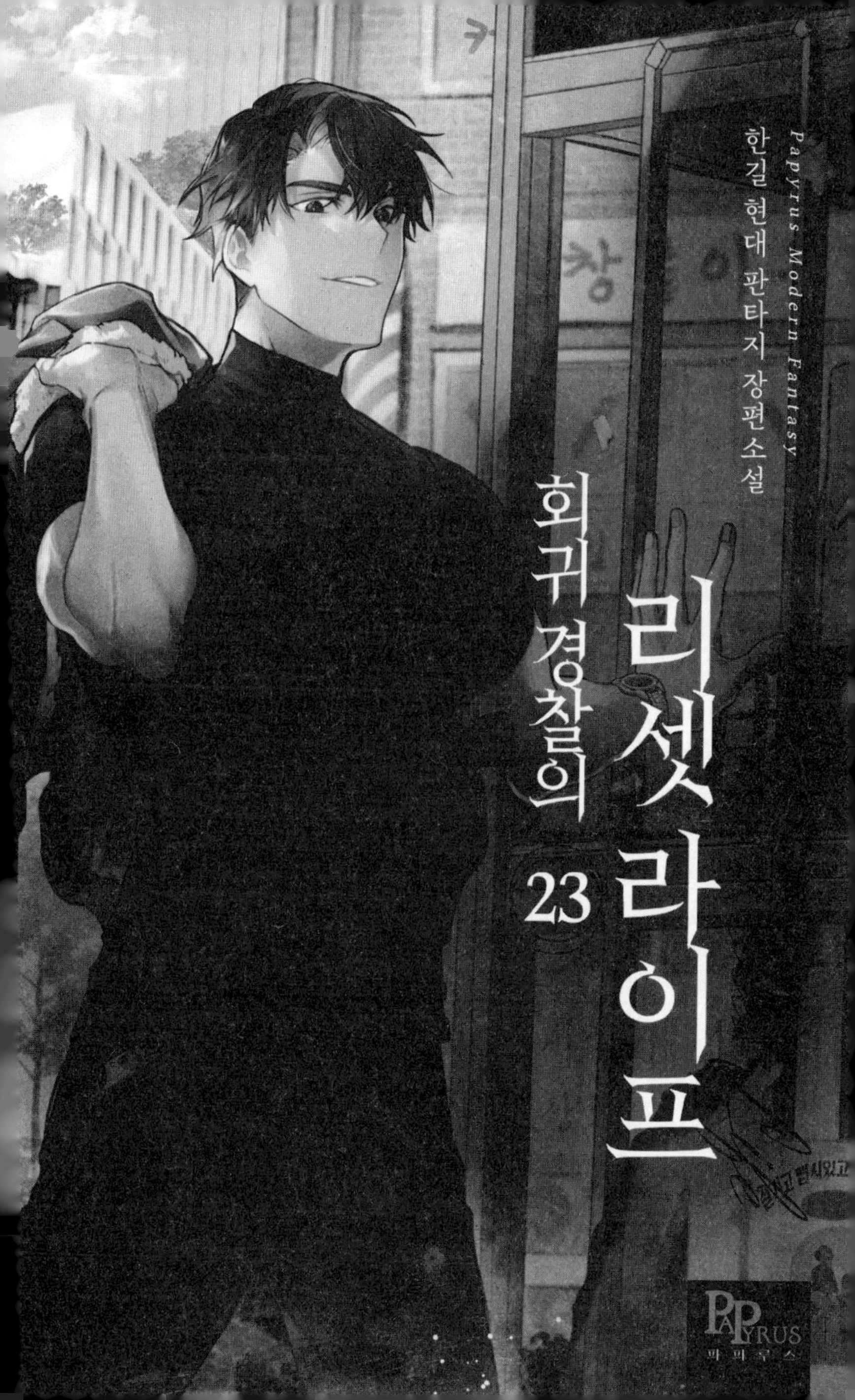
Papyrus Modern Fantasy
한길 현대 판타지 장편소설
회귀경찰의
리셋라이프
23
PAPYRUS
파피루스

1장. 무너지다(2)

무너지다(2)

거리에 쓰레기가 널려 있는 브룩클린의 한 주택가.

해가 저물자 동네에 들어선 아이스크림 트럭 한 대가 한 주택 앞에 멈춰 선다.

"오늘은 많이 팔았어요, 지미?"

"얼마 못 팔았어요."

"저런. 계속 못 팔아서 어떡해요?"

"경제가 어려운데 어쩔 수 없죠. 남은 거 있는데 좀 드릴까요?"

"그럼 나야 고맙죠."

마치 그게 목적이었다는 듯 눈을 빛내는 사십대 여성.

바닐라, 초코, 딸기, 민트초코, 갤럭시, 다섯 가지 맛이 쌓인 5단 아이스크림을 받아 든 여성의 입가에 함박웃음이 걸린다.

"좋은 저녁 보내요, 지미."

"카터도 좋은 저녁 보내요…… 퉤!"

여성이 멀어지자 침을 뱉는 지미 쿠퍼.

"거지보다 지독한 년."

아이스크림을 줄 때까지 옆에서 알짱거리니 얼른 줘 버리고 치워 버리는 게 낫다.

혀를 찬 지미 쿠퍼는 남은 아이스크림을 부엌의 냉동고로 옮기기 시작했다.

"하아."

반절도 채 팔지 못해 무겁디무거운 아이스크림.

지미 쿠퍼의 낯빛이 어두워진다.

뒷정리까지 말끔히 끝내고 나와 트럭의 운전대를 뽑고, 짐칸을 쇠사슬로 잠근 지미 쿠퍼는 이마에 흐르는 땀을 닦으며 담배를 물었다.

찰칵! 치이익!

"후우우. 그새 또 집이 나왔네."

못 보던 부동산 푯말이 세워져 있다.

지금 지미 쿠퍼가 보는 주택뿐만이 아니다.

SALE 푯말이 세워진 주변의 주택들.

빈민가에 가까운 동네라서 그런지 하루에도 몇 명씩 이사를 가 버린다. 그렇다 보니 어느새 거리는 유령이 나올 정도로 어둡고 음산했다.

"쯧. 이러다 옆집 사람들도 이사를 가는 거 아닌가 모르겠네."

담배를 튕기며 주위를 살핀 지미 쿠퍼는 마지막으로 종이백 하나를 챙겨 집 안으로 들어가 늦은 저녁을 준비했다.

달그락, 달그락.

아침에 대량으로 만든 스크램블드에그를 데우며 소시지를 굽고, 토스트 기계에 식빵을 집어넣은 그.

간단하다 못해 처참한 수준의 저녁을 두 개의 접시로 나눠 담은 지미 쿠퍼가 그중 하나의 접시와 포크를 집어 들다 잠시 멈칫한다.

그의 머릿속에 오늘 오후에 있었던 일이 떠오른다.

"FBI……."

주는 것 없이 싫은 놈들인 FBI.

"빌어먹을. 들키진 않았겠지?"

자신이 일요일에 그 동네에 갔다는 걸.

"아니, 들키지 않았을 거야."

만약 들켰다면 지금 자신은 여기 집이 아니라 FBI의 취조실에 있었을 것이다.

그래도 불안한 지미 쿠퍼는 거실 창가로 걸어가 주변을 다시 둘러본 후에야 다시 부엌의 식탁에 앉았다.

그러자 한 아이의 얼굴이 떠오른다.

"소피아…… 소피아 콥스. 그래, 그런 이름이었구나."

지미 쿠퍼의 눈가에 번져 가는 붉은 기운.

스릅 침을 삼킨 지미 쿠퍼는 더 이상 참을 수가 없어 한 숟가락도 채 뜨지 않은 음식을 밀며, 남은 접시와 종이백을 들고 일어섰다.

그가 향한 곳은 안쪽의 작은 방이었다.

열쇠로 문을 열고 들어간 그는 거실의 어스름한 불빛만이 전부인 작은 방의 침대 위, 사람 형태의 실루엣을 보며 환하게 웃었다.

"아빠 기다리느라 배고팠지? 자, 밥부터 먹고 속옷 갈아입자?"

거친 머리카락을 쓰다듬는 손길에 쇠사슬이 철그럭 흔들리는 소리를 내며 옆으로 쓰러지는 실루엣.

그 앞에 접시를 내려놓은 지미 쿠퍼는 종이백 안에서 손바닥만큼 작은 여성용 팬티를 꺼내 들며 거친 콧바람을 내뿜었다.

한편 지미 쿠퍼의 집이 잘 보이는 곳에 세워진 승용차 안.

찰칵 라이터 켜지는 소리와 함께 작은 불꽃이 피어난다.

"후우. 운전대를 들고 가네요."

"브룩클린이잖아. 이런 동네는 어쩔 수 없지."

상대적으로 못사는 사람들이 많은 브룩클린.

저렇게 쇠사슬로 잠그고, 운전대를 들고 가지 않으면 다음 날 차가 사라지거나 차 안에 있는 것들이 사라질 수도 있다.

"어떡할까. 지금 덮칠까?"

"아뇨. 아직."

현재 가장 유력한 용의자인 지미 쿠퍼.

딸은커녕 아내도 없는 놈이 마트에서 여자 속옷을 샀다. 그것도 여아용 속옷을.

이놈이 범인일 확률이 거의 100퍼센트다.

하지만 문제는 소피아가 저 집 안에 있는지 확실치가 않다는 점이다.

"그러니 그것부터 알아봐야겠죠."

종혁은 옆집에 앞마당에 세워진 부동산 푯말을 보며 핸드폰을 꺼냈다.

"예, 부동산이죠? 집을 좀 구입하고 싶은데요. 주소가……."

깜짝 놀란 벤과 드롭이 종혁을 보며 고개를 저었다.

"제가 좀 급해서 그러니까 의사를 한번 타진해 보시고 바로 연락 주세요. 나라가 이 모양 이 꼴이 나기 전 가격, 아니 그 두 배 이상 주고 살 마음도 있으니까."

—시, 십 분만 기다려 주십시오!

"예. 십 분만 기다려 달래요."

"……하아. 최, 진짜 FBI에 남으면 안 돼?"

제아무리 FBI라지만 도청이나 감시를 위해 용의자의 주변 집을 구매하진 못한다.

그런데 종혁은 그 정도 수준이 아니라 그들이 원하는, 아니 꿈에서나 조심스럽게 꾸던 최상의 환경을 턱턱 제공해 버린다.

이런 맛에 길들여져 버렸는데, 종혁이 한국으로 가 버린다?

벌써부터 한숨이 나오는 둘이었다.

종혁은 그런 그들의 모습에 키득키득 웃었다.

"차라리 벤과 드롭이 한국으로 오는 건 어때요?"

조심스럽게 눈을 빛내는 종혁.

"우리가?"

"현재 한국에서 FBI 수사 시스템을 따라 한 수사팀이 만들어지고 있는 중이거든요. 제가 거기의 팀장이 될 거고요."

"오우. 그 나이에 벌써 팀장이라고? 수사팀 소속은?"

"위로 보고할 사람은 한 사람뿐인 독립적인 팀이 될 거예요. 작게는 동네 단위의 사건부터 크게는 외사국의 사건까지. 수사에 거리와 영역이 없는 수사팀이 될 겁니다."

"그래? 흐음."

종혁은 생각에 잠기는 둘을 보며 마지막 말을 던졌다.

"월급도 FBI에서 받는 것보다 더 많이 쳐줄 테니까 한번 생각해 봐요."

순간 흔들리는 둘의 눈.

그걸 보며 담배를 마저 피우던 종혁은 갑자기 울리는 핸드폰에 미소를 지으며 전화를 받았다.

방금 전의 부동산이었다.

"예, 얼마면 판⋯⋯ 예? 안 판다고요?"

–예. 어차피 살날도 얼마 남지 않으셨다고 그냥 사신다고 하십니다. 호, 혹시 다른 집은 어떠십니까? 그 동네보다 훨씬 좋은 동네에도 매물이 많은데요!

종혁은 눈을 껌뻑였다.

'씨발?'

* * *

짹짹짹!

이름 모를 새가 우는 아침.

얼마나 세탁을 하지 않은 것인지 때가 가득한 이불 속에서 눈을 번쩍 뜬 지미 쿠퍼가 얼굴을 구긴다.

"빌어먹을."

또 아침이다.

결코 오지 않았으면 하던 아침.

"후우. 가야지. 일 가야지."

먹고살려면 일을 가야 했다.

씻고 나와 아침을 먹고 운전대를 챙긴 지미 쿠퍼는 안쪽의 작은 방을 향해 크게 외쳤다.

"다녀올게! 응?"

지이잉! 지이잉!

"예, 지미 쿠퍼입니다. 아, 매니저님."

그에게 아이스크림 트럭을 임대하고, 아이스크림을 제공하는 아이스크림 트럭 회사.

지미 쿠퍼는 담당 매니저가 하는 말에 눈을 동그랗게 떴다.

"예? 회, 회사가 인수됐다고요? 갑자기요?"

지미 쿠퍼의 얼굴이 어두워진다.

예금의 절반을 털어 임대한 아이스크림 트럭. 혹시라도 회사가 문을 닫을까 걱정이 된다.

물론 임대 보증금은 돌려받을 테지만, 문제는 앞으로 먹고살 길이다.

아동 성범죄 이력 때문에 직장을 구할 수 없는 그.

예전이라면 임금이 싼 곳에서라도 일을 할 수 있었을 테지만, 거리에서 실업자가 넘쳐 나는 지금 상황에서 전과자를 써 줄 곳은 없었다.

"어제 아이스크림을 받을 때만 해도 그런 말은 없었잖습니까!"

-저도 이틀 사이에 갑작스럽게 진행된 일이라서 당황스럽지만, 너무 걱정하지 않으셔도 돼요. 인수를 하시려는 분께서 계약을 모두 승계하신다고 했거든요. 거기다…… 트럭도 새 걸로 교체해 준대요.

"헉! 저, 정말입니까?"

-일단 시범적으로 열 분의 기사님을 선정해서 트럭을 교체해 드릴 텐데, 그중에 쿠퍼 씨가 뽑혔거든요?

"헉!"

지미 쿠퍼는 갑작스럽게 찾아온 행운에 경악을 할 수밖에 없었다.

-그래서 지금 회사로 오셔야 할 텐데 가능하실까요?

"가능하죠! 무조건 가능하죠! 예, 그럼 이따가 뵙겠습니다!"

전화를 끊은 지미 쿠퍼는 주먹을 불끈 쥐었다.

드디어 전과자라는 이유 하나만으로 많은 기회를 박탈 당하게 됐던 자신의 인생에 볕이 드는 것 같다.

얼른 차에 오른 그는 회사로 차를 몰기 시작했다.

"흐흐. 기다려. 아빠가 곧 예쁜 옷 사 올게."

지미 쿠퍼의 입가에 함박웃음이 그려졌다.

* * *

마치 화물 집하장을 연상케 하는 커다한 창고.

아이스크림 트럭에 아이스크림을 싣는 사람들로 가득 한 그곳에 선 지미 쿠퍼가 입을 떡 벌린다.

"holly……."

포근한 베이지색 바탕에 파란색 핑크빛의 아기자기한 글귀가 써진 아이스크림 트럭의 자태가 단숨에 지미 쿠퍼의 혼을 빼놓는다.

그리고 전부 최신식으로 꾸며진 고급스러운 내부까지.

왜 고작 아이스크림 트럭으로 쓸까 싶은 최고급 밴을 쭉 훑은 그의 얼굴은 어느새 붉게 달아올라 있었다.

"어때요?"

안경을 추켜세우는 매니저의 질문에 지미 쿠퍼가 낯빛을 굳힌다.

"지금 그걸 질문이라고 하는 겁니까?! 당연히 최고죠!"

"후후. 다행이네요. 자요."

"키도 멋지네."

회사의 로고가 세련되게 박힌 키홀더까지 환상이다.

자동차 키를 받아 든 지미 쿠퍼는 재빨리 운전석에 올라 시동을 켰다.

그러자 울리는 노랫소리.

"미치겠네."

깔끔하고도 빵빵 터지는 음질도 음질이지만, 마치 고급 세단에 탄 듯한 승차감에 그의 몸이 떨린다.

"여기에 사인해 주시고요."

"여기요. 고맙습니다. 매니저님."

"뭘요. 그동안 성실하게 일해 주셔서 기회가 찾아온 것뿐이에요. 그럼 오늘 하루도 아이들에게 웃음과 희망, 차가운 달콤함을 나눠 주세요."

"예! 그럼 다음에 또 뵙겠습니다!"

매니저가 돌아서자 기존 트럭에 있던 아이스크림을 모두 빼서 새 트럭에 실은 그는 도로를 향해 차를 출발시켰다.

부르릉!

-띠리링, 띠동, 띵, 띵동.

경쾌한 아이스크림 트럭 노래에 거리를 지나는 사람들의 시선이 집중됐고, 지미 쿠퍼가 떠난 창고 안에서 아이스크림을 싣던 종혁이 모자를 벗는다.

그뿐만이 아니다. 지미 카터가 교환한 트럭 주위에 있던 십여 명의 사람들 전부 멈춰 서며 모자를 벗는다.

"정말 이게 될 줄이야……."

"미쳤어. 최, 넌 정말 미친놈이야."

"뭐라고요? 고맙다고요? 에이, 동료끼리 그런 말은 안 해도 돼요."

FBI 아동 실종 및 납치 전담 부서의 요원들은 너스레를 떠는 종혁을 어이없다는 듯 응시한다. 몇몇은 너흰 원래 이렇게 수사하냐는 듯 부러움 가득한 시선으로 벤과 드롭을 본다.

유력 용의자를 감청하기 위해서 아이스크림 회사를 사들인 종혁.

이건 정말 미친 거다.

하지만 너무 고맙게 미쳤다.

'최가 우리 팀에 온다면…….'

요원들의 몸이 부르르 떨렸다.

짜악!

갑작스럽게 울린 박수 소리에 그들의 시선이 종혁에게로 모인다.

"자, 그럼 우리도 늦기 전에 따라가 봅시다."

소피아에게로 안내할 지미 쿠퍼의 뒤를.

종혁의 입술이 싸늘하게 뒤틀렸다.

* * *

"미쳤다, 미쳤어."

방금 전 창고에서 느꼈던 승차감이 거짓이 아니라는 듯 부드럽게 나아가는 트럭.

난생처음 느끼는 고급 차의 승차감에 엉덩이를 들썩이던 지미 쿠퍼가 오늘 자신이 가야 할 구역에 들어선다.

브룩클린에서 나름 부촌이라 불리는 웨스트 미드우드의 주택가.

새 스피커에서 빵빵하게 흘러나오는 노랫소리에 주택들의 창문이 열리기 시작한다.

"엄마, 아이스크림 트럭! 아이스크림 트럭!"

흥분한 외침과 곧 제 엄마의 손을 이끌고 집을 나오는 아이들의 모습에 지미 쿠퍼의 입술이 꿈틀거린다.

그는 적당한 곳에 트럭을 세우며 창문을 활짝 열었다.

"아이스크림 트럭입니다! 딸기, 바닐라, 초코, 민트초코, 입안에서 팝팝 튀는 갤럭시맛까지 다 있습니다!"

"와아!"

더 흥분해서 달려오는 아이들.

"안녕하세요!"

"그래, 안녕? 꼬마 신사분은 어떤 맛으로 줄까?"

"초코요!"

"씁. 초코는 이 썩는다고 했지? 바닐라 기본으로 주세요."

"하하. 예!"

초코나 바닐라나 이가 썩는 건 매한가지지만 지미 쿠퍼는 모른 척했다.

"그런데 아이스크림 트럭이 벌써 돌아다니네요."

"날이 예년보다 더워졌다고 일찍 시작하게 됐습니다."

"아, 그렇구나. 확실히 날이 더워지긴 했네요. 여기요."

"감사합니다. 자, 우리 꼬마 신사님이 좋아하는 바닐라 아이스크림."

"와!"

"고맙다고 해야지, 행크."

"고맙습니다!"

"그래. 먹고 이 닦아야 한다?"

푸근히 웃으며 잔돈을 넘긴 지미 쿠퍼는 다음 꼬마 손님의 오더를 받았다.

그렇게 몇 명에게 아이스크림을 퍼 줬을까.

"안녕하쨰요."

이가 빠진 건지 발음이 새는 여섯 살 정도의 어린 여자아이.

분홍빛 프릴 드레스를 입은 채 돈을 움켜쥔 여자아이의 모습에 지미 쿠퍼의 눈이 번뜩인다.

"오! 예쁜 공주님이네!"

슬그머니 여자아이의 부모를 찾은 지미 쿠퍼는 입술을 핥았다.

"그래. 그렇다니까?"

전화를 하느라 바쁜 여자아이의 엄마.

자신도 모르게 거친 콧바람이 뿜은 지미 쿠퍼의 입가에 미소가 번진다.

"우리 공주님은 무슨 맛을 원하실까?"

"짤기!"

"네. 딸기 오더 받았습니다!"

그는 콘에 아이스크림을 푹푹 퍼 담기 시작했다.

특대 사이즈인 5단을 넘어 8단.

한계까지 아이스크림을 쌓은 지미 쿠퍼는 세상 밝게 웃으며 아이스크림을 내밀었다.

“자, 딸기맛 아이스크림 대령이요.”

“우와아아아!”

거대한 아이스크림 탑에 여자아이의 눈에 별무리가 내려앉는 순간이었다.

멈칫!

차창 밖으로 뻗으려던 손을 멈춘 지미 쿠퍼.

“이런. 아이스크림을 너무 많이 담아서 창문으로 줄 수가 없네. 공주님, 차 뒤쪽으로 오시겠어요?”

“네!”

아무런 의심 없이 차 뒤쪽으로 달려오는 여자아이의 모습에 지미 쿠퍼의 심장이 떨린다.

힘들게 문을 연 지미 쿠퍼는 ‘주세요’ 하며 양손을 내미는 여자아이의 모습에 침을 꼴깍 삼켰다.

‘흐흐. 이래서 아이스크림 트럭을 관두지 못한다니까.’

“자, 여기 아이스크림 대령이요!”

그와 동시에 여자아이의 가슴으로 향하는 손.

그리고 빠르게 말라 가는 입안.

탄탄하면서도 말랑하고 따뜻한 아이의 가슴.

조금만 더. 조금만 더.

지미 쿠퍼의 손이 곧 여자아이의 가슴에 닿으려는 순간

이었다.

빠아앙!

화들짝 놀라 고개를 돌린 지미 쿠퍼는 이제 막 주차 라인에서 빠져나오는 차를 발견하고 얼굴을 구겼다.

어느새 모여든 시선들.

"감사합니다!"

"어? 어어, 그래. 맛있게 먹어야 한다?"

여자아이의 머리를 쓰다듬은 지미 쿠퍼는 아이가 돌아서는 걸 그냥 지켜보는 수밖에 없었다.

"더스틴, 그게 뭐야?"

"아저씨가 주셨셔! 나보고 공쥬님이라고 그랬셔!"

"그랬어?"

감사하다는 듯 고개를 숙이는 아이의 모친.

마주 웃어 준 지미 쿠퍼는 혀를 차며 돌아섰다가 이쪽을 초롱초롱한 눈으로 쳐다보는 한숨을 내쉬었다.

나도 8단으로 줄 거냐는 그런 눈빛들.

지미는 억지로 웃어야 했다.

"우리 왕자님은 무슨 맛을 원하실까요?"

"왕자답게 모든 맛!"

지미 쿠퍼의 눈살이 꿈틀거렸다.

* * *

"룰루-!"

어느새 어두워진 밤.

예년보다 높은 기온 때문인지, 아니면 오늘은 부유하게 사는 동네 위주로 돌아서인지 혹시 모를 상황을 대비해 예비로 빼놓은 아이스크림까지 모두 판매한 지미 쿠퍼가 콧노래를 부른다.

중간에 소득 없이 아이스크림을 낭비하긴 했지만, 그래도 완판을 했다는 것이 너무 기분 좋은 그였다.

비록 몸이 너무 피곤하다 못해 눈이 감기긴 하지만 말이다.

그러다 지미 쿠퍼가 돌연 혀를 찬다.

"쯧!"

여자아이를 만지려고 할 때마다 들어왔던 방해.

경적이 울리거나 무언가가 깨지거나 누가 고함을 지르거나.

그래서 오늘은 날이 아닌가 보다 접어야 했는데, 그 이후로 방해 같은 게 들어오지 않아서 그는 짜증이 날 수밖에 없었다.

하지만 그것도 잠시다. 옆에 놓은 비닐백을 보는 지미 쿠퍼의 입가에 다시 미소가 번진다.

순백의 새하얀 원피스가 있는 비닐백.

지미 쿠퍼는 다시 콧노래를 부르며 집 앞에 차를 주차했다.

"와우. 지미, 트럭 바꿨어요?"

"……하하. 회사에서 교환해 줬어요."

"정말요? 이 어려운 시기에 큰 결정을 내렸네요."

"그러니까요. 저야 감사할 뿐이죠. 아, 그런데 어쩌죠? 오늘은 아이스크림을 다 팔아서 드릴 게 없는데……."

"……말이 좀 웃기네요. 마치 제가 지미의 아이스크림을 기다리기라도 했다는 것처럼 말하네요?"

"오, 그럴 리가요."

"그렇죠? 말조심해 줘요. 기분 나쁠 뻔했잖아요. 알았어요. 오늘 수고했어요, 지미."

콧방귀를 뀐 이웃이 멀어지자 지미 쿠퍼는 얼굴을 구겼다.

"빌어먹을 년."

주는 것 하나 없이 미운 거지 같은 년.

하지만 어쩔 수 없다.

저렇게 마녀 같아도 이 동네에 아는 사람들이 많기에 괜히 홀대했다가는 며칠 지나지 않아 천하의 개쌍놈이 되기 때문이다.

혀를 찬 그는 뒤쪽으로 넘어가 본격적인 뒷정리를 하기 시작했다.

"끄으으!"

운전대를 든 채 기지개를 켠 그는 다른 손에 들린 비닐백을 보며 음흉한 웃음을 흘린다.

"흐흐. 이걸로 갈아입히면 얼마나 예뻐질까?"

그는 언제 피곤했냐는 듯 경쾌한 걸으며 집 안으로 들어갔다.

"다녀왔다!"

우렁차게 외치자마자 바로 부엌으로 가서 음식부터 만드는 그.

오늘도 간단한 요리였기에 얼른 만들어 안쪽의 방으로 향한 그가 문을 연다.

"하하. 아빠 기다리느라 많이 배고팠지? 미안해. 오늘은 일이 많아서 좀 늦게 됐어. 대신 이 아빠가 선물을 준비했거든? 짜잔! 그래 너도 좋지? 얼른 밥 먹고 예쁜 옷으로 갈아입자?"

철그럭.

지미 쿠퍼가 손을 대자마자 쇠사슬이 흔들리는 소리를 내며 쓰러지는 실루엣.

작고 여린 어깨가 드러나는 순간이었다.

콰아앙!

"FBI다! 움직이지 마!"

"뭐, 뭐야!"

부웅!

다급히 작은 방에서 뛰어나온 지미 쿠퍼는 얼굴로 날아드는 주먹에 눈을 동그랗게 떴다.

* * *

몇 분 전, 지미 쿠퍼의 집이 훤히 보이는 길가에 두 대의 승합차가 선다.

거리를 두고 주차된 차들 중 하나의 차 안에 선 종혁이 방금 전의 일을 떠올리며 이를 간다.

ㅡ이게 예쁠까. 저게 예쁠까. 오, 이것도 예쁘다.

키홀더의 감청 장치를 통해 생생하게 전달된 비틀어진 성욕.

악마의 악의.

차를 박차고 뛰어나가 얼굴을 뭉개 버리고 싶은 걸 참느라 얼마나 힘들었는지 모른다.

ㅡ칙! 타깃이 운전석에서 뭔가를 하는…… 운전대를 뽑았다.

"수신. 나도 보인다."

보조석에 앉아 운전석에서 운전대를 분리하는 지미 쿠퍼를 쳐다보던 종혁은 몸을 일으켜 뒤로 향했다.

그러자 그의 눈에 들어오는 온갖 기기들과 그 앞에 앉은 요원들. 감청 등 목표를 원활히 감시하기 위해 필요한 모든 것을 할 수 있는 최첨단 기기들이다.

"음질은 좀 어때요?"

"들어 볼래?"

요원은 한 기기에 달린 버튼을 눌렀고, 이내 곧 스피커를 통해 지미 쿠퍼가 내는 소리들이 전달됐다.

ㅡ으흐으응.

마치 바로 옆에서 듣는 듯 생생하게 들리는 콧노래 소리.

그보다 더 대박은 사락사락 옷자락과 비닐봉지가 흔들리는 소리다.

"미쳤네……."

"흐흐. 이번에 새로 개발된 놈이야. 어때? 죽이지?"

"얼마쯤 해요?"

"글쎄? 왜?"

"한국에 몇 대 보내려고요."

"응? 이걸 네가? 왜?"

"기부?"

"와우. 역시 돈이 많으면 생각 자체부터 다르네."

"뒤에 집중해. 타깃이 집 안으로 들어가고 있어."

입을 다문 종혁이 지미 쿠퍼를 촬영하는 카메라 화면을 응시한다.

"옷을 산 거 보면 곧 목표에게로 향하겠지? 며칠 전엔 속옷도 샀다며."

"예. 아마 그럴 겁니다."

-다녀왔다!

"어?"

휙!

종혁과 요원들이 다급히 서로를 본다.

'미친!'

"여, 열화상! 열화상카메라요!"

"아, 알았어!"

다급히 열화상 모드로 전환되는 카메라.

지미 쿠퍼로 추정되는 실루엣이 카메라에 잡히자 종혁과 요원들은 침묵할 수밖에 없었다.

하나뿐이다.

저 집에서 잡히는 열원은 단 하나뿐이었다.

혹여 애완동물을 키우는 건 아닐까 카메라를 이리저리 돌렸지만, 지미 쿠퍼 외에 열원은 잡히지 않았다.

"이게 무슨……."

"쉿. 조용."

요원들을 침묵시킨 종혁은 어느새 감정이 사라진 눈으로 화면을 응시했다.

부엌에서 음식을 만든 후 그 음식을 든 채 집 안쪽으로 이동하는 지미 쿠퍼.

그가 거실을 벗어나는 순간 모두가 숨을 죽인다.

-철컥! 끼이익! 하하. 아빠, 기다리느라 많이 배고팠지?

"……카메라 좀 잘 조작해 봐! 안 나타나잖아!"

"카메라는 이상 없어! 저기 혹시 냉장창고나 패닉룸 같은 공간인 거 아니야?!"

아니다. 정말 그랬다면 지미 쿠퍼의 열원도 잡히지 않아야 한다.

그렇다면 답은 하나다.

"네크로필리아……."

시체성애자. 어린 존재에게 성욕을 느끼는 페도필리아가 어떤 이유로 인해 네크로필리아로 변질되어 버린 거다.

그리고 이 말이 뜻하는 건 하나뿐이었다.

"죽었…… 네요."

소피아가. 그 어린 것이.

빠드드드드득!

"개 같은……."

"먼저 갑니다."

드르륵 쾅!

"자, 잠깐…… 빌어먹을! 전 요원 진입해!"

다른 차에서 다급히 뛰쳐나와 지미 쿠퍼의 집으로 달리는 요원들.

종혁은 그렇게 먼저 도착했음에도 현관문 앞에서 어쩔 줄 모르는 요원들을 밀어내며 현관문을 향해 그대로 발을 내질렀다.

꽈아아앙!

마치 영화처럼 부서져 날아가는 문.

'holly…….'

아니, 이렇게 놀랄 때가 아니다.

그들은 다급히 안으로 들어가며 크게 외쳤다.

"FBI다! 움직이지 마!"

'지랄.'

코웃음을 친 종혁은 막 작은 방에서 뛰쳐나오는 지미 쿠퍼와 그 손에 들린 새하얀 원피스에 이성이 끊기는 걸 느꼈다.

"아, 그래. 죽어라."

종혁은 그대로 지미 쿠퍼의 얼굴을 향해 주먹을 내질렀다.

콰드드득!

느려진 시간 속, 부서져라 움켜쥔 주먹에 생생하게 전달되는 살과 뼈가 박살 나는 감촉.

종혁은 허공에서 360도 회전해 떨어지는 지미 쿠퍼를 보며 한 대 더 때릴까 고민했다.

'아니다.'

이놈은 나중에 죽여도 된다.

소피아를 데리고 나오며 실수인 척 목을 밟아 버려도 된다.

이딴 놈보다는 공포와 절망 속에서 부모와 경찰을 찾으며 죽어 갔을 소피아를 데리고 나오는 게 먼저.

종혁은 이를 악물며 지미 쿠퍼가 나온 작은 방 안으로 들어갔다. 사람이 공중에서 회전하는 기이한 현상에 넋이 나갔던 요원들도 다급히 작은 방으로 들어갔다.

그리고…….

"What the…… fuck?"

눈을 껌뻑이는 요원들.

그건 종혁도 마찬가지였다.

"……이건 또 뭐야?"

종혁은 사람 크기의 실루엣, 아니 사람과 똑같이 생긴 인형을 멍하니 쳐다봤다.

* * *

아동 성범죄자 지미 쿠퍼, 검거!

범죄를 사전에 차단한 FBI! 소피아 콥스는 언제 찾으려는 건가.

실종 8일째, FBI는 소피아 콥스를 찾을 생각이 있는 건가!

거리로 나선 콥스 부부! 제발 딸을 돌려 달라!

FBI 뉴욕지국, 아동 실종 및 납치 전담 부서.

간이로 내어진 책상에 종혁이 엎어진다.

그건 어젯밤 종혁과 함께 움직인 요원들도 마찬가지다.

"후우."

유력 용의자 지미 쿠퍼가 용의선상에서 제외되면서 다시 원점으로 돌아간 이번 사건.

지독한 허탈감이 온몸을 잠식한다.

"최."

"아, 비앙카. 그 새끼는 좀 어때요?"

"전치 26주래."

방금 전 지미 쿠퍼가 깨어났단 소식에 병원을 다녀온 사십대 유부녀 요원 비앙카가 종혁의 커다란 손을 보며 어이없다는 듯 웃는다.

"쯧. 명줄 한번 존나 기네."

'씨발 새끼.'

진심으로 후려쳤는데 살았다.

이건 신이 도왔다고 봐야 했다.

"안면 재건 수술을 받아야 한대. 그리고 널 고소한다던데?"

"아, 그래요?"
"오, 걱정이 안 되나 봐?"
"이 미국에서 돈으로 안 되는 것도 있던가요?"

놈이 정말 무고했다면 모를까, 미행하는 동안 그가 어린 여자아이들에게 성추행을 저지르려던 모습을 한두 번 본 게 아니었다.

설령 놈이 소피아와 아무런 연관이 없다 할지라도 종혁이 죄책감을 느낄 이유는 없었다.

"그보다 이유가 뭐랍니까?"
"아, 인형?"

종혁이 고개를 끄덕이자 비앙카가 비릿하게 웃는다.

"교도소에서 거시기가 잘렸더라고. 그래서 제대로 세울 수가 없대."

"아."

강간범은 피해자를 짓누르고 범하는 것에서 쾌락을 느낀다. 정확히는 자신의 그렇게 하면 피해자도 좋아할 줄 안다.

물론 피해자의 기분과 상관없이 단순히 망가트리고 싶어서, 짓밟고 싶어서, 유린하고 싶어서 등 여러 이유로 강간을 하는 경우도 많지만, 지미 쿠퍼는 상대방도 쾌락을 느낄 거라 생각하는 타입이다.

이런 부류의 자신감의 원천은 성기의 크기나 테크닉. 자신의 성기나 테크닉이 대단하다고 생각하는 거다.

그런데 범할 수가 없다? 만족시킬 수가 없다?

자신감이 콩알 그 이하로 줄어들었을 터.

"피해자가 비웃을 게 무서워서 인형을 선호하게 됐다는 거네요. 인형은 아무런 말도, 표정도 짓지 못하니까."

"정답."

그래서 놈은 사람과 똑같은 구체관절 인형을 사들이고, 목에 쇠사슬이 달린 개목걸이를 채운 거다.

그렇게라도 기분을 내려고. 개목걸이는 로망이라고 했다.

"그거 엄청 비싼 거더라. 2만 달러가 넘는다던데?"

실리콘 자위도구를 통해 여성의 생식기까지 구현해 놔서 그런 가격대가 형성된 거다.

"미친 새끼……. 그래서 검사가 기소는 한대요?"

"응. 지미 쿠퍼가 아동을 성추행 하려고 했던 증거가 있으니까."

비록 종혁이 계속 방해를 해서 미수에 그쳤지만, 어제 하루 지미 쿠퍼가 성추행을 하려던 정황이 모두 카메라에 담겼다.

아동 성범죄자가 여자아이의 몸에 손을 데려고 한다?

우연이라고 해도 유죄다. 놈은 초범도 아닌 전과 2범, 재범을 한 놈이니까.

이럴 때 미국 법원은 범죄자에게 불합리할 정도로 엄한 잣대를 들이민다.

"아마 못해도 10년은 받을걸?"

"잘됐네요."

정말 잘됐다. 그런 놈은 사회에서 격리되어 버리는 게 나았다.

"그럼 이제 문제는 소피아인데……."

소피아가 실종된 지 벌써 8일째다. 시간이 지날수록 소피아의 생존 확률이 낮아지고 있었다.

'아니, 이미 죽었을 수도…….'

골든타임이 왜 골든타임이겠는가.

그 시간이 지나면 살해를 당할 확률이 높기에 골든타임이다.

'12시간이나 남았었는데…….'

종혁이 지원을 나가 콥스 부부에게 진술을 받았을 때가 납치 발생 36시간째였다.

9세 이상의 사람이 납치당했을 때 경찰에게 주어지는 골든타임이 48시간인 걸 생각하면 무려 12시간이나 남았던 것이다.

쾅!

책상을 내려친 종혁은 소중한 시간을 헛되이 날려 버린 자신의 실책에 괴로워했다.

그건 비앙카도, 그리고 주위 요원들도 마찬가지였기에 차마 위로의 말을 건네지 못한 채 씁쓸히 웃기만 한다.

"자, 다들 하던 거 관두고 모여 봐!"

아동 실종 및 납치 부서의 캡틴, 낯빛을 딱딱하게 굳힌 오십대 흑인 다넬 잭슨의 외침에 모두 한숨을 내쉬며 몸을 일으킨다.

그에 다넬 잭슨이 얼굴을 구긴다.

"정신들 차려! 너희가 힘을 내지 않으면 피해자는 영원히 찾을 수 없잖아!"

무거워진 정신을 후려치는 한마디.

"……으아아!"

"악! 악!"

억지로 소리를 지르며 정신을 차리려는 요원들.

가슴에 쌓인 걸 토해 내서 그런지 무기력해졌던 요원들의 눈빛이 돌아오자 다넬 잭슨이 입술을 비튼다.

"유력 용의자 지미 쿠퍼가 용의선상에서 제외되면서 사건은 원점으로 돌아갔다."

그 말에 사람들의 시선이 모인다.

종혁은 차마 그 시선을 마주할 자신이 없어 고개를 숙였다.

그런 그의 모습에 다넬 잭슨은 다시 얼굴을 구기며 종혁의 등을 후려쳤다.

"왜 죄인처럼 그러고 있어! 단서 하나 없는 현 상황에서 용의자 한 명을 추려 낸 게 누구 덕분인데! 잘했어!"

"……죄송합니다."

"죄송하면 내 질문에 대답을 해 봐! 사건이 원점으로 돌아가면 어떻게 해야 하는 거지?!"

종혁의 눈에 독기가 들어찬다.

"처음부터, 아니 그 전부터 다시 생각해 봐야 합니다!"

"맞아! 그러니 처음으로 다시 돌아가 보자고! 소피아가 사라지기까지 걸린 시간은 얼마지?"

1분. 고작해야 1분이다.

범인은 이 1분 사이에 소피아를 데려갔다.

"그런데 수상한 사람이나 차량을 발견하거나 차가 갑자기 출발한 소리를 들은 목격자가 없다."

이 말이 뜻하는 건 소피아를 데리고 가면서도 의심을 받지 않을 인물임과 동시에 급하게 뭔가를 하지 않아도 되는 인물, 이웃 주민들조차도 의심하지 않을 면식범이란 소리다.

"하지만 여기서 걸리는 점이 있다."

"소피아가 그 시각 집을 나서는 걸 어떻게 알았냐는 것."

"정답."

종혁의 말에 다넬 잭슨과 요원들이 고개를 끄덕인다.

그와 동시에 요원들이 입이 터진다.

"소피아와 에이미는 일요일마다 만나서 숙제를 같이 하지만 시간에는 대중이 없다고 했지?"

"때론 오전, 때론 오후."

"그럼 놈은 소피아가 집을 나설 때까지 소피아의 집 근처에서 기다리고 있었다는 뜻이겠네."

"이웃들의 의심을 피해 가야 하니까 같은 동네, 아니 소피아의 집 근처에서 살고 있을 사람일 확률이 높아."

"그 시각 그 공백 지대를 벗어난 차량은 총 여섯 대."

"하지만 여섯 대 전부 알리바이가 있지."

"그럼 설마……."

동시에 입을 다무는 요원들.

그들의 머릿속에 한 가지 가설이 떠오른다.

'소피아가…… 집 근처에 숨겨져 있다?'

종혁의 눈도 부릅떠졌다.

그때였다.

―안녕하세요, 마리나 콥스 씨!

사무실 한구석에 걸려 있는 TV를 향해 돌아가는 종혁과 요원들의 시선.

―안녕하세요.

"……빌어먹을."

"fuck……."

집이 아니라 거리.

마리나 콥스의 손에 들린 전단지 뭉치.

콥스 부부가 더 이상 견디지 못하고 딸을 찾기 위해 거리로 나온 것이다. FBI가 소피아를 찾지 못해서.

종혁과 요원들은 눈을 질끈 감을 수밖에 없었다.

―그때의 상황이 어떻게 됐냐면…….

차분하게 그때의 일을 설명하는 마리나 콥스.

요원들의 눈과 귀가 혹여 새로운 정보라도 나올까 그녀를 주목한다.

하지만 그때와 별반 다를 게 없는 설명.

―부디! 제발! 제 딸을 데리고 계시는 분께 이렇게 무릎 꿇고 빌겠습니다! 저흰 아무런 처벌을 원하지 않으니 소피아만 돌려주십시오! 제발―!

길바닥에 무릎을 꿇은 아비의 절규.

요원들은 그 모습을 차마 볼 수가 없어 고개를 돌린다.

"빌어먹을……."

"damn it."

-혹시라도 소피아 양을 목격하거나 보호하고 계신 분이 계신다면 지체 없이 근처 경찰서나 FBI, 911로 연락을 주시길 바랍니다. 지금까지 현장에 나와 있는 Fox news의 엘리나 버마였습니다.

-네. 소피아 양이 하루라도 빨리 가족들의 품으로 돌아오길 기도하겠습니다.

전환되어 스튜디오를 비추는 화면.

그러나 요원들 중 누구도 쉽게 입을 여는 사람이 없다.

종혁은 그 모습을 보며 손뼉을 쳤다.

짜악!

"집중합시다! 이렇게 농땡이 부릴 시간 없어요!"

농땡이. 어이없다는 듯 쳐다보던 요원들은 종혁의 굳은 얼굴에 정신을 차렸다.

맞다. 지금 이 감정에 휘둘릴 때가 아니다.

이럴 시간에 한 발자국이라도 더 뛰어야 한다.

요원들의 눈빛이 다시 돌아오자 다넬 잭슨이 종혁에게 고맙다는 듯 눈짓하고는 요원들의 향해 입을 열었다.

"자, 지금 가장 유력한 상황은 모두 생각했다시피 소피아가 집 근처에 숨겨져 있다는 거다!"

그동안 생각하지 못했던 새로운 가설.

이는 종혁도 마찬가지다.

이에 얼른 외투를 챙겨 드는 요원들.

종혁은 그런 그들을 제지했다.

“소피아를 다른 곳으로 옮겼을 확률도 있습니다.”

“음?”

방금 전 말했다시피 소피아의 집 근처를 얼쩡거리면서도 의심을 받지 않으려면 무조건 가까운 이웃이어야 한다. 그보다 멀리 떨어진 사람이 소피아의 집 근처를 얼쩡거리면 사람들이 이상하게 볼 테니 말이다.

“아니면 매일 일정한 시간에 그 근처를 지나면서 의심을 벗겨야 하는데…….”

“그랬다면 탐문 조사를 할 때 언급이 됐겠지.”

종혁은 한 요원의 말에 고개를 끄덕이고, 요원들이 수첩을 꺼내 든다.

담벼락이 높이 쳐진 한국과 달리 담벼락이 거의 없다시피 해서 집 밖에 누가 지나다니는지 훤히 보이고, 또 휴일엔 일광욕이 하루 일과로 꼽히는 미국.

매일 보던 풍경에 이물질이 끼어든다면 사람은 기억을 할 수밖에 없다.

“서른 가구. 많아야 소피아의 집 반경 서른 가구 중에 용의자가 있을 겁니다.”

이것도 정말 크게 잡은 거다.

종혁은 대략 스무 가구 안에 범인이 있을 거라고 생각했다.

"토니!"

다넬 잭슨이 사무직 요원을 부르자 종혁은 그럴 필요 없다는 듯 입을 열었다.

"이 서른 가구 중 1인 가구가 둘, 2인 가구가 여섯."

종혁의 머리가 빠르게 돌아가며 이웃들의 가족 사항을 떠올린다.

"이 2인 가구 중 한 명의 구성원이 어떤 이유로 자리를 비운 게 넷."

3인 가구 이상이면 가족 구성원의 입을 막기가 힘들다.

"물론 가족 전체가 납치를 공모했을 가능성도 배제해서는 안 되겠죠."

세상에는 영화보다 더 영화 같은 일들도 벌어지곤 했다. 절대 선입견을 가져선 안 됐다. 생각할 수 있는 모든 상황을 검토해 봐야 했다.

그 말에 요원들이 입을 떡 벌렸다.

'미친. 저걸 다 기억한다고?'

'어떻게 되어 먹은 기억력이지?'

"토니! 지난 2년간 저 동네에서 들어온 신고 내역을 살펴봐! 전과자도!"

"예!"

종혁은 움직이는 이들을 향해 한 가지 가정을 덧붙였다.

"또한 인신매매에 대한 가능성도 배제할 수 없습니다."

쿵!

"인신…… 매매?"

소피아의 부모에게 돈을 요구하는 것도 아니고, 아동 성범죄도 아니라면 장기 밀매나 자식 없는 부모에게 자식을 팔아 버리기 위해 납치를 했을 가능성이 있다.

“마지막으로 단순히 소피아를 싫어하거나 소피아를 마치 자식처럼 생각해서 데려간 경우도 있겠죠.”

주로 유산을 하거나 어떤 이유로 자식을 잃게 된 사람이 피해자를 마치 자신의 자식처럼 여겨 데려가는 거다. 종혁이 이전에 해결한 사건처럼 말이다.

그리고 의외로 이런 이유로 아동을 납치하는 경우가 많다.

“맞아. 그런 경우도 있었지.”

“이상입니다.”

다넬 잭슨은 혀를 내둘렀다.

‘미쳤군.’

역시 수사기법의 창시자는 뭐가 달라도 달랐다.

‘이러면 진심으로 데리고 오고 싶어지는데…….’

눈을 가늘게 뜨던 다넬 잭슨은 아차 하며 입을 열었다.

“젤! 사건이 발생한 시각 이후부터 지금까지의 CCTV를 전부 훑어서 정리해 줘!”

“예!”

“토니!”

“하고 있습니다!”

듬직한 대답들에 고개를 끄덕인 다넬 잭슨은 멍하니 서 있는 현장요원들을 삐딱하게 바라봤다.

"뭐해? 얼른 튀어가서 재탐문 안 해?"
이전과 다른 관점에서 탐문 수사를 해야 된다.
이젠 소피아의 집 반경 서른 가구 전부가 용의자다.
"예, 옛썰!"
현장 요원들이 외투를 낚아채며 바깥으로 뛰쳐나가자 종혁 역시 외투를 챙기려 몸을 돌리다 멈칫한다.
무슨 일인지 미간을 좁힌 채 TV를 응시하는 비앙카.
"왜 그래요? 안 좋은 뉴스라도 떴어요?"
"응? 아니…… 음. 아니야."
뭔가를 말하려다가 그만둔 비앙카는 외투를 챙겨 들고는 바깥으로 뛰쳐나갔고, 종혁은 어깨를 으쓱이며 그 뒤를 따랐다.
"벤, 드롭. 우린 쓰레기 픽업 회사로 갑니다."
"오케이."
'제발 무사하길.'
종혁은 간절히 빌었다.

* * *

한국도 마찬가지지만, 미국 역시도 지자체와 계약을 맺은 용역 회사가 쓰레기를 수거한다.
아니, 정확히는 이 회사가 지자체에 돈을 주고 쓰레기를 수거할 권리를 사는 거다. 물론 정부의 지원을 받긴 하지만 말이다.

그래서인지 시민들은 쓰레기 처리 비용을 세금으로 내는 게 아니라 직접 용역 회사와 계약을 해서 지불을 한다. 대략 달에 10달러 수준으로 말이다.

스르륵!

브룩클린의 외각, 종혁들을 태운 FBI SUV가 거대한 공장 앞에 선다.

"피유."

차에서 내리자마자 종혁을 반기는 악취와 굴뚝을 통해 하늘로 솟구치는 검은 연기.

'지랄 났네.'

"최, 아무래도 이건 아닌 것 같아. 음식물 쓰레기야 싱크대나 변기에 버리면 된다니까?"

벤만 이렇게 생각하는 게 아니다. 모든 미국인이 벤처럼 생각하고, 또 그렇게 쓰레기를 버린다.

미국 영화나 드라마에서 보면 온갖 쓰레기를 따로 분리하지 않고 검은 봉지에 싸거나 이동식 쓰레기통에 담아 집 앞에 놔두는 경우를 종종 발견할 수 있는데, 그게 바로 이런 이유 때문이다.

쓰레기 처리에 대한 의식이 그리 크지 않은 점도 있지만, 돈을 내고 회사와 계약을 했기에 굳이 분리수거를 할 필요성을 느끼지 못하는 거다.

돈을 지불했으니 합당한 서비스를 누리는 것.

지극히 당연한 생각이다.

상대적으로 못사는 동네나 빈민가에 쓰레기가 넘치는

것도 바로 이런 이유 때문이다.

"일단 물어나 보자고요."

그런 이후에 다른 조와 합류해도 늦지 않다.

"혹시 압니까? 피 묻은 옷가지라도 나왔을지?"

생각하기도 싫은 가정이지만, 정말 범인이 소피아를 집 안에 감금하고 있다면 필연적으로 폭력이 동반될 수밖에 없다.

인간을 가장 손쉽게 지배할 수 있는 방법은 바로 폭력과 공포이니 말이다.

"……그래, 가자. 가."

한숨을 내쉰 벤과 드롭은 앞장을 서기 시작했고, 종혁은 악취가 풍기는 건물을 응시하며 얼굴을 구겼다.

벤과 드롭에게는 물어보자고만 말했지만, 종혁은 쓰레기 더미를 뒤질 각오도 하고 있었다.

회귀 전, 사소한 단서라도 찾기 위해 쓰레기 처리장을 뒤진 게 몇 번이던가. 또 그렇게 해서 단서를 찾아낸 게 몇 번이던가.

상황이 오리무중인 이상 뭐라도 해야 됐다.

'소피아의 DNA가 묻은 음식물 쓰레기나 일반 쓰레기라도 찾을 수 있다면 좋을 텐데.'

이런 목적을 가지고 이곳에 온 그들.

"헨리에게 후각을 죽이는 약물이라도 받을 걸 그랬나."

벌써부터 구역질이 나오는 듯했다.

머리를 벅벅 긁은 종혁은 건물을 향해 걸음을 옮겼다.

"FBI의 최종혁입니다. 이쪽은 제 동료들입니다."

"마크 콜먼입니다. 이 회사의 사장이죠."

미리 연락을 해서 그런지 건물 앞에 마중을 나와 있는 노인. 종혁들과 악수를 나눈 노인은 눈을 가늘게 떴다.

"저도 소피아 양에 대한 일은 애석하게 생각하고 있습니다. 하지만……."

이곳에서 하루에 처리하는 쓰레기가 몇 톤인지는 알기나 하는 걸까. 이건 시간 낭비였다.

안 그래도 바빠 죽겠는데 괜히 방해나 한다는 듯한 그의 표정에 종혁은 씁쓸히 웃었다.

"뭐라도 해 봐야죠."

"……큼. 따라오시죠."

혀를 찬 노인은 종혁들을 거대한 건물 안으로 이끌었다.

그리고…….

"우욱!"

"웩!"

순간 치솟는 토기를 참지 못하고 고개를 돌리는 벤과 드롭.

"거기 함부로 벨트 위에 올라가지 말라고!"

"빌어먹을! 전등은 버리지 말라니까!"

쿠과과과과과!

시끄러운 소음과 온갖 고함이 외쳐지는 거대한 공간.

족히 사람 한 명이 누울 수 있는 커다란 컨베이어들 위로 쓰레기가 쏟아지고, 형광색 조끼를 입은 수많은 사람이 그 옆에 붙어 전등이나 온도계, 건전지 등 태우거나 분쇄하면 안 되는 쓰레기나 플라스틱, 전선 등 재활용을 할 수 있는 쓰레기를 추려 낸다.

'호오?'

쓰레기 처리에 관한 의식이 적기에 큰 기대를 하지 않았는데, 의외로 처리 시스템이 좋다.

하지만 그것도 잠시.

종혁은 컨베이어 끝에서 요란한 소리를 내며 쓰레기를 집어삼키고 있는 분쇄기를 발견하곤 낯빛을 굳혔다.

'씨발?'

"거보십시오. 내가 시간 낭비라고 하지 않았습니까."

저렇게 분쇄기에 1차적으로 갈린 타는 쓰레기는 소각장으로 향하여 곧바로 소각되고, 음식물 쓰레기는 따로 모아 비료나 사료 공장으로 향한다.

"오늘 아침 그 구역에서 들어온 쓰레기도 다 저렇게 처리됐습니다!"

"……그래도 부탁드리겠습니다."

"쯧."

더 못마땅한 표정을 지은 노인은 한쪽에 모여 있는 사람들에게로 셋을 안내했다.

"여기 이 사람들이 지난 8일간 그 구역에서 나오는 쓰레기를 작업한 직원들입니다. 그리고 이 사람이 그 기간 동안 그곳에서 쓰레기를 수거한 직원이고요."

"협조해 주셔서 감사합니다. 이건 직원들 부식비로 써

주십시오.”

“……어흠. 아무튼 보시다시피 일이 바쁘니 빨리 끝내 주시길 바랍니다. 그럼 전 이만.”

그렇게 노인이 떠나자 종혁은 드롭을 봤다.

“하하. 기사님은 저와 이야기를 나누실까요?”

쓰레기를 수거한 직원이 흑인이라 담당으로 나선 드롭.

종혁은 못마땅한 표정을 짓고 있는 직원들을 향해 고개를 숙였다.

“최종혁입니다. 잘 부탁드리겠습니다.”

“쯧……!”

“흠흠!”

종혁은 고개를 돌리는 그들의 모습에 싱긋 웃었다.

쓰레기를 뒤질 수 없게 된 이상 이곳에서의 남은 희망은 오직 이들뿐이다.

“여기서 누가 책임자시죠?”

“4번 벨트를 책임지고 있는 가젤입니다. 소피아 양의 사건은 저도 유감입니다. 자자, 표정들 풀어. 오죽하면 이분들께서 여기까지 오셨겠어!”

“어흠…….”

오십대 장년인 가젤의 말에 표정이 풀어지는 사람들.

종혁은 가젤에게 감사하다는 눈빛을 보냈다.

“그래서 저희에게 묻고 싶은 게 뭡니까? 저희도 성심성의껏 협조를 하고 싶지만, 오랫동안 자리를 비울 수 없는 상태라서 말입니다.”

멈춰버린 컨베이어와 그 시작점에 세워져 있는 쓰레기 수거차. 그 앞에 또 한 대의 차량이 멈춰 선다.

삐이! 삐이! 부르릉!

"뭐야! 여기 일하는 사람들 다 어디 갔어?!"

"아, 그건 이쪽으로 오세요!"

"으음."

'어쩔 수 없나.'

이왕이면 기억을 잘 떠올릴 수 있도록 조용한 공간에서 이야기를 나누려고 했는데 여건이 안 될 것 같다.

종혁은 가젤을 보며 입을 열었다.

"보통 하루에 배출되는 쓰레기의 양은 거의 일정하죠?"

"뭐…… 그렇긴 합니다."

특별한 일이 있지 않고서는 한 구역에서 수거하는 쓰레기의 양은 변함이 없다.

"그러면 혹시 요 며칠 사이 그 구역에서 나오는 쓰레기의 양이 증가한 적 있습니까?"

"글쎄요."

가젤은 직원들을 둘러봤고, 그들은 고개를 저었다.

"아니면 특정 봉지 안의 쓰레기양이 증가했다거나……."

"장난합니까? 그걸 저희가 어떻게 압니까?"

검은 봉지에 담긴 쓰레기는 쓰레기 수거차 안으로 들어가는 순간 내부의 압착기에 의해 봉지가 찢어지고, 쓰레기가 뒤섞이게 된다.

"하하, 그렇죠?"

물론 농담이었다. 지금부터 던질 질문에 사람들이 반응하게 만들기 위해 긴장을 풀어 주기 위한 농담.

옅게 웃은 종혁은 돌연 낯빛을 굳혔다.

"그러면 피가 묻은 옷가지나 수건, 혹은 대소변이나 오물 등이 대량으로 묻은 휴지와 옷가지 등 무언가를 발견하신 적이 있습니까?"

움찔!

"피?"

"오물?"

웅성웅성.

당황하면서도 기억을 떠올리려 애쓰는 사람들.

'없나…….'

이곳에선 이들이 유일한 희망이었지만, 아무래도 너무 큰 기대를 했던 것 같다.

그건 벤도 같은 생각인 듯 씁쓸히 웃으며 귓속말을 한다.

"최, 아무래도 시간 낭비인 것 같은데?"

그 말을 듣는 것과 동시에 목구멍까지 치솟는 한숨.

하지만 종혁은 애써 눌렀다. 경찰이 수사를 시간 낭비라 여기는 순간, 포기를 하는 순간 피해자는 영영 구할 수 없기 때문이다.

종혁은 입가에 미소를 그렸다.

"낭비는 아니죠. 아직 드롭이 오지 않은 것도 있지만, 그래도 놈이 뒤처리를 깔끔하게 할 정도로 치밀한 성격이라는 걸 알게 됐으니까…… 응?"

뭔가를 발견한 종혁의 고개가 모로 기울어진다.

서로를 보며 의견을 나누는 다른 사람들과 달리 똥 마려운 표정으로 가젤과 눈을 마주치고 있는 한 청년.

종혁의 시선이 가젤에게로 향한다.

'이것 봐라?'

가젤이 조용히 하라는 듯 엄한 눈빛을 보내고 있다. 그러다 종혁과 눈이 마주치자 싱긋 웃으며 한 발 앞으로 나선다.

"아무래도 없는 것 같군요. 그럼 저흰 이만 돌아……."

"벤, 이 사람 잡아요."

"오케이."

"뭐, 뭡니까!"

종혁은 등 뒤에서 들리는 소리를 무시하며 청년에게 다가갔다.

"뭐, 뭐죠?"

화들짝 놀라며 방어적인 자세를 취하는 청년.

종혁은 걱정 말라는 듯 웃어 주었다.

"성함이?"

"토, 톰인데요."

종혁은 그에게 수표 한 장을 쥐여 주었다.

"힉?!"

"이 정도면 보상으로 충분할 겁니다. 뭡니까, 당신이 숨기고 있는 게."

"그, 그게……."

마치 궁지에 몰린 쥐처럼 안절부절못하는 톰.

종혁은 그의 손을 콱 움켜잡았다.

"부탁드리겠습니다, 톰."

"헉! 그, 그게요……."

"한 아이의 생명을 살리는 길입니다."

"아으으. ……어요."

"예?"

"피, 피가 많이 묻은 수건이랑 옷들을 본 적 있다고요."

수건들. 다량의 피가 흘렀다는 말이다.

오싸악!

전신에 소름이 돋은 종혁이 톰의 어깨를 움켜쥐었다.

"지, 진짭니까! 언제요?!"

"그, 그게 저번 주 월요일, 그러니까 그 여자애가 납치를 당했다는 게 뉴스를 탄 이후인데…… 아침에 뉴스도 봤고, 그 동네에서 온 거라서…… 자, 잠시만요! 제가 좀 이상해서 따로 챙겨 뒀거든요?"

순간 딱딱하게 굳는 종혁과 벤.

"아닙니다! 같이 가시죠!"

"아, 네! 이, 이쪽으로요!"

종혁은 톰과 함께 탈의실로 달렸다.

"이, 이거예요."

부스럭.

톰이 내미는 검은 봉지를 받아 든 종혁은 순간 코를 찌르는 악취와 희미한 피 냄새에 마른침을 삼키며 봉지를 열었다가 그대로 굳어 버렸다.

“……벤, 소피아가 집을 나설 때 입고 있었던 옷이 뭐라고 했죠?”

“병아리가 그려진 노란색 티셔츠와 청치마…… 오, 하나님.”

봉지 안을 본 벤이 무릎을 꿇는다.

온갖 오물로 더럽혀졌음에도 핏자국이 선명한 노란색 티셔츠와 청치마.

종혁은 이를 악물며 핸드폰을 꺼냈다.

“최종혁입니다. 저희가 있는 곳으로 감식반 불러 주십시오. 소피아 콥스가 입었던 것으로 추정되는 옷을 찾은 것 같습니다.”

부디 소피아의 것이 아니기를 바랄 수밖에 없는 단서였다.

* * *

“왜 시간이 지나고도 신고를 하지 않은 겁니까.”

모든 쓰레기가 그날 분리되고 소각되는 쓰레기 픽업 회사.

만약 톰이 이틀 후에라도 신고를 했다면 전체 공정을 멈출 일도, 지미 쿠퍼에게 매달리며 시간을 낭비하는 일도 없었을 거다.

“처, 처음엔 신고를 하려고 했는데…….”

신고를 하면 저렇게 톰이 일하는 4번 라인을 비롯해 다른 공정까지 모두 저렇게 정지를 시켜야 하기에 가젤이 막았다고 한다.

"있는 일자리도 잘리는 시기라고……. 그 아이의 것인지도 확실치 않은 옷가지 때문에 그런 손해를 발생시켰다가는 저와 4번 라인에서 일하는 모든 직원이 잘릴 수도 있다고……."

그리고 점차 시간이 흐르며, 이제는 자신이 의심을 받을까 겁을 먹어 더더욱 신고하기가 힘들어졌다는 톰의 설명.

절로 한숨이 나오는 말이었다.

사정을 이해 못하는 건 아니지만…….

"아니…… 하아."

종혁은 수갑을 빼 들려다가 멈췄다.

"알겠습니다."

"저, 전 어떻게 될까요! 지, 징역을 받는 건가요?!"

"나중에 저희가 연락하면 찾아오기나 하세요."

증거 은닉은 중범죄이지만, 방금 전 톰이 진술했다시피 그는 자신의 인사에 영향을 주는 가젤의 말을 따를 수밖에 없는 처지.

그 부분을 참작하면 약식기소, 벌금 정도의 처벌만 받을 거다.

'톰은 이렇게 처벌받겠지만…….'

4번 라인장인 가젤은 다르다.

그는 자신의 위치를 무기로 톰의 의견을 묵살시키고 침묵시켰다.

그렇기에…….

철컥!

"뭐, 뭡니까! 나를 왜 체포하는 겁니까!"

"가젤 톰슨 씨, 당신을 증거물 은닉 혐의로 체포합니다."

가젤 또한 벌금 정도의 처벌을 받게 되겠지만, 그 액수가 톰과는 다를 터였다.

종혁은 끌려가는 가젤을 보며 담배를 물었다.

'거지 같네.'

* * *

사건이 사건이니만큼 검사는 빠르게 이뤄졌다.

그리고 그 결과도 종혁의 예상과 다르지 않았다.

"옷가지에 묻은 피와 소피아의 유전자가…… 일치한다고 합니다."

"……Fuck-!"

아동 실종 및 납치 전담 부서가 뒤집어진다.

흥건할 정도로 옷에 묻은 피.

그 어린 소녀가 그 정도의 피를 흘릴 정도로 맞거나 베였다는 소리다. 그 작고 어린 것이 말이다.

눈이 뒤집어지지 않는다면 경찰이 아니라고 할 수 있었다.

사무실에 흉흉한 살기가 들어차기 시작했다.

"그리고 수건과 옷에서 소피아의 것이 아닌 여성의 혈

액도 검출됐다고 합니다!"

멈칫!

머리를 쥐어뜯거나 화를 삭이던 모두의 시선이 검사 결과를 발표하던 요원에게로 향한다.

"여성?"

순간 요원들의 눈이 번뜩인다.

있었다. 사건이 발생한 시각 종혁이 말한 범위 내에 집에 혼자 있던 여성이.

아만다 거스. 나이 36세.

평소 데니 콥스와 사이가 썩 좋지 못했다는 이웃들의 증언이 있는 여성이다.

서로 다툼을 하는 건 아니지만 경원시했다고 했다.

그럴 수밖에 없다. 그녀는 데니 콥스의 소꿉친구이자, 전전 여자친구였으니 말이다.

이런 이유 때문에 이미 용의선상에 올랐다가 지미 쿠퍼가 등장하면서 제외됐던 아만다 거스.

'이런 그녀를 용의선상에 올린 진짜 이유는 따로 있었지. 그건…….'

그 이유를 떠올린 다넬 잭슨은 재빨리 입을 열었다.

"토니! 얼른 아만다 거스에 대한 영장 청구하고……!"

콰앙!

갑자기 열리는 문에 고개를 돌렸던 요원들의 입이 다물어진다.

봉두난발이 되어 달려오는 데니 콥스.

"소, 소피아의 옷이 발견됐다는 겁니까?! 어디 있습니까, 제 딸은!"

종혁의 옷을 붙들며 외치는 그의 처절한 절규에 종혁뿐만 아니라 모두의 시선이 돌려진다.

"요원님-!"

"……후우. 이쪽으로 오시죠."

종혁은 그를 소피아의 옷가지가 담긴 증거물 봉투가 있는 곳으로 안내했다.

털썩!

피가 묻은 옷가지를 발견하자 다리에 힘이 풀려 무릎을 꿇는 데니 콥스.

"아으…… 아……."

얼마나 아팠을까.

얼마나 아빠를 찾았을까.

"미안해. 아빠가 미안해……. 아빠가……."

데니 콥스는 딸의 옷가지를 끌어안으며 오열했고, 마리나는 그런 그를 다독인다.

지독한 슬픔과 절망이 사무실에 내려앉는다.

그걸 견디지 못한 것일까. 올해 초 이곳 부서로 발령받은 한 젊은 요원이 그런 그들에게 다가선다.

"저…… 데니 콥스 씨, 혹시……."

'미친!'

콱!

"읍?!"

종혁은 다급히 요원의 입을 움켜쥐며 눈을 부라렸다.

"미쳤어?"

"무, 무슨……."

"모르면 닥쳐. 아가리를 찢어 버리기 전에."

"……!"

사람을 산 채로 찢어발기려는 듯한 눈빛에 그대로 얼어붙은 요원.

"거기 아무나 이 미친 새끼 데려가요."

"알았어. 이 또라이 새끼! 따라와!"

"악! 아악!"

종혁은 끌려가는 요원을 보며 가슴을 쓸어내렸다.

"고맙군. 우리 쪽 애새끼의 실수를 막아 줘서."

콥스 부부의 눈치를 보며 감사를 표하는 다넬 잭슨.

한 부서의 캡틴이 자신의 부서 요원을 혼낸 타 부서의 요원에게 감사를 표하는 건 이례적인 일이지만 그럴 수밖에 없다.

딸의 피 묻은 옷가지를 보고 정신을 놓은 부모에게 용의자에 대한 걸 묻는다는 건 보복 살인을 하라고 부추기는 것밖에 안 됐기 때문이다.

종혁은 그걸 막은 거였다.

"정말 고마워."

툭툭 종혁의 어깨를 두드린 다넬 잭슨은 더 이상 증거물이 망가지기 전에 콥스 부부를 일으켜 안쪽으로 데려갔고, 종혁은 힘들게 딸의 피 묻은 옷을 놓으며 다넬 잭

슨을 따르는 그들을 보며 미간을 찌푸렸다.

'뭘까.'

뭔지 모르겠지만, 뭔가가 거슬린다.

저번부터 계속 들었던 미묘한 위화감.

"흐음."

"응? 왜 그래요, 비앙카?"

"……아니야. 그보다…… 죽었을까?"

"아뇨. 사망할 정도의 출혈량은 아니에요."

또한 날카로운 것에 베이거나 찔린 것도 아니다.

옷에 그런 흔적도 없거니와 혈흔의 패턴도 다르다.

소피아는 폭행으로 인해 피를 다량으로 흘린 거다.

그걸 뒷받침할 증거는 바로 소피아의 옷에 묻은 구토물들.

"하지만 머리에 충격을 받아도 구토는 해."

뇌진탕 및 뇌출혈의 특징이 바로 그것 아닌가.

"아뇨. 아직 살아 있을 겁니다."

아니라면 왜 굳이 옷을 갈아입혔겠는가.

살아 있을 거다.

그래야 했다.

그래야…….

빠드득!

비앙카는 금방이라도 무너질 듯 얼굴이 일그러진 종혁의 모습에 입술을 깨물었다.

"맞아……. 살아 있을 거야."

"예. 그럴 겁니다."

종혁은 이번 사건에서 CCTV 검사를 담당하는 요원에게 다가갔다.

"아만다 거스에 대한 CCTV……."

"확인하고 있어."

종혁은 고개를 끄덕였다.

아만다 거스가 동네를 벗어난 흔적이 없다면, 소피아는 아만다의 집 안에 숨겨져 있을 터.

종혁은 모니터 화면을 뚫어지게 쳐다봤다.

* * *

부스럭!

해가 뜬 지 오래인 정오.

그제야 침대에서 몸을 일으킨 금발의 여성, 아만다 거스가 멍하니 허공을 응시한다.

아직 물러나지 않은 피로 때문인지 눈에 초점이 없는 그녀.

마치 의지가 없는 인형처럼 하염없이 허공을 바라보던 아만다 거스의 몸이 갑자기 떨리기 시작했다.

그러자 그녀는 다급히 침대 옆에 놓인 원목 선반에 놓인 잎담배를 가져와 입에 물었다.

찰칵! 치이익!

"스읍! 하아아…… 흑?!"

뻣뻣하게 굳어 뒤로 넘어지는 그녀.

그녀의 몸이 배배 꼬이기 시작한다.

"헤에. 헤헤."

대체 뭘 보는 것일까.

뭐가 그렇게 즐거운 것일까.

눈이 풀린 아만다 거스는 천장을 향해 손을 허우적거리면서도 연신 담배를, 아니 다른 마약과 합성을 한 마리화나를 빨았다.

그렇게 해가 어스름히 저물 때까지 행복에 버둥거리던 그녀의 눈에 다시 초점이 생긴다.

"푸후우. 이제…… 일어나 볼까?"

마리화나에 중독된 사람 특유의 늘어지는 음성.

침대를 짚으며 몸을 일으키던 그녀는 갑작스럽게 통증이 느껴지는 손을 보고 미간을 좁힌다.

누군가 사정없이 긁기라도 한 듯 다 찢긴 붕대와 진득한 피가 맺혀 있는 손등.

방금 생긴 상처가 예전에 생긴 흉터 위에 겹쳐져 마치 거미줄이 그어진 듯 흉한 손등에 아만다 거스는 혀를 찼다.

"정말 팔을 묶어 놔야 하나."

그녀는 다시 침대 옆 선반을 열어 붕대를 꺼내어 손을 감고는 침대를 빠져나와 창가로 걸어갔다.

웅성웅성.

데니 콥스의 집을 바라보며 이야기를 나누는 동네 주민들.

"없어…… 졌네."

방송국 차량이 사라졌다. 며칠 전만 해도 족히 10대는 세워져 있었는데, 지금은 단 한 대도 찾아볼 수가 없다.

사람들의 관심이 사라졌다는 뜻이다.

"……킥! 오, 어떡해. 데니, 이젠 사람들의 관심마저 멀어져 버렸네."

아만다 거스의 입가에 미소가 피어나는 순간이었다.

부르릉!

두 대의 방송국 차량과 함께 집 앞에 도착한 데니 콥스의 차.

다시 나타난 방송국 차량에 혀를 찼던 아만다는 마리나의 부축을 받으며 차에서 내리는 데니 콥스를 보며 눈을 빛냈다.

"푸흐흐. 그래, 그렇게 괴로워하고 또 괴로워하면 되는 거야. 날 그렇게 차고도 잘 살 줄 알았어?"

십대 시절 데니 콥스와 뜨겁게 사랑을 나눴던 아만다 거스.

딱 한 번 술김에 다른 남자와 잤을 뿐이다.

그런데 데니 콥스는 매정하게 이별을 고했고, 그 이후로 소문이 잘못 나서 변변한 연애 한 번 못한 채 지금까지 살아오게 됐다.

그런데 데니 콥스는 대학을 졸업하자마자 결혼을 했고, 예쁜 딸까지 얻은 것도 모자라 재혼까지 했다.

부모님마저 데니 콥스가 결혼을 하자 더 이상 참지 못

하고 이웃들 보기 창피하다며 그녀만 놔둔 채 이사를 간 상황.

그 충격에 그녀는 결국 마약에 손을 댈 수밖에 없었다.

“내가 마약에 빠진 것도, 엄마랑 아빠가 나를 떠난 것도 모두 너 때문이야. 데니, 다 네가 잘못한 거야. 네가 잘못한 거라고…….”

눈에 지독한 독기가 들어찬 그녀는 콧방귀를 뀌며 몸을 돌렸다.

생각해 보니 이틀 전 먹을거리가 다 떨어졌다. 마트에 가야 했다.

그때였다.

부우우우웅! 끼이이익!

“응?”

갑자기 그녀의 집 앞에 멈춰 서는 FBI SUV.

차에서 내린 FBI 요원들이 그녀의 집을 포위한다.

그리고…….

쿵쿵쿵!

“FBI다! 문 열어!”

“무, 무슨……!”

아만다 거스의 얼굴이 하얗게 질렸다.

콰앙!

두 번의 경고 후 곧바로 진입.

다급히 2층으로 올라가려던 아만다 거스를 발견한 FBI

SWAT 대원들이 소총을 겨눈다.

"엎드려! 엎드려!"

"히익!"

기겁하며 엎드리는 아만다.

요원들이 그녀의 팔을 꺾어 수갑을 채우고, SWAT 대원들이 집 안 곳곳을 살피기 시작한다.

"거실 클리어!"

"부엌 클리어!"

1층부터 훑는 SWAT 대원들을 일견한 종혁과 요원들이 다급히 2층으로 향한다.

'분명 2층으로 가려고 했어!'

FBI가 덮치는 상황에서 뒷문으로 도주를 하는 게 아니라 2층으로 가려고 했다?

답은 하나일 수밖에 없었다.

"아, 안 돼!"

아만다의 비명을 뒤로한 종혁은 가장 첫 번째 방부터 걷어차며 난입했다.

"……2층 첫 번째 방 클리어!"

"두 번째 방 클리어!"

계속 외쳐지는 클리어.

문이 하나하나 열릴수록 종혁과 요원들의 심장이 초조해진다.

그러다…….

"다락방 클리어."

"2층…… 클리어……."

없다. 2층에 없었다.

아니, 1층과 지하실뿐만 아니라 뒷마당까지 모두 살폈지만 이 집 어디에도 소피아는 보이지 않았다.

'그럼 대체 왜…….'

"혹시?"

그녀를 용의선상에 올렸던 결정적인 이유를 떠올린 종혁은 다시 클리어된 방을 뒤지기 시작했다.

'없다. 없어! 설마?!'

딱 하나 뒤져 보지 않은 공간이 있다.

종혁은 다급히 2층 화장실로 뛰어가 천장을 열었다.

그리고 발견할 수 있었다. 그녀가 2층으로 향했던 이유를 말이다.

"씨발……."

종혁의 입에서 허탈한 음성이 흘러나왔다.

한숨을 내쉰 종혁은 아래로 내려가 아만다를 족치고 있는 요원들에게 다가갔다.

"소피아 어디 있어!"

"어디다 숨겼어!"

"무, 무슨……."

"됐어요. 그만해요."

종혁은 의아해하는 요원들에게 자신이 발견한 것을 보여 주었다.

"이것 때문에 이년이 2층으로 튄 겁니다."

마리화나 담배 수십 개가 든 봉지.

"악! 안 돼!"

겁에 질린 채 손을 뻗는 아만다 거스.

종혁은 얼굴이 일그러지는 요원들에게 그걸 맡기며 집 밖으로 나가 담배를 물었다.

'저년이 아니야.'

아만다 거스는 그저 데니 콥스에게 원한이 있는 무기력한 마약중독자일 뿐이었다. 교도소를 가는 게 무서운 중독자.

위이이잉!

"푸후우. 씨발."

종혁은 멀리서 달려오는 감식반을 보며 답답한 가슴처럼 탁한 담배 연기를 뿜어냈다.

* * *

꽈앙!

차를 걷어찬 종혁이 씩씩거린다 이내 얼굴을 쓸어내린다.

"이제 어떻게 찾냐……."

CCTV 기록을 확인한 결과 사건이 발생한 후 지금까지 동네를 벗어난 적이 없어 검거 작전을 펼쳤던 아만다 거스뿐만이 아니다.

종혁이 설정한 범위 내에 있던 모든 용의자에게 알리바이가 있었다.

납치를 당한 사람은 있지만, 납치를 한 사람은 없는 사건.

아니, 이제는 소피아가 정말 납치를 당한 것인지조차 의심스러워진다.

'만약 갑작스런 충동이든 뭐든 어떤 이유로 인해 친구 에이미의 집이 아니라 다른 곳으로 가다가 공백 지대 안에서 사고를 당했고, 그 사람이 사건 은폐를 위해…….'

"미쳤냐."

그 동네에서 수거한 쓰레기에서 소피아의 피가 잔뜩 묻은 옷이 발견됐다.

설혹 사고를 냈다고 한들 그곳 주민들이 모를 리도 없고, 설마 몰랐다고 한들 범인이 굳이 옷을 벗길 필요가 있을까.

필요가 있다고 한들 그걸 벗길 심적 여유가 있을까.

마음이 급해지니 별 해괴한 생각이 다 떠오르고 있었다.

"휘유. 괜찮아?"

햄버거가 가득 든 봉지를 양손에 든 벤이 종혁의 우그러진 페라리 차문을 보며 걱정을 표한다.

"몰라요. 갑시다."

종혁의 마음이 십분 이해가 되는 벤은 혀를 차며 차에 올랐고, 그들은 곧 FBI 뉴욕지국으로 향했다.

-지이잉! 지이잉!

"예, 최종혁입니다."

-최.

"……예, 보스."

—다넬 잭슨이 사건을 장기로 돌릴 거야.

끼이익!

다급히 차를 세운 종혁의 표정이 딱딱하게 굳는다. 그건 벤도 마찬가지다.

장기로 돌린다는 건 곧 미제 사건으로 편입시킨다는 뜻. 수사 인력이 급감하게 될 거다.

"왜요! 아직……."

—그건 최 네가 더 잘 알잖아. 납치 및 실종 후 골든타임을 넘기고도 피해자를 찾을 확률이 얼마나 되지?

"그래도 이건 아니죠!"

—잭슨이 도와줘서 고맙다는군.

"아아아악……!"

쾅! 쾅쾅!

종혁은 운전대를 부술 듯 내려쳤고, 벤도 대시보드에 머리를 박으며 이를 갈았다.

—나도 이런 명령을 내려서 좆같지만, 오늘 오후까지 인수인계하고 복귀해. 우리도 사건이 밀려 있어.

종혁은 운전대에 머리를 묻으며 이를 악물었다.

"……후우. 알겠습니다. 점심 먹고 바로 복귀하겠습니다."

—수고했어.

전화가 끊기자 머리를 뒤로 젖힌 종혁은 담배를 물었다.

"씨발. 졸라 무력하네."

좆같다.

익숙한 상황이지만, 결코 익숙해질 수 없는 상황.

피해자가 코앞에 있는 것 같은데 돌아서서 다른 피해자를 구해야 하는 상황.

이럴 때마다 참 좆같고 무력하지만, 그래도 다른 피해자를 구하기 위해선 어쩔 수 없었다.

"최, 마약이나 할래?"

"꺼져요, 씨발."

"문신은 어때? 기분 전환에는 문신도 좋아."

"그건 나쁘지 않네요."

'아니, 이렇게 과거로 돌아오기 전엔 나도 많이 해 봤지.'

술에 진탕 취해 버릴 수도 없고, 그렇다고 누굴 팰 수도 없으니 스스로의 모자람을 되새기고자 문신을 했었다. 피해자를 구하지 못할 때마다 한 개씩.

"후우, 갑시다. 가."

종혁은 다시 차를 출발시켰고, 그들은 이내 곧 FBI 뉴욕지국에 도착했다.

"이게 마지막 식사네."

"그러게요."

다들 목구멍으로 뭘 넘길 정신이 아니라서 햄버거를 산 것인데, 아동 실종 및 납치 전담 부서와 마지막으로 하는 식사가 됐다.

그렇게 도착한 사무실.

속삭이는 잡담조차 사라진 우울한 사무실 중앙에 햄버거를 놔둔 종혁은 자신 몫의 햄버거를 씹으며 마지막으로 다시 한번 CCTV 기록을 뒤지기 시작했다.

인수인계를 하기 전까지 포기하지 않고 최선을 다하고 싶었다.

'처음부터 다시 생각해 보자.'

정황상 면식범일 가능성을 놓고 수사를 진행했지만, 현재로서 그에 해당되는 모든 용의자에게는 알리바이가 있었다.

그에 종혁은 다시 외지인일 가능성을 놓고 고민을 시작했다.

'나간 차량이나 사람은 없지만, 들어온 차량이나 사람은 찍혔을지도 몰라.'

혹시 놓친 게 있진 않을까 CCTV를 계속 뒤로 넘겨 보았지만, 역시나 낯선 차량이나 사람은 보이질 않았다.

그때였다.

"어? 이 차는?"

이 시간에 왜 들어오는지 의문이 가는 차량.

동시에 떠오른 소피아의 친구 에이미의 증언.

"설마……."

종혁의 얼굴이 일그러졌다.

* * *

뉴욕에서 그리 멀리 떨어지지 않은 작은 도시, 뉴저지의 리빙스턴.

콰르릉!

람보르기니 한 대가 도로 위에 선다.

-오늘 하루는 푹 쉬고 내일부터는 열심히 범인을 쫓는 거야. 알았지, 최?

"예, 알겠습니다. 감사합니다, 보스."

-쉬어.

전화를 끊은 종혁이 씁쓸히 웃는다.

'걱정시켰네.'

말투가 꼭 어린 아들을 위로하는 듯했지만, 그렇기에 그녀의 마음이 더 잘 느껴진다.

실패에 무너지지 말고 딛고 일어서라. 그런 걱정하는 마음이.

지이잉!

"예, 접니다. 곧 도착합니다."

-저희도 지금 막 도착했습니다.

"아, 저기 보이는군요."

저 멀리 다이너 앞, 후덕한 덩치의 오십대 백인을 발견한 종혁이 그쪽으로 차를 몬다.

"오시느라 수고하셨습니다."

종혁에게 정중히 인사하는 그레이스 탐정사무소의 직원, 데이비드.

"저야 이런 일이 다반사인데요, 뭐. 오히려 데이비드가 이 먼 곳까지 출장 오시느라 수고하셨죠."

"저희도 주를 넘나드는 건 다반사라…… 하하."

의뢰인을 위해서라면 캐나다와 브라질까지 넘어가는

그레이스 탐정사무소. 겨우 주 하나 넘는 것 정도는 출장 축에도 끼지 못한다.

거기다 종혁이 이번 의뢰에 들인 금액이 얼마던가. 설사 그곳이 지옥 끝이라도 가야 했다.

그런 그의 말에 웃음을 흘린 종혁은 다이너 주변을 둘러보며 눈을 빛냈다.

"여기였죠?"

"예. 현재 이곳까지 이동했음은 확인됐습니다. 이후 행적은 계속해서 다른 직원들이 조사하고 있으니 걱정하지 않으셔도 됩니다. 일단 들어가실까요? 뭘 하든 밥은 먹고 해야지 않습니까?"

"그렇기는 하죠."

종혁은 데이비드와 함께 다이너를 향해 발을 내디뎠다.

그때였다.

"어? 최?"

"응?"

갑작스런 부름에 고개를 돌렸던 종혁은 눈을 동그랗게 떴다.

"비앙카?"

"최가 여길 왜……."

"비앙카가 여길 왜……."

동시에 말하고 동시에 입을 다문 둘.

종혁은 풀썩 웃었다.

"아무래도 우린 서로 같은 걸 떠올렸나 보네요."

"그런 것 같네……."

그 순간 둘의 눈빛이 차갑게 가라앉는다.

"언제부터 의심했습니까?"

"그녀가 방송국과 인터뷰를 했을 때부터."

"너무 차분해서요?"

"응."

인터뷰에서 사건의 경위를 너무나 차분하게 설명했던 마리나 콥스.

딸아이가 실종된 지 며칠이 지나서 생사도 불분명한 상황임에도, 설명을 이어 나가던 그녀는 너무나도 침착했다. 마치 미리 준비한 대본대로 연기하는 것처럼.

"친모가 아니니 그럴 수도 있겠다 싶지만, 그렇다고 보기엔 평소 그녀는 소피아를 엄하게 대했다는 증언들이 있었어."

부모가 자식을 혼내는 건 일종의 관심이었다. 관심도 없다면 혼을 내는 일도 없었다.

하지만 그것이 도를 넘어섰던 것이라면?

그저 주변의 시선 때문에, 자신의 체면 때문에 아이를 혼낸 것이라면?

비앙카는 그러한 가능성을 염두에 두고, 마리나가 소피아를 훈육했던 것이 아니라 학대했던 건 아닐까 하는 의심을 하게 되었다.

"그 의심은 인터뷰들을 볼 때마다 커져 갔지만……."

"마리나에겐 알리바이가 있었죠."

종혁도 마리나를 의심해 보지 않은 게 아니다.

그녀는 계모다.

한 해에 계모나 계부로 인해 발생하는 아동학대 사건이 몇 건이던가.

하지만 사건 발생 시각에 마리나가 소피아를 향해 '조심히 다녀와!'라며 외치는 소리를 들었다는 주변 이웃들의 진술이 있었다.

그뿐만이 아니다.

사건 발생 시각에서 얼마 지나지 않아, 그녀는 집에서 150미터 떨어진 곳에 위치한 작은 마트에 들러 장을 봤다. 카드 내역뿐만 아니라 CCTV로도 확인됐다.

소피아를 데리고 어딘가로 이동할 시간적 여유는 없었다.

이토록 알리바이가 확실했으니, 종혁도 그녀가 미심쩍었으나 더 이상 의심할 수 없었다.

"맞아. 그랬지. 그런데……."

"사건 발생 전날 저녁 11시, 그녀는 차를 몰고 이곳으로 왔죠."

종혁은 브룩클린에 들어서는 낯선 차량이 없는지 찾기 위해 CCTV를 확인하던 중, 야심한 시각에 차를 몰고 브룩클린을 벗어나는 마리나의 차량을 확인할 수 있었다.

그 늦은 시간에 어딜 갔던 것일까. 그것도 어린 딸을 집에 홀로 놔두고 말이다.

뭔가 이상한 낌새를 느낀 종혁은 그 차의 동선을 쫓았고, 이내 이곳 리빙스턴에 왔다는 것을 알아내었다.

브룩클린에서 리빙스턴까지는 무려 차로 3시간 거리. 새벽 2시에 이곳에 무슨 볼일이 있었을지 짐작조차 되지 않았다.

더더욱 마리나가 의심될 수밖에 없었다.

그리고 자신이 놓치고 있던 게 있는 것은 아닐까 하는 의심도.

"애초부터 사건의 초점을 잘못 잡은 게 아닌가 하는……."

"정확히는 사건 발생 시각이겠지."

맞다. 정확하다.

평소에 마리나가 소피아를 훈육이 아니라 학대를 했다면?

일요일이 아니라 토요일 오후 6시, 소피아의 친구인 에이미가 돌아가고 난 이후 학대를 하다가 잘못됐다면?

그렇게 가정을 하자 모든 게 맞물리기 시작했다.

"나도 그랬어. 하지만……."

"납치 피해자의 가족을 소환하기엔 언론이 무섭죠."

갑자기 끼어든 데이비드의 말에 종혁과 비앙카는 씁쓸히 웃었다.

어디 언론뿐이겠는가. 버락 던햄 루터와의 경선에서 패배한 스태파니 퀸스 클린턴과 그녀의 지지자들이 FBI 뉴욕지국을 잡아먹으려고 들 터였다.

그래서 아무에게도 말하지 않고 이렇게 온 거다.

"나도 마찬가지야. 마침 보스가 휴가를 주기도 했고."

사건 발생 후 9일 동안 집에 들어가지 못했다. 휴가는 당연했다.

"그래서 마지막으로 뭐라도 해 보려고 온 거야."

"저도 그렇습니다."

종혁도 내일이면 다른 사건을 담당해야 된다. 그전까지 할 수 있는 건 다 해 보고 싶었다.

"대단하네. 네 사건도 아닌데……."

"사건에 내 거, 네 거가 어디 있습니까?"

피해자가 있으면 구한다.

그게 경찰이었다.

"그 점이 대단하다는 거야."

"하하."

"그럼 늦은 아침을 먹으려고 온 거야?"

"비앙카도 같이 먹을래요?"

"그럴까? 아, 그런데 이쪽은?"

"평소에 절 도와주고 있는 그레이스 탐정사무소의……."

지이잉! 지이이잉!

갑자기 울리기 시작한 데이비드의 핸드폰.

눈을 빛낸 데이비드가 다급히 전화를 받는다.

"어, 나야. 그래? 알았어. 곧 가지."

통화를 종료한 데이비드는 기대 어린 눈빛을 짓는 종혁을 향해 싱긋 웃었다.

"찾았답니다. 마리나의 동선을."

쿵!

종혁과 비앙카의 낯빛이 딱딱하게 굳었다.

"어, 어딥니까?"

"베커 공원. 마리나의 차가 베커 공원으로 향했다고 합니다."

베커 공원. 그곳은 새벽에 사람이 갈 만한 곳이 절대 아닌 넓은 숲이었다.

* * *

웅성웅성.

베커 공원의 입구에 도착한 비앙카는 몰려 있는 백여 명의 사람을 보곤 입을 떡 벌리며 종혁을 봤다.

"이, 이게 다 그레이스 탐정사무소 소속의……."

"마지막이라서 돈 좀 썼어요."

작은 단서라도 나오길 바라며.

"저희 사무소가 설립된 이래 최고로 많은 직원이 동원됐습니다."

대부분 보조 사무원이지만 말이다.

"이것을 봐 주시겠습니까? 저희 직원이 확보한 영상들입니다."

데이비드가 보여 주는 노트북 속 CCTV 영상.

가로등 불빛 아래, 마리나의 차량이 보인다.

"ATM CCTV 영상인가요? 각도가 그런데……."

"예, 맞습니다. 이렇게 이동한 차량은 이 루트를 거쳐 이곳에 도착하게 됐습니다. 그리고 이게 공용 CCTV의 배치도와 차량의 이동 동선입니다."

“……이쪽 길로는 CCTV가 아예 없네요.”

“작은 도시니까요.”

범죄가 잘 일어나지 않은 인구 2만의 작은 도시. 번화가나 중요 관공서를 제외하면 CCTV가 썩 필요하지 않다.

“그날 새벽에 누가 오지 않았냐 물었지만, 관리인은 퇴근해서 잘 모르겠다는군요.”

“저녁엔 공원을 폐쇄하지 않는 겁니까?”

“걸쇠로 걸어 놓기만 한답니다.”

“알겠습니다. 그럼 수색을 시작하죠.”

휘이익!

데이비드의 입에서 높고 강한 휘파람 소리가 울리자 주목하는 시선들.

종혁이 데이비드의 권유에 한 발 앞으로 나선다.

그러나 그 입은 쉽게 열리지 않는다. 생각하기도 싫지만 이미 머릿속을 잠식해 버린 가정.

종혁은 어렵사리 입을 뗐다.

“사소한 거라도 좋습니다. 뭐라도 찾기만 하십시오.”

“……예!”

“공원 관리인에게 돈을 지불했으니 뭐라도 하나 건지지 못하면 뉴욕으로 돌아가지 못한다는 생각으로 수색해! 출발!”

우르르!

백여 명의 사람이 베커 공원 안으로 진입하며 흩어진

다. 길을 따라 걷지 않고 그 주변의 수풀로 들어간다.

"우리도 가죠."

"응."

데이비드가 주는 무전기를 받아 든 종혁과 비앙카도 공원 안으로 들어갔다.

스륵! 삭!

높게 자란 수풀이 휘젓는 손길에 눌리며 길을 연다.

그러나 또 다른 수풀과 나무가 종혁의 앞을 가로막는다.

'있을까? 없을까?'

있을 거다.

정말 생각하기 싫지만 이곳에 소피아가 있을 거다. 이 수풀에 외로이 방치 된 채 아빠를 기다리고 있을 거다.

하지만 희망을 버릴 순 없다.

부디…….

"후우."

잠시 멈춰 선 종혁이 잠시 하늘을 보며 치미는 슬픔을 누른다.

그때였다.

-치익! 찾았습니다!

철렁 심장이 내려앉는다.

종혁은 떨리는 손으로 무전기를 들어 입을 열었다.

"거기가 어딥니까?"

-여기가…….

종혁은 다급히 몸을 돌려 수풀을 뛰쳐나갔다.

그리고…….

"Fuck."

"우욱!"

그들이 진입한 입구에서 60미터가량 떨어진 지점에, 사람의 발길이 닿지 않은 지 오래된 건지 수풀이 우거진 곳에 사람들이 모여 있다.

그들을 헤치며 안으로 들어간 종혁은 아주 옛날, 이곳에서 사람들이 파티를 벌였는지 낡고 부스러진 드럼통 안을 보고 힘이 풀리는 무릎을 억지로 붙잡았다.

일말의 희망이 무너져 내린다.

"헉헉! 여, 여기에…… 아."

드럼통 안을 본 비앙카가 털썩 무릎을 꿇는다.

억장이 무너져 내린다.

마치 잠을 자듯 무릎을 끌어안은 채 구겨져 있는 부패한 작은 시신. 팬티 하나만 입은 알몸의 시신.

종혁은 입술을 깨물며 핸드폰을 들었다.

"예, 보스. 소피아 콥스를 찾은 것 같습니다."

다시 드럼통 안을 보는 종혁의 눈에서 눈물이 흐른다.

'미안합니다.'

구해 주지 못해서.

빨리 찾아 주지 못해서.

'많이 춥고 힘들었지? 이제 그만 집에 가자. 아빠한테 가자.'

* * *

털썩!

딸이 시신으로 발견됐다는 소식에 데니 콥스가 무너진다.

오매불망 손녀가 돌아오길 간절히 기도하던 조부모도 무너져 내린다.

"꼭 찾는다며! 찾아 줄 거라며!"

소식을 전하러 온 FBI 요원의 멱살을 잡고 울부짖는 소피아의 조부.

FBI 요원들은 고개를 숙인 채 말을 잇지 못한다.

"죄송합니다."

이 말 말고 할 수 있는 말이 있을까.

죄인이 된 그들은 그저 침묵할 수밖에 없었다.

"어, 어디에서 발견했습니까. 제 딸은 지금 어디 있습니까!"

"……뉴저지에서 찾았고, 현재 저희 FBI로 이송 중입니다. 일단 가시죠."

"예, 예. 가, 가야죠."

가야 한다.

그 먼 곳에서 홀로 애타게 이 아빠를 기다리고 있었을 딸을, 겁에 질려 애타게 이 아빠를 찾았을 딸 소피아를 데리러 가야 한다.

데니 콥스와 그 조부모가 비척비척 집을 나서기 시작한다.

그때였다.

"잠깐만요. 뭘 좀 놓고 왔어요. 금방 다녀올게요."

현관문에 서서 태연히 말하는 마리나.

돌아서는 그녀를 아무도 말리지 않는다. 아니, 누구에게도 그럴 정신이 없다.

"예, 천천히 하십시오."

애써 냉정하려는 FBI 요원만 그녀의 말에 대답을 하고 남은 가족들을 차량으로 안내하고, 돌아선 마리나 콥스의 얼굴이 일그러진다.

'대체 어떻게……!'

완벽했던 계획이다.

그 누구에게도 걸리지 않을 거라 자신했던 범죄.

누구도 찾지 못할 거라 여긴 소피아.

하지만 지금 이게 문제가 아니다. 소피아를 발견했다면 자신이 범인이라는 것도 금세 추리해 낼 터.

핸드백과 지갑을 챙겨 든 그녀는 마당에서 기다리는 FBI 요원들의 눈치를 보며 슬그머니 뒷문으로 빠져나갔다.

그때였다.

콱!

"악?!"

갑자기 뒤로 젖혀지는 고개에 비명을 지르며 눈을 돌린 마리나가 헛숨을 삼킨다.

"이럴 줄 알았지."

이럴 것 같아서 방금 전 마리나의 혐의에 대해 언급하지 않은 거다.

이렇게 확실하게 만들기 위해서. 내가 범인이오, 라고 스스로 증명하게 만들기 위해서.

"다, 당신은?"

"일단 좀 맞자."

종혁은 으스러져라 쥔 주먹을 들어 올렸다.

"안 돼-! 아아악! 꺼억! 꺽!"

새하얀 천에 뒤덮인 딸을 붙든 채 오열하는 데니 콥스.

"안 돼에-!"

자식과 아내를 잃은 아비의 절규가 흐릿한 하늘에 울려 퍼졌다.

아무래도 하늘도 슬퍼 비를 내릴 듯싶었다.

* * *

소피아 콥스의 납치범은 계모?

계모 마리나 콥스, 소피아 콥스를 살해 후 유기하다!

하늘도 경악할 끔찍한 범행! 마리나 콥스는 마녀인가!

마리나 콥스가 딸을 살해한 장소는?!

FBI 뉴욕지국의 취조실.

종혁이 당당하게 고개를 쳐든 마리나 콥스를 보며 주먹

을 쥔다.

얼굴에 붕대를 감고 있어 꼴이 우스운 그녀.

하지만 더 팰 수 없다.

변호사의 나라, 미국. 이 이상 폭력을 행사했다가는 그녀의 형량에 영향이 간다.

거기다 마리나 옆에서 변호사가 눈을 빛내고 있다.

그 때문인지 마리나 콥스가 더 당당하게 콧대를 쳐든다.

'이딴 년도 변호사를 쓰네……. 개 같은 년.'

"후우. 이름."

"마리나 콥스."

"나이…… 하, 씨발. 됐다. 이런 건 그냥 집어치우자."

"이봐요, 요원님."

"다 아는 정보를 굳이 서로 확인할 필요는 없잖습니까."

"큼."

입을 다무는 변호사를 눈빛으로 찍어 누른 종혁은 마리나 콥스를 노려봤다.

"왜 그랬냐? 왜 소피아를 학대하고 죽인 거냐?"

종혁이 가장 궁금해한 것.

마리나 콥스가 소피아를 죽일 정도로 증오한 이유.

스윽!

종혁은 대답 대신 변호사에게 귓속말을 하는 그녀를 어이없다는 듯 쳐다봤다.

"야, 네가 뭔가 희망을 가지고 있는 것 같은데 너 어차피 교도소에서 못 나와."

"뭐라고?!"

"최소 징역 40년 이상, 그게 네게 내려질 처분이야."

옆에 있는 변호사가 할 일은 하나뿐이다. 징역을 면하는 것이 아닌, 어떻게든 조금이라도 감형을 받는 것.

종혁은 이 말에 당황하며 변호사를 쳐다보는 그녀를 향해 입술을 비틀었다.

"왜인지 말해 줘?"

소피아를 살해한 것 자체는 우발적일 수 있다.

곧바로 신고를 하지 않은 것도 그럴 수 있다.

하지만 그 이후의 대처가 문제다.

마리나 콥스는 이후 수건으로 뒤처리를 한 것도 모자라, 소피아의 피 묻은 옷가지를 검은 봉지에 싸서 버리며 증거 인멸도 꾀했다.

그리고 시신을 유기하기 위해 야심한 시각을 골라 리빙스턴으로 향했다.

여기서부터 그녀의 범행은 계획적이 된 거다.

"그것도 모자라 넌 소피아가 납치당한 걸로 상황을 꾸몄지."

"그건 제 의뢰인이 당황해서……."

"낄 데 낍시다, 변호사님. 내 말이 틀립니까? 그거 법적으로 증명, 아니 어떤 미친놈이 믿어 줄 것 같습니까?"

"……."

변호사를 침묵시킨 종혁은 뒤틀린 눈으로 마리나를 봤다.

"즉, 네게 걸린 혐의는 1급 내지 2급 살인과 사체 유기, 증거 인멸, 사기, 아동 학대, 공무집행방해 이 여섯 가지야."

FBI의 공무집행을 방해했으니 이 역시도 중범죄.

"그런데 그렇다고 2급 살인은 꿈도 꾸지 마. 네가 사체 유기를 한 순간, 살인 자체는 우발적이었다고 하더라도 계획범이 되었으니 1급 살인이 될 테니까."

기본 10년에서 시작하는 1급 살인.

여기에 카메라 앞에서 가증스럽게 피해자를 찾는 척 연기까지 했으니, 어떤 판사든 마리나에게 반성의 기미가 없고 죄질이 나쁘다고 판단을 내릴 터.

살인죄 하나만 두고도 20년은 족히 받을 거다.

"변호사님, 내 말 틀려요?"

"저, 정말이에요?"

마리나의 물음에도 시선을 마주치지 못하는 변호사.

그에 당황한 마리나는 이를 악물고는 종혁을 죽일 듯 노려봤다.

"이제 좀 네 처지가 이해되지? 그러니까 불어. 어차피 네가 불건 말건 네 형량이 그 아래로 떨어지진 않으니까."

"……리니까."

"뭐?"

마리나 콥스의 눈에 독기가 차오른다.

"거슬리니까!"

남편 데니와의 관계에 끼어 있는 이물질.

남편이 퇴근 후 가장 먼저 찾는 이물질.

남편이 일하는 중 전화를 해 오면 꼭 찾는 이물질.

거슬렸다. 그래서 괴롭히고 학대했다.

종혁은 입을 떡 벌렸고, 마리나 콥스는 냉소를 터트렸다.

"그러다 죽은 것뿐이야."

토요일도 굳이 친구를 데려와 방을 난장판으로 만든 소피아를 때리다 보니 죽어 버렸다.

정확히는 때리다가 지쳐 그만뒀는데, 소피아가 죽어 버린 거다.

"그래서 그냥 치우기로 한 거야. 그런데 그냥 사라지면 내가 의심받을 테니 납치로 꾸며……."

"이 씨발년아-!"

이게 사람일까.

눈이 뒤집힌 종혁이 테이블을 뛰어넘어 발을 내지른다.

그 순간이었다.

벌컥!

"최!"

"진정해!"

종혁을 덮치며 만류하는 벤과 드롭.

"놔! 씨발! 놔아! 놓으라고! 씨발-!"

"네가 마무리해야지!"

멈칫!

그래, 맞다. 자신이 잡은 년이니 자신이 마무리를 해야 됐다.

겨우 진정한 종혁은 설마 취조실에서도 맞을 줄은 몰랐는지 겁을 먹은 마리나를 찢어발길 듯 노려보며 입을 열었다.

"옷을 벗긴 이유는?"

옷을 벗길 것도 없이 같이 유기했으면 됐을 텐데, 구태여 시체와 옷을 따로 유기한 이유.

"피, 피가 흐르잖아……."

그대로 옮기면 청소할 곳이 많아져서 귀찮아지니 옷을 벗겨서 버린 거다.

쿵!

생각지도 못한 대답에 아찔해지는 눈앞.

종혁의 어깨를 짓누르고 있던 벤과 드롭도 경악해서 마리나를 쳐다본다.

이건 사람이 아니다.

짐승, 아니 악마였다.

그 대답에 방금까지 미친 듯 분노하던 종혁이 도리어 차분함을 되찾았다.

"드롭, 변호사님 데리고 나가 줘요."

"최!"

"최 요원!"

"다 끝났고, 안 때릴 테니까 나가 달라고요. 앞으로 평생 살게 될 교도소에서 어떻게 지내야 할지 조언 한마디만 할 테니까."

"지금 나보고 그걸 믿으라는 겁니까?"

"그럼 내가 이딴 버러지한테 더 화를 내서 뭐하는데요?"

"……."

"여기 요원도 저와 함께 있을 테니까 나가요. 나도 얼른 끝내고 쉬게."

"……저기서 지켜보고 있을 겁니다. 이따가 뵙죠, 의뢰인."

거울 유리를 가리킨 변호사가 나가자 종혁은 그녀의 옆으로 다가가 테이블 위에 앉으며 다리를 꼬았고, 마리나 콥스는 옆으로 슬금슬금 이동했다.

벤이 종혁의 옆에 선다.

"야. 마지막으로 딱 하나만 더 물을게. 후회 하냐? 반성해?"

"당연히 후회……."

"그래. 반성하지 않을지 알았다."

입으로만 후회한다면 뭐하는가.

표정이, 신체 반응이 후회를 하지 않는데.

"……."

피식 웃은 종혁이 담배를 꺼내 문다.

"후우우. 야, 너 이 미국에서 여성 범죄자가 가장 증오하는 범죄가 뭔지 알아? 첫 번째는 남의 남자한테 꼬리치는 거고, 두 번째가 아동 살인이야."

남의 자식이건, 내 자식이건 상관없다.

일단 자식을 죽이는 행위 자체로 이들은 분노한다.

세 번째는 아동성추행이다.

흠칫!

마리나 콥스의 눈이 흔들린다.

"이 셋 중 누가 우위라고 할 것 없이 똑같이 다 지독히 증오해. 씨발. 범죄자 년들이 참 지랄이다. 그치? 그런데 이런 범죄를 저지르는 범죄자가 수감되면 애들이 뭐부터 하는지 알아?"

일단 얼굴과 가슴부터 그어 버린다.

"뭐, 뭐?"

"그다음은 하복부를 패."

다신 아이를 가질 수 없도록, 다신 이런 개짓거리를 할 수 없도록 망가트린다.

간혹 여기서 죽는 사람도 발생한다.

하지만 차라리 그게 나을지도 모른다. 그러고도 살아남는다면 개로 만들어 버리니까.

"짖으라고 짖고, 기라면 기어야 하는 개."

종혁의 음성이 들뜨기 시작한다.

"내가 그냥 겁주는 것 같아? 그럼 그렇게 생각해. 직접 겪어 보면 진짠지 아닌지 알게 될 테니까. 그런데 그거 알아? 네가 수감될 곳이 이런 애들 중에서도 가장 악질들만 모여 있는 곳이다?"

"무, 무슨……."

마리나의 얼굴이 하얗게 질리다 못해 검게 죽어 간다.

종혁은 그런 그녀에게 얼굴을 가져가며 귓속말을 했다.

"기대해. 내가 어떻게든 지금 말한 것보다 더 좆되게 만들어 줄 테니까."

영원히 죽지도, 살지도 못하게.

"후회? 그딴 거 하지 마. 너 같은 년이 후회해도 난 멈출 생각 따윈 없으니까. 알았지? 절대 후회하지……."

종혁은 갑자기 코를 찌르는 냄새에 입을 다물었다.
그녀의 발밑에 생겨나는 노란 물웅덩이.
“쯧. 치우기 귀찮게.”
종혁은 얼어붙은 그녀의 어깨를 툭툭 두드렸다.
“아무튼 교도소는 이러니까 어떻게든 잘 살아 봐. 그럼 간다. 수고해. 가시죠, 벤. 이야기 다 했어요.”
“어? 으응.”
종혁과 벤이 취조실을 벗어나는 순간이었다.
“꺄아악!”
“헉! 마, 말려!”
취조실 안에서 터져 나오는 절규와 취조실 옆방에서 뛰쳐나와 취조실로 달려 들어가는 요원들.
“……뭐라고 한 거야?”
“별말 안 했어요.”
그저 평생토록 두려워하라는 약간의 협박.
그러다 자살을 하면 어쩔 수 없는 거다.
‘범죄자의 인권 따위 개나 주라지.’
종혁은 어깨를 으쓱였고, 벤은 눈을 가늘게 떴다.
“됐고, 술이나 마시죠.”
오늘은 술이 아니면 잠에 들 수 없을 듯싶었다.

* * *

꿀꺽꿀꺽!

고급 위스키가 병째로 넘어간다.

텅!

“푸후우. 이거 한 병 더요.”

“손님, 너무 급하게 드십니다.”

“괜찮으니까 한 병 더 주세요.”

취하고 싶은데 취하지를 않는다. 이미 요원들과 1차로 마시고 왔는데도 취하지를 않는다.

이럴 땐 이 몸뚱이가 좀 싫어진다.

종혁은 고액의 수표를 내밀었고, 머뭇거리던 바텐더는 결국 위스키 한 병을 따서 종혁의 앞에 내려놓았고, 종혁은 다시 병째 입으로 가져갔다.

“나도 한잔 주시죠, 최.”

“……거참. 헨리 씨가 무슨 제 아버지십니까?”

지금쯤 버지니아 랭리에 있어야 할 양반이 왜 여기 있을까.

걱정이 가득 서린 헨리 스미스의 눈빛에 가슴이 아려진다. 애써 누르던 슬픔이 다시 고개를 쳐든다.

“그래서 안 주실 겁니까?”

“……에휴. 그럽시다, 그래요.”

종혁은 눈치 좋게 바텐더가 내미는 잔에 술을 따라 줬고, 헨리와 종혁의 술이 부딪친다.

꿀꺽꿀꺽! 터엉!

“푸흐.”

“이런 사건은 처음이십니까?”

"그런 건 아닙니다."

화장실 쓰레기통에 버려져 죽은 아기부터 살날이 얼마 남지 않았는데 돈 때문에 자식에게 죽임을 당한 노인까지 별의별 사건들을 겪어 보았다.

피해자를 구하지 못한 사건도 많았다.

코앞에서 피해자가 죽어 감에도 구하지 못한 적도 수차례나 있었다.

그런 의미에서 이번 사건도 종혁에게 있어선 수많은 사건 중 하나일 뿐이었다.

그럼에도 이 빌어먹을 슬픔과 분노는 오늘도 가슴과 영혼을 좀먹는다.

"이만하면 익숙해 질 법도 한데 익숙해지지가 않네요."

"익숙해진다는 것처럼 무서운 말도 없죠."

"……그렇긴 하죠."

익숙해진다는 건 결국 타성에 젖는다는 말이다.

누구보다 피해자의 아픔에 공감해 주어야 할 경찰이 타성에 젖는 순간, 피해자는 더 이상 경찰에게 손을 뻗을 수 없게 된다.

그래서는 안 되기에 이렇게 아픈가 보다. 계속해서 피해자들을 돕기 위해.

"일어나시죠, 최."

"음?"

"오늘은 모두 잊고 신나게 놀아 보는 겁니다."

"헨리 같은 아저씨랑요?"

"저런. 아직 제대로 노는 법을 모르는군요. 최, 저희처럼 돈이 많고 비밀이 많은 사람들은 어디서나 환영을 받는 법입니다. 나이에 상관없이!"

"……푸핫! 그래요. 갑시다, 가."

종혁은 몸을 일으켰다.

그냥 오늘은 아무 생각 없이 술을 먹다가 필름이 끊기고 싶었다.

2장. 말할 수 없는

말할 수 없는

짹짹짹!

초고층 아파트의 테라스 난간에 앉은 이름 모를 새가 울어 대는 아침.

"으음."

창문을 통해 쏟아지는 햇빛에 눈을 뜬 종혁이 천장을 보며 눈을 껌뻑인다.

"……집이네."

대체 언제 집에 온 걸까.

'그러니까 4차로 스탠드바에 가서…… 스탠드바에 가서…….'

"헐?"

분명 스탠드바의 문을 넘은 건 기억이 나는데 그 이후로 기억이 없다.

영화 코요테 어글리처럼 열정적인 춤을 추는 바텐더와

함께 술과 댄스를 즐길 수 있다고 해서 기대하고 갔는데도 말이다.

"씨불. 3차에서 너무 마셨나."

3차 장소는 종혁이 투자한 파라다이스 클럽.

마침 버블파티 이벤트를 벌일 때라 맥주, 양주 가리지 않고 미친 듯 입안에 쑤셔 넣었다. 골든벨까지 울렸던 걸로 기억한다.

그게 문제였던 것 같다.

"아으. 이래서 술은 섞어 마시는 게…… 씨발!"

깨질 것 같은 머리를 긁으며 몸을 돌리던 종혁이 실오라기 하나 걸치지 않은 알몸을 보며 기겁한다.

"헤, 헨리?"

고개를 쭉 내밀어 얼굴을 살피니 헨리 스미스가 맞다.

"아니, 이 양반은 방이 그렇게 많은데 왜……."

의아해하던 종혁은 방바닥을 굴러다니는 술병들을 보곤 흐뭇이 웃었다.

"필름이 끊긴 와중에 또 술을 처마셨구나. 나란 미친 새끼 정말 장하다, 장해."

고개를 저은 종혁은 침대를 빠져나왔다.

"어우, 죽겠네."

혈관에 피가 아니라 술이 흐르는 기분.

아무래도 센트럴파크를 한 바퀴 뛰고 오는 게 좋을 듯싶었다.

"으으!"

종혁은 기지개를 켜며 방을 나섰다.

그리고 잠시 후, 죽은 듯이 자던 헨리의 눈이 번쩍 뜨였다.

"다행이군."

목소리에 힘이 있어서 다행이다.

"그런데 필름이 끊겼던 건가."

'언제?'

당황하던 헨리는 이내 혀를 차며 몸을 일으켰다.

"그런 줄 알았으면 몇 가지 물어볼……."

순간 핑 하고 일그러지는 시야.

헨리는 푸근히 웃으며 다시 몸을 뉘였다.

아무래도 좀 더 자야 할 것 같다.

* * *

"푸후우!"

341헥타르의 센트럴파크를 한 바퀴 완주한 것도 모자라 계단으로 뛰어 올라온 종혁의 몸에서 뜨거운 김이 솟는다.

곧바로 씻고 나온 종혁의 목을 좌우로 꺾으며 표정을 느슨하게 늘어트린다.

"어우, 이제 좀 살겠네. 어, 일어나셨네요?"

"좋은 아침입니다, 최."

거실 소파에 앉아 다리를 꼰 채 우아하게 에스프레소를

훌쩍이고 있는 헨리.

"빈속에 그게 넘어가세요? 그러다 나중에 더 나이 들어서 고생하십니다."

한 번 망가진 위는 결코 원래대로 돌아오지 않는다. 회귀 전 위의 3분의 2를 드러내 봐서 안다.

종혁의 잔소리에 고개를 절레절레 내저은 헨리는 커피잔을 내려놓고 입을 열었다.

"그럼 해장이나 하러 가시죠. 제가 담백하게 속을 풀 수 있는 음식점을 알고 있습니다."

"오, 담백한 음식 좋죠. 잠깐만요. 얼른 옷만 챙겨서 나올게요."

시간상 밥을 먹고 바로 출근을 해야 할 듯싶었다.

이내 곧 둘은 헨리가 추천하는 맛집으로 향했다.

웅성웅성.

거리를 돌아다니는 대부분의 사람들이 동양인인 차이나타운의 거리.

종혁이 새빨간 바탕에 황금용이 그려진 간판을 보며 떨떠름해한다.

"헨리 씨, 담백한 맛집이라고 하지 않았어요?"

차이나타운의 중국 요리집과 한국의 중국집은 아주 큰 차이가 있다.

중국 본토의 요리를 미국식으로 어레인지해서 판매하는 게 차이나타운의 차이나 레스토랑.

햄버거도 튀기고, 피자도 튀기고, 심지어 누텔라 잼까지 튀겨 먹을 정도로 느끼한 맛을 사랑하는 미국식이기에 한국인이 술을 먹은 다음 날 절대 들러선 안 될 곳이었다.

"나이가 들어서 그런지 피자는 더부룩하더군요."

"……그렇죠. 맞죠. 차이나타운 중국 음식이 피자보다는 덜 느끼하죠. 에휴, 그래요. 갑시다, 가."

혀를 차며 식당 안으로 들어가 빈자리에 앉은 종혁은 가게 안을 둘러보며 고개를 주억거렸다.

'별로 크지는 않네.'

한국에 있는 보통의 중국집 크기.

헨리가 추천하는 맛집이기에 커다랗고 화려한 곳인 줄 알았는데, 의외로 내부 인테리어가 소박하다.

그렇게 가게 안을 구경하고 있자 헨리가 테이블 한 구석에 꽂혀 있는 메뉴판을 가져온다.

"이 집은 홍합 스프와 프라이드 크랩이 맛있습니다. 소프트 쉘이라 저 같은 늙은이도 씹어 삼킬 수 있더군요."

"그럼 그거 두 개에다가 해산물탕, 볶음밥, 돼지갈비볶음, 청경채볶음 이렇게 시키도록 하죠. 여기요."

"예!"

종혁의 부름에 다가온 여종업원이 싱긋 웃는다.

"주문하시겠어요?"

미국에 온 지 얼마 안 된 듯 어색한 영어 발음.

종혁은 고른 것을 그대로 말했고, 여종업원이 당황하며

테이블을 훑는다.

“일행이 더 오시는 건가요?”

“아뇨. 둘이서 먹을 겁니다.”

“아, 예……. 자, 잠시만 기다려 주세요!”

“되는 대로 바로바로 내주시고, 녹차도 한 주전자 주세요. 따뜻하게.”

“예!”

종혁은 종업원이 멀어지자 헨리를 봤다.

“그럼 오늘 하루는 쉬시는 거예요?”

“아니요. 저도 일이 있어 워싱턴에 가 봐야 합니다.”

“끙. 그건 좀 아쉽네요. 뭐, 출근을 해야 되는 제가 할 말은 아니지만요.”

헨리는 이해한다는 듯 미소를 지어 줬고, 종혁은 한숨을 쉬었다.

“저희는 대체 언제쯤에야 시간 상관없이 놀 수 있을까요?”

“하하. 은퇴를 하면 그럴 수 있겠죠.”

“쩝, 앞으로 최소 50년은 힘들다는 소리네요. 그런데 이 시기에 워싱턴이면…… 백악관?”

“제가 아직 백악관에 들어갈 정도는 아닙니다.”

고개를 주억거리던 종혁은 이내 눈을 빛냈다.

“그런데 진급하시게요?”

헨리는 분명 아직이라고 했다. 이는 더 위로 가고자 하는 욕심이 있단 소리다.

“최를 보다 더 서포트하기 위해선 위로 가야 할 필요성이 있더군요."
"아, 그거 반칙."
"하하핫!"
종혁도 같이 웃음을 터트렸지만, 속으론 꽤 감동하고 있었다.
장난처럼 가볍게 말했지만, 두 눈엔 진심이 가득한 헨리.
'진짜 좋아할 수밖에 없는…….'
챙그랑.
"응?"
고개를 돌린 종혁은 바닥에 엎질러진 음식들과 방금 전 주문을 받아 갔던 여종업원이 손님들에게 사과하는 모습에 입맛을 다시며 다시 헨리와 대화를 이어 갔다.
그리고 잠시 후.
후룩!
따뜻한 홍합 스프를 한 입 먹은 종혁은 눈을 크게 떴다.
"어떻습니까. 충분히 추천할 만하죠?"
"굿."
종혁은 엄지를 치켜세웠고, 그렇게 그들의 식사가 시작됐다.

* * *

"그럼 다음에 또 봬요."
"예. 다음에 또 보죠."

"그리고 어젠 고마웠어요."

"별말씀을. 힘드실 땐 언제든 연락 주십시오."

"……자꾸 유혹해."

"하하하."

헨리는 웃음을 흘리며 도로가에 세워진 SUV 타고 멀어졌고, 그 모습을 응시하던 종혁은 기지개를 켜며 돌아섰다.

"끄으! 하!"

하늘을 바라본 종혁은 풀썩 웃었다.

시리도록 푸른 하늘.

"자, 그럼 나도 출근해 보실까?"

종혁은 FBI 뉴욕지국으로 향했다.

"좋은 아침입니다!"

어젯밤 1차만 마시고 헤어졌음에도 요원들이 맥없이 돌아다니는 사무실. 그들 대부분이 유부남이라 무슨 일인지 대충 예상이 간다.

그런 그들과 달리 얼굴에 윤기가 흐르는 캘리 그레이스가 다가와 종혁을 향해 얼굴을 들이민다.

"응?"

"……괜찮네."

"하핫!"

콧방귀를 뀐 캘리 그레이스는 안쪽으로 향했고, 종혁은 머리를 긁으며 탕비실로 향했다.

아침도 적당히 먹었으니 따뜻한 모닝커피를 마실 차례

였다.

"좋은 아침…… 푸흐흐. 아침밥은 푸짐하게 얻어먹었어요?"

어젯밤 의무방어전을 치른 건지 다크 써클이 볼까지 내려와 있는 벤.

"오케이. 싸우자는 거지?"

"스태미나에 좋은 음식 알려 줘요?"

"……부디."

"크크큭!"

그렇게 시덥잖은 농담을 하며 자리로 향하던 종혁은 안으로 들어갔던 캘리 그레이스가 서류철들을 들고 나오자 걸음을 멈췄다.

종혁뿐만이 아니다. 그녀를 발견한 요원들 모두 하던 일을 멈추고, 그런 그들을 향해 캘리 그레이스가 활짝 웃는다.

"자, 오늘도 즐거운 과제 시간이다!"

"아오……!"

"Fuck!"

매주 한 번씩 이뤄지는 사건 분배.

현재 사건이 밀려 있는 요원들의 얼굴이 구겨진다.

"빌리!"

"예, 예."

호명이 될 때마다 한 명씩 나서서 사건을 받아 가는 요원들.

"최!"

"옙!"

사건은 사건으로 잊는 법.

냉큼 나서서 사건을 받아 든 종혁은 이게 정말이냐는 듯 캘리를 봤다가 이내 얼굴을 구기며 돌아섰다.

"무슨 사건이야?"

"탈영병이요."

"뭐? 하, 골치 아프게 됐네."

"그러게요."

FBI가 담당하는 사건 부류 중 단연코 최상위에 있는 탈영병 사건.

이유는 군인이 화기와 전술을 전문적으로 배우기 때문이다.

한 명, 한 명이 테러리스트에 버금가는 위험 인물.

똑같은 총, 똑같은 양의 총탄을 주어도 그들의 살상력은 일반인을 아득히 넘어선다.

그런 위험 인물이 이 뉴욕에 기어 들어온 거다.

호록!

종혁은 커피를 마시며 혀를 찼다.

* * *

해가 저문 어두운 밤, 워싱턴 DC 외곽 포토맥 강변에 위치한 허름한 카페.

"너…… 아!"

쿠당탕!

삼십대 백인 여성이 맞은편에 앉아 있는 동양인 남성을 노려보다가 테이블을 붙잡고 쓰러진다.

그럼에도 표정 변화 없이, 아니 싸늘히 내려다보는 동양인 남성.

카페 안에 있던 3명의 손님들과 카페 사장 역시 바닥에 쓰러진 여성을 차갑게 응시한다.

그 순간이었다.

딸랑!

갑자기 종이 흔들리는 소리를 내며 열리는 문.

동양인 남성과 나머지 사람들 모두 몸을 일으켜 문을 열고 들어오는 남성, 코지 나카모토와 박 대리를 보며 고개를 숙였다.

앉으라는 듯 손짓을 한 코지 나카모토는 정신을 잃은 여성을 발로 툭툭 쳐 봤다.

"얘 죄명이 뭐라고?"

"아주 과장이면 다지."

"뭐, 인마?"

"전과 8범의 상습폭행범입니다. 정확히는 데이트폭력 전문이라더군요."

코지 나카모토가 입을 떡 벌린다.

"그러니까…… 남자들이 맞고 다녔다고? 이 여자한테?"

"워싱턴 아마추어 복싱 대회 우승자였답니다."

"그럼 맞을 수도 있지."

하지만 그래서 더 그들에게 적합한 물건이다.

고개를 끄덕인 코지 나카모토는 카페 사장을 봤다.

"지원과장님, 조심히 옮겨 주세요. 소중한 상품이니까."

"예, 예. 걱정 마십쇼. 그럼 수고하십쇼."

"과장님도요."

카페를 나선 코지 나카모토는 포토맥 강변을 보며 담배를 물었다.

"후우우. 최종혁은?"

느닷없이 나타나다 못해 점찍었던 이번 프로젝트의 첫 시작을 열 물건을 낚아챈 종혁.

그때 표현은 안 했지만, 얼마나 식겁했는지 모른다.

본사에서도 질책성 징계가 내려왔었다.

"몰라요. 접근조차 못한답니다."

정체불명의 사람들이 종혁의 주변을 경호하고 있다.

그 보호막 안으로 들어갔다가는 영혼 밑바닥까지 털릴 판이었다.

"누가 그걸 물어? 그 새끼가 다시 워싱턴에 오냐 마냐 그게 문제잖아!"

종혁은 그냥 태풍 같은 자연재해다. 근처에만 있어도 휩쓸려 버리는 자연재해.

그런 자연재해는 근처에 오지 않는 게 좋았다.

"제가 방금 말했잖습니까. 접근조차 못하는데 그 새끼가 워싱턴에 오는지 안 오는지를 어떻게 압니까?"

"……그건 그렇지."

맞는 말이라 혀를 차던 코지 나카모토의 눈이 샐쭉해진다.

"야, 너 요새 좀 반항한다?"

"죄, 죄송합니다."

"……쯧. 조심하자."

"죄송합니다."

못마땅한 눈으로 박 대리를 쳐다보던 코지 나카모토는 다시 포토맥 강변을 보며 눈을 가늘게 떴다.

'불안해.'

단순한 기우라면 좋겠지만, 촉이 좋지 않다.

왠지 곧 종혁을 다시 볼 것 같은 기분.

"일단 회사로 돌아가면 FBI 뉴욕지국에 침투시킬 인력 충원 요청부터 해. 그리고 삼겹살에 소주나 땡기자."

"오, 삼겹살에 쏘주! 옙!"

쏴아아!

그들은 곧 여름임에도 서늘한 강바람을 맞으며 돌아섰다.

* * *

사건의 개요는 이랬다.

쿠바 관타나모에 위치한 미해군기지 소속 라비 에드거리 일병은 마이애미로 휴가를 나왔다가 갑자기 선임을 살해 후 도주. 샬럿과 워싱턴 DC, 필라델피아를 거쳐 뉴욕에 들어왔음이 확인됐다.

그래서 사건이 FBI 뉴욕지국으로 인계된 것이었다.

"NCIS의 윌리엄 파웰입니다. 복무 당시 계급이 소위였으니 윌리엄 소위라고 불러 주시면 됩니다."

회의실, NCIS(United States Naval Criminal Investigative Service, 미 해군범죄수사국)에서 파견된 깐깐한 인상의 삼십대 백인 남성이 손을 내밀자 종혁이 그 손을 붙잡는다.

"아, 그래요."

'골치 아픈 유형이네.'

윌리엄 소위는 권위의식이 강한 타입이었다.

"FBI의 최종혁입니다. 이쪽은 제 동료인 벤과 드롭입니다. 그럼 곧바로 사건 이야기로 넘어갈까요?"

"저도 그편이 좋습니다."

고개를 끄덕인 종혁은 사건 파일을 펼쳤다.

라비 에드거 리 일병. 21살에 군 입대를 해서 곧바로 관타나모 미군 기지에 배치, 2년 동안 군 생활을 한 젊은 청년이다.

178cm, 70kg 호리호리한 체격에 개미 한 마리 쉽게 죽이지 못할 듯한 선한 외모. 종교는 천주교.

'세례까지 받은 독실한 천주교인이 살인을 저질렀다라…….'

종혁의 눈이 가늘어진다.

라비 일병이 천주교인이라서가 아니다. 독실한 신자라도 범죄를 저지를 놈은 범죄를 저지르니까.

그는 사건 파일의 한 대목을 짚으며 입을 열었다.

"여기에 원한에 의해 우발적으로 살인을 저질렀다고 나오는데, 라비 일병과 피해자 간에 어떤 원한 관계가 있는 겁니까?"

"같은 소대에서 근무하는 해병들 진술에 따르면, 라비 일병과 피해자는 거의 앙숙 사이였다고 합니다."

일어나면서부터 잠들 때까지 사사건건 부딪쳤다고 한다.

"그건 여기 뒷장에 나와 있으니 저도 압니다. 저는 정확한 원인을 묻는 겁니다."

"……주로 라비 일병의 항명 때문이었다고 합니다."

"항명……."

"청소부터 쉬는 것까지, 라비 일병은 선임인 피해자의 통제를 듣지 않고 제멋대로 행동했다고 합니다. 피해자는 계속 엇나가는 라비 일병이 안쓰러워 잔소리를 많이 했고요."

"그러다 휴가를 나와서까지 잔소리를 듣자 욱해서 찔렀다?"

살해에 쓰인 흉기는 부서진 맥주병.

펍에서 혼자 술을 마시던 라비 일병은 같은 펍에 있던 피해자가 동료들과 함께 화장실로 향하자, 따라 들어가 들고 있던 맥주병을 부순 후 그대로 피해자의 전신을 12번이나 찌르고 도주했다.

"피해자가 정말 지독히도 싫었나 보네요."

"저희 NCIS에서도 그렇게 판단하고 있습니다."

"흠. 그런데 라비 일병은 왜 이 먼 뉴욕까지 온 겁니까? 그 부분은 기록되지 않았던데요."
"그의 양부모가 차이나타운에 살고 있습니다."
순간 종혁의 눈살이 꿈틀거렸다.
"그럼 친구나 지인들도 차이나타운에 살겠군요."
"그에 대한 자료는 여기 있습니다."
라비 일병이 복무 중 통화한 기록과 편지를 주고받은 기록을 바탕으로 작성된 인맥도.
그런데 그 숫자가 부모를 제외하면 고작 3명뿐이다.
'친구가 어지간히 없네.'
종혁은 고개를 끄덕였다.
"탈영 당시의 무장 상태는 어땠습니까?"
"휴가를 나온 것이기에 당연히 비무장 상태였습니다."
"살상 무기 제작에 관한 지식이 있습니까? 살인 경험은요? 병과는?"
"그는 뛰어난 해병이었습니다."
"지금 그걸 묻는 게…… 하, 됐습니다. 그냥 모든 자료를 넘겨주시죠."
"지금 제가 말한 게 전부입니다."
"이봐요."
"이게 전부입니다."
까득!
"……알겠습니다. 그럼 호텔에서 쉬고 계십시오. 찾으면 연락드릴 테니까."
괜히 남의 구역에 와서 분탕 치지 말라는 경고.

콧방귀를 뀐 윌리엄 소위는 회의실을 빠져나갔고, 종혁은 그런 그를 보며 침을 뱉었다.

"아오, 저 씹새끼!"

그들이 범인을 놓쳤기에 자신들 FBI가 수습하게 된 것임에도 뻣뻣하게 구는 윌리엄 소위의 모습에 화가 솟구쳤다.

그런데 그보다 거슬리는 게 있다.

"뭔가 있는 것 같죠?"

"응. 뭔가 숨기는 게 있네. 말이 두루뭉술해."

사건을 기록한 파일 내용도 죄다 두루뭉술하다.

그뿐만 아니다.

"사건 당시의 상황이나 진술서들도 어색해요."

피해자는 동료들과 함께 화장실에 있다가 찔렸다고 했다.

피해자와 그의 동료들은 해병이다. 미국 최고의 전투부대 중 하나인 해병대 소속의 군인.

아무리 술김에, 홧김에라고 한들 그런 이들이 모여 있는데 범행을 저질렀다?

물론 제대로 빡쳤다면 그럴 수도 있겠지만, 다소 의아할 수밖에 없었다.

그런데 더 의아한 건 피해자의 동료들이었다.

그 어떤 진술에도 라비 일병을 저지하다가 상처를 입었거나, 반대로 라비 일병에게 상처를 입혔다는 내용이 없었다.

즉, 피해자의 동료들은 라비가 피해자를 12번이나 찌

르고 도주할 때까지 구경만 하고 있었다는 거다.

사건 현장 사진도 좀 이상했다.

소변기 앞에서 팬티까지 모두 내린 채 사망해 있는 피해자와 피가 안 튄 곳을 찾는 게 빠를 정도로 피범벅이 된 화장실.

라비 일병이 피해자를 화장실 여기저기로 끌고 다니며 찔렀다는 뜻이 된다. 아니면 도망치는 피해자를 좇아가 찌르며 화장실을 벗어나지 못하게 했거나.

그게 맞다는 듯 피해자의 등에 세 개의 상흔이 있다.

상황이 이러하니 더더욱 피해자의 동료들과 라비 일병 사이에 마찰이 없었다는 게 도무지 이해가 가질 않았다.

사건 파일에서 이 정도로 고약한 냄새가 풍기는 건 오랜만이었다.

심지어 NCIS는 라비 일병이 탈영한 직후 FBI에 도움을 요청한 게 아니라, 뉴욕까지 도주한 이후에야 이렇게 찾아왔다.

진작 FBI의 협조를 받았다면 뉴욕까지 도주하지도 못했을지 모르는데 말이다.

종혁은 코를 긁으며 사건 파일을 뚫어지게 응시했다.

'대체 뭘까. 뭣 때문에 이렇게 고약할까.'

뭐든 NCIS뿐만 아니라 관타나모 해군기지가 이번 사건을 은폐하려는 것 같다.

이 사건 파일은 딱 그런 의도가 담기다 못해 철철 넘치고 있었다.

"씨발. 이 새끼들보다 먼저 찾으려면 빵이 좀 치겠네."

군에서 뭔가를 은폐를 하려고 드는데 제대로 된 재판을 받을 수 있을까.

라비 일병이 진짜 개새끼라면 종혁도 신경을 쓰지 않을 테지만, 이 사건 분명 뭔가 있다는 직감이 든다.

그렇다면 NCIS보다 먼저 라비 일병을 찾아 잘잘못을 따져 봐야 했다.

"마지막 목격 장소가 포트 오소러티 터미널 근처야."

사건을 저지른 후 종적을 감춘 라비 일병.

그가 다시 모습을 드러낸 곳은 플로리다의 북쪽 도시 잭슨빌이었고, 이후 워싱턴 DC에서 필라델피아를 거쳐 뉴욕에 들어왔다.

마이애미에서 뉴욕까지 오는 데 걸린 시간은 고작해야 이틀, 정확히는 28시간에 불과했다.

포트 오소러티 고속버스터미널 근처에서 모습을 드러낸 것도 고속버스를 탄 게 아니라 시골에서나 볼 수 있는 작고 허름한 트럭에서 내리는 게 CCTV에 찍혔던 것뿐이다. 뉴욕주 오른편 코네티컷주 번호판을 단 트럭에서.

굉장히 영리하고 행동력도 빠른 놈이다.

아니, 제대로 훈련을 받은 놈이었다.

"거긴 제가 훑을 테니까 벤과 드롭은 지원을 요청해서 양부모를 찾아가 봐요."

탈영한 군인이 부모가 있는 뉴욕에 왔다면 그 이유가 뭐겠는가. 부모가 사는 곳 일대에 포위망을 펼쳐야 했다.

"아니, 우리가 버스터미널을 훑을 테니까 양부모에게는 네가 가. 라비 일병의 양부모가 동양인이잖아."

"흠. 뭐, 알겠습니다."

고개를 끄덕인 종혁은 사건 파일에 첨부된 라비 일병의 가족사진을 가만히 응시했다.

* * *

쏴아아아!

오전 11시부터 꾸물거리기 시작하던 하늘이 결국 비를 쏟아 낸다.

오늘 비 소식이 없었던지라 기겁한 사람들이 근처 건물 아래로 몸을 피하고, 혹시 몰라 우산을 준비한 사람들이 승리자의 미소를 지으며 우산을 펴 든다.

그건 차이나타운도 다르지 않았다.

차이나타운의 어느 허름하고 낡은 건물 옥상.

"하아."

난간에 몸을 숨긴 라비 일병이 쌍안경을 꺼내, 저 멀리 아주 희미하게 보이는 식료품 마트를 가만히 응시한다.

사람들이 펴 든 우산 때문에 더 잘 보이지 않는 작고 허름한 식료품 마트.

비가 쏟아지자 걸어 나와 차양막을 치는 오십대 동양인 부부의 모습을 보는 라비 일병의 얼굴이 일그러진다.

'엄마. 아빠…….'

그의 눈에서 주륵 흐르는 후회의 눈물.

"미안해요. 제가 조금만 더 참았어야 했는데……."

다른 기지로 전출을 신청해 놨는데, 결국 짧은 순간을 참지 못해 사고를 치고 말았다.

물론 그에 대한 후회는 없다.

놈은, 그리고 놈들은 악마였으니까.

하지만 앞으로 부모님을 만나 뵐 수 없을 거라 생각하자 심장이 찢어질 듯 아프다.

혹여 아들이 어디 다치진 않을까 매일같이 전화를 하시던 부모님. 혹여 아들이 상의 없이 파병을 가 버릴까 달래던 부모님.

그는 가슴을 부여잡으며 오열했다.

늦봄의 차가운 빗줄기가 그의 영혼을 차갑게 식혀 갔다.

그 순간이었다.

덜컹!

'흡?!'

"꺅!"

갑자기 열린 문을 통해 모습을 드러낸 삼십대 후반의 동양인 여성.

"W, Who are you? This is m, my……."

"我来这里是为了抽根烟(잠깐 담배를 피우러 왔습니다)."

"Ah!"

라비 일병의 능숙한 중국어에 깜짝 놀라는 여성.

"그럼."

라비 일병은 모자를 더 깊이 눌러쓰며 그녀를 지나쳐 아래로 뛰어 내려갔고, 멍하니 그런 그를 바라보던 여성은 이내 정신을 차리곤 옥상 한편에 세워진 허름하다 못해 다 쓰러져 가는 창고 같은 건물로 걸어가 문을 열었다.

"……얘는 또 어디 간 거야!"

자식을 찾는 엄마의 사자후가 빗소리를 뚫고 울려 퍼졌다.

* * *

작고 허름한 식료품 마트, 라비.

흙이 묻은 생야채들이 뿜어내는 냄새 속, 카운터에 놓인 붉은색 플라스틱 의자에 앉은 남성 리자춘이 밖을 보며 혀를 찬다.

"먹구름이 끼네."

"아까부터 무릎이 아픈 게 곧 비가 오려나 봐요. 장마는 모레부터 시작될 거라고 했는데……."

안경을 낀 작은 체구의 아내가 다가오며 따뜻한 차를 내밀자 리자춘은 씁쓸히 웃으며 찻잔을 밀어냈다.

"됐어. 뭐가 안 넘어가네. 당신이 마셔."

"저도 뭐가 안 넘어가네요. 후우. 라비는 밥이라도 챙겨 먹고 있을지……."

대체 이게 무슨 일이란 말인가.

얼마 전 통화를 할 때까지만 해도 소대원들이 잘 대해 준다고 했던 아들이 선임을 죽이고 탈영을 하다니.

어제 오후, NCIS라는 곳에서 연락이 왔을 땐 심장이 철렁 내려앉았었다.

솔직히 처음엔 믿지 않았다.

독실한 천주교 신자에, 입양아임에도 자라는 동안 사고 한 번 안 친 아들. 그런 아들이 반항한 건 딱 한 번, 해병대에 입대하겠다고 했을 때다.

당연히 그들은 반대를 했었지만, 라비는 부모님과 이 나라를 지키고 싶다며 단식 투쟁과 함께 그들을 설득했고 결국 해병대에 입대하게 됐다.

"그때 말렸어야 했어요. 그때 어떻게든……."

"후우우."

리자춘은 가슴을 치는 아내를 애써 외면했다. 자신도 같은 마음이었기 때문이다.

차라리 아들이 굶어 쓰러진다고 해도 참았다면 이런 일은 없었을 텐데, 하는 지독한 후회가 리자춘의 마음을 좀먹어 간다.

딸랑!

"아, 어서 오세요. 라비 마트입니다."

누군가 마트에 들어오자 웃으며 몸을 일으키는 그.

하지만 이내 곧 표정이 굳는다.

"NCIS의 윌리엄 파웰입니다."

"……오셨군요. 라비의 아비 자춘 리입니다. 이쪽은 제 아내입니다."

"롱 유에예요."

"라비 일병에게 연락 없었습니까?"

"아직 오지 않았습니다. 그런데 정말 제 아들이 사람을 죽인 게 맞습니까? 혹시 착오라도……."

"쉿."

리자춘의 말을 끊은 윌리엄 소위는 리자춘과 아내의 눈을 빤히 바라보다가 어딘가로 전화를 걸었다.

"들어와."

"응?"

딸랑!

청바지와 얇은 후드티, 백팩을 멘 두 명의 동양인 남성이 문을 열고 들어온다.

아니, 그러다 못해 갑자기 카운터 안으로 들어오더니 전화기를 분리하기 시작하고 가게에 CCTV를 설치한다.

"이, 이게 뭐하는 짓입니까!"

"선임을 살해하고 도주한 극악무도한 범죄자를 잡기 위함입니다. 협조 부탁드리겠습니다."

"그건 분명 이유가 있을 겁니다!"

"그러니 더 협조를 구하는 겁니다. 저희가 라비 일병을 사살하지 않도록 말입니다."

"그, 그게 무슨……."

"해병대는 다른 군부대들보다 더 사람을 빨리, 그리고 효과적으로 죽이는 기술을 배우는 곳입니다. 미스터 리, 그렇기에 저흰 라비 일병이 허튼짓을 할 시 곧바로 사격을 가할 수밖에 없습니다."

"아……."

"여보!"

쓰러지는 아내를 붙잡은 리자춘은 윌리엄 소위를 죽일 듯 노려봤다. 그러나 그는 눈빛조차 흔들리지 않았다.

그에 윌리엄이 진심이라는 것을 알아챈 리자춘은 그들의 행동을 그저 망연자실 쳐다보는 수밖에 없었다.

그때였다.

쏴아아아!

결국 쏟아져 내리는 비.

"……차양막을 쳐야겠네."

"그, 그래요. 사람들이 비를 피할 수 있도록 해야겠어요."

미국으로 이민을 오고 수십 년, 그리고 아들과 함께한 추억이 가득 묻어 있는 가게가 타인의 손에 짓밟히고 유린되는 걸 더 이상 지켜볼 수 없던 리자춘과 아내는 결국 가게를 나섰고, 윌리엄 소위는 그런 그들을 일견하며 입을 열었다.

"앞으로 3분. 그 안에 끝내. 라비 일병이 멀리서 지켜보고 있을 수 있다."

"옛썰."

윌리엄은 다시 핸드폰을 들었다.

"현재 탱고가 관측되나?"

탱고는 군에서 타깃을 뜻하는 암호.

–보이지 않습니다.

"알았다. 계속 주시……."

딸랑!

"야, 내가 이럴 줄 알았지. 어이, 내가 호텔에서 쉬고 있으라고 했지?"

윌리엄은 문을 열고 들어오는 종혁의 모습에 얼굴을 구겼다.

* * *

종혁이 차이나타운에 진입하기 20분 전.

차를 모는 종혁이 캘리 그레이스팀의 든든한 대들보이자 사무요원인 몰리와 통화를 나누고 있다.

—다른 FBI 지국들에 알아보니까 군에서 마이애미와 DC, 필라델피아로 향하는 길 모두 검문검색을 했다고 해. FBI를 배제하고.

"그게 가능해요?"

—원칙적으로는? NCIS도 수사기관이다 보니까 경찰에 지원 요청을 할 수는 있지. 더욱이 군대이잖아. 미국에서 군대가 어떤 의미인 줄 알지?

"흠. 그럼 뉴욕으로 들어오는 다리들도 다 검문했겠네요? 우리 몰래?"

—응. 오늘 새벽부터 그렇게 했더라고. 그런데 너무 갑작스런 요청이라서 조지 워싱턴 브릿지부터 베라자노 내로스 브릿지까지만 겨우 막았대.

"그래서 코네티컷을 통해 들어오는 라비 일병을 잡지

못한 거군요."

–아무래도 그렇다고 봐야겠지. 뭐 뉴욕으로 들어오는 모든 도로를 봉쇄했다고 한들 작정하고 들어오는 사람을 잡지는 못했을 테지만.

"그건 맞죠."

다른 곳에서 뉴욕시로 들어올 수 있는 루트가 너무 많다. 그 모든 루트를 봉쇄한다는 건 사실상 불가능했다.

"알았어요. 고마워요, 몰리."

통화를 종료한 종혁의 눈이 가늘게 떠진다.

'진짜 뭐 있네.'

"……병신 같은 새끼들."

라비 일병이 도주를 한 순간 곧바로 뉴욕에 알려 왔다면 더 확실하게 도주 경로를 봉쇄하고 검문검색을 할 수 있었을 거다.

이건 정말로 자신들이 어떻게든 잡아 보려다가 놓쳐서 울며 겨자 먹기로 협조 요청을 해 온 거다.

"하여튼 이 군인 놈의 새끼들은 당최 정이 안 가."

폐쇄적인 집단일 수밖에 없는 군대. 그렇다 보니 생각들도 답답하기 그지없다.

혀를 찬 종혁은 그레이스 탐정사무소에 연락을 했다.

"접니다. 차이나타운 전체에 CCTV 까는 데 며칠이나 걸릴 것 같습니까?"

–불가능합니다.

"음?"

–그쪽에서 용납을 하지 않을 겁니다.

그쪽이란 말에 뭔가가 떠오른 종혁은 한숨을 내쉬었다.

"화교 연합……."

–아시는군요.

"모를 리가요."

겉으로 드러낸 명칭은 차이나타운 상가 번영회.

미국에 이주해 온 1세대 중국인의 후손들이 스스로의 권익을 지키기 위해 만든 단체로, 미국에 사는 화교들에게 강력한 영향력을 행사하며 영화나 드라마, 소설에선 종종 화교를 지배하는 왕이나 배후 세력처럼 등장하는 곳이다.

중국계 갱들이 이 상가 번영회 소속이기도 하니 영 틀린 말이 아니기는 하다.

"후. 그럼 그쪽 회장과의 만남을 주선해 줄 수 있겠습니까?"

–그 정도는 가능합니다. 알아보고 연락드리겠습니다.

"부탁드립니다."

전화를 끊은 종혁은 마침 모습을 드러낸 차이나타운 특유 상징인 거대한 문 안으로 차를 몰았다.

그렇게 라비 마트 앞에 도착해 차에서 내린 종혁은 잠시 주변을 둘러봤다.

'생각이 있으면 근처에 오진 않았을 테니, 멀리서 여기를 살필 수 있는 포인트가…….'

스페츠나츠에게 사격 훈련을 받으며 정찰과 저격 훈련

역시 받은 종혁.

'현재 부모님의 얼굴을 무척 보고 싶을 테니…….'

라비 일병이 잡힐 위험을 무릅쓰고 뉴욕에 온 이유가 뭐겠는가.

멀리 떠나 숨기 전에 마지막으로 양부모를 만나기 위해서다.

'아, 저기가 괜찮겠네. 저기도 나쁘지 않고.'

이쪽에 서 있는 사람들의 시선이 잘 닿지 않으면서도 수월하게 이쪽을 쳐다볼 수 있는 포인트들.

저곳에 CCTV 설치하면 좋을 듯싶다.

고개를 끄덕이며 돌린 종혁은 차양막을 펼치다 멈춘 두 장년인 부부를 발견하곤 고개를 숙였다.

"이런 일로 찾아뵙게 되어 죄송합니다. 리자춘 씨, 유에롱 씨. FBI의 최종혁입니다."

"FBI에서도…… 오셨군요."

'에서도?'

의아해하며 마트 안을 바라본 종혁은 얼굴을 구겼다.

"아 나, 이 씨발."

종혁은 거칠게 문을 열고 들어갔다.

* * *

자신을 보며 표정을 구기는 윌리엄 소위의 모습에 종혁의 고개가 삐딱하게 기울어진다.

"이거 허락은 받은 거냐?"

"뭐?"

"이거 저분들에게 제대로 허락은 받고 설치하는 거냐고. 아니지?"

"하! 지금 시민들에게 심각한 위협이 될 수도 있는 탈영병을 잡아야 하는데, 지금 그딴 게……."

"개새끼네."

"……뭐?"

"예예. 무슨 말인지 알겠으니까 손 내미세요. 윌리엄 파웰, 당신을 협박 및 재물손괴 혐의로 긴급 체포합니다. 당신은……."

종혁이 수갑을 꺼내 들자 윌리엄 소위는 입을 떡 벌렸다.

"……날 체포하겠다고?"

"그럼 가짜겠어요? 지랄 말고 손이나 내미세요."

"하아. 이봐, 이거 감당할 수 있겠어?"

툭! 툭툭!

종혁의 어깨를 미는 손.

그에 종혁의 눈이 번뜩였다.

"감당할 수 있겠……."

휘익!

곧바로 윌리엄의 팔을 감싼 종혁은 그대로 그를 업어쳤다.

쾅!

"컥?!"

"소위님!"

"한 발자국만 더 움직여 봐. 대가리에 구멍을 뚫어 버릴라니까."

어느새 총을 꺼내 들어 윌리엄 소위의 부하들을 멈춰 세운 종혁은 고통에 몸부림치는 윌리엄 소위의 이마를 권총으로 툭툭 쳤다.

"어이, 적당히 해. 범죄자 새끼들이 네 앞에서 설설 기니까 네가 뭐라도 된 것 같아? 까불지 마, 새끼야."

경찰은 민중의 지팡이다.

경찰이 고개를 뻿뻿이 세울 수 있는 건 어디까지나 범죄자들 앞에서이고, 죄 없는 민간인 앞에서 대거리를 한다면 그건 경찰이 아니라 개새끼일 뿐이다.

"저분들이 잘못한 게 뭔데? 자식을 잘못 키운 죄? 정말이야? 정말 그렇게 생각해?"

정말 그렇다고 말한다면 종혁은 망설임 없이 현재 잡고 있는 윌리엄 소위의 팔을 꺾어 버릴 생각이었다.

이딴 놈은 경찰을 해선 안 되기 때문이다.

"까드득!"

"그래. 들어 처먹지 않을 줄 알았다."

혀를 차며 윌리엄 소위의 팔을 푼 종혁은 손을 저었다.

"야, 꺼져."

"……오늘 이 일, 상부를 통해 항의할 겁니다."

"예, 예. 그러시든가요."

종혁은 중지로 귀를 후볐고, 다시 이를 간 윌리엄 소위는 부하 직원들과 함께 마트를 나섰다.

딸랑!

문이 닫히자 종혁은 얼굴을 구겼다.

"진짜 뭘 숨기는 거야?"

일병에 불과한 군인에게서 뭘 그토록 감추고 싶어 하는 것일지 도무지 예상되는 게 없었다.

딸랑.

문이 열리는 소리에 고개를 돌리자, 방금 전 대화를 들은 건지 얼떨떨해하는 리자춘 부부의 모습이 보였다.

종혁은 씁쓸히 웃고는 두 사람에게 고개를 숙였다.

"제가 모든 수사기관을 대표할 입장은 못 되지만, 그래도 윌리엄 파웰 수사관의 무례를 대신 사과드리겠습니다."

"아, 아닙니다. 그럼 저 CCTV는 설치 안 하시는 겁니까?"

"원하신다면 그렇게 하겠습니다."

리자춘 부부의 눈이 동그랗게 떠졌고, 종혁은 걱정 말라는 듯 푸근히 웃어 줬다.

"일단 앉아서 이야기를 나누는 게 어떻겠습니까?"

"……여보, 잠깐 가게 문 닫아."

"알았어요. 곧 따라갈게요."

"절 따라오시죠."

리자춘이 마트 안쪽으로 난 문을 열고 들어간다.

그리고 문 옆에 난 계단을 밟고 올라가니 주거 공간이 나온다.

"들어오시죠."

"실례하겠습니다."

식탁에 앉아 기다리니 리자춘이 차를 내온다.

"근근이 벌어먹고 사는 형편이라 대접할 게 마땅치 않습니다."

"괜찮습니다. 저 차 좋아합니다."

예의를 갖춰 차 한 모금을 마신 종혁이 만족스럽다는 듯 웃으며 그의 미안함을 덜어 준다.

체면에 살고, 체면에 죽는 중국인.

미국에 온 지 오래되어 미국의 방식에 적응한 화교라고 해도 그 잔재는 남아 있다.

"혹시…… 중국계십니까?"

"한국인입니다. 하지만 중국말이 편하시다면 중국말로 하셔도 됩니다. 북경어나 광둥어 등 지독한 사투리가 아니면 다 할 수 있으니까요. 아, 오셨네요."

유에롱이 리자춘의 옆에 앉자, 아내가 올 때까지 시간을 끌려고 했던 리자춘이 입을 연다.

"대체 어떻게 된 일입니까? NCIS에서 대충 말을 듣긴 했지만……."

이젠 영어가 편해서인지 영어로 말하는 리자춘.

"저는 아드님께서 부대원들에게 괴롭힘을 당한 것이 아닐까 추측하고 있습니다."

증거는 없었다.

그러나 NCIS의 수상한 행동이나 부자연스러운 사건 파일의 내용을 통해 미루어 짐작할 때, 종혁은 그 가능성이 높다고 점쳤다.

한국에서도 몇 차례 발생한 적이 있는 군경(軍警)에서의 살인 사건.

그런 사건의 시작은 대부분 지독한 가혹 행위에서 비롯되었다.

물론 그렇다고 해서 살인이 용납될 수 있는 건 아니지만, 정상참작하여 감형을 받을 수는 있을 터였다.

'그리고 무엇보다…….'

감추어진 진실이 있다면, 진상을 밝혀 내어 진짜 죄인들도 마땅한 처벌을 받도록 만들어야 했다.

"무, 무슨! 아니, 왜……!"

"라비가 괴롭힘을 당했다는 건가요?! 제 아들이 무슨 잘못을 해서요!"

"그걸 알기 위해서라도 라비 일병을 찾아야 하는 겁니다."

"그런……."

"아버님, 그리고 어머님. 정말 라비 일병이 괴롭힘을 당한 것이라면, 그래서 그런 일까지 저지른 게 된 거라면 진실을 밝혀야만 합니다."

흠칫!

리자춘 부부가 멍하니 종혁을 바라본다.

"숨어만 있어서는 그 무엇도 해결되지 않습니다. 부디 이번 사건의 진실이 명백히 밝혀질 수 있도록 도와주십시오."

일어선 종혁이 허리를 깊이 숙인다.

그리고 잠시 그들 사이에 내려앉은 침묵.

감겨진 리자춘의 눈이 파르르 떨린다.

가슴이 미어진다.

힘들어했을 아들의 모습이 떠오르자 리자춘은 결국 침묵을 깨고 입을 열었다.

"많이 망가트리지만 마십시오."

배 아파 낳진 않았지만, 가슴으로 낳은 아들.

이날 이때까지 단 한 번도 실망시키지 않고, 언제나 자랑스러웠던 아들.

종혁의 말처럼 분명 그런 일을 저지른 이유가 분명 있을 터였다.

"감사합니다. 반드시 진실을 밝혀내겠습니다."

종혁은 어려운 결단을 내려 준 리자춘을 향해 더 깊이 고개를 숙였고, 리자춘 부부도 종혁에게 고개를 숙인다.

"부탁드리겠습니다."

"파손된 부분은 모두 변상해 드리겠습니다. 감사합니다. 그럼 잠시."

양해를 구하고 일어선 종혁은 캘리 그레이스에게 전화를 걸었다.

"예, 보스. 지원팀 보내 주세요. 라비 일병의 부모님께서 협조해 주시겠답니다."

-오케이. 바로 보낼게. 수고했어.

전화를 끊은 종혁은 속으로 한숨을 내쉬었다.

'일단 한 고비는 넘겼군.'

나머지는 차이나타운 일대에 거미줄 같은 감시망을 깐

후 어둠 속에 숨어 있을 라비 일병을 끌어내는 거다.

"아, 그런데 라비 일병의 친구들이 어디 사는지 아십니까?"

부모에게 협조를 얻어 냈으니 이젠 지인들의 협조를 끌어내야 했다.

혹시라도 라비 일병이 그들을 찾을 수도 있으니 말이다.

* * *

흐릿하고 빛 번짐이 심한 막사 안.

딱딱하게 굳은 라비 일병이 거수경례를 한다.

―이, 이병! 라비 에드거 리!

최대한 쥐어짠 자대배치 신고 내용이 그의 입에서 흘러나오자, 빛 번짐이 너무 심해 입만 겨우 보이는 군인들이 몸을 일으켜 다가온다.

'안 돼.'

―오! 얘 몸이 너무 얇은데?

―여자 아니야?

―설마.

―설마는 무슨. 야, 벗어 봐.

―자, 잘못 들었습니다?

'안 돼…….'

―명령이다. 벗어.

―예, 예! 알겠습니다!

'안 돼―!'

와장창!
갑자기 깨져 버린 공간.
벌떡 몸을 일으킨 라비 일병이 거친 숨을 몰아쉰다.
그런 그의 얼굴에서 후두둑 떨어지는 땀.
어디선가 불어온 꿉꿉한 바람이 그의 정신을 깨운다.
'꿈…….'
"빌어먹을."
욕지거리를 내뱉는 그의 근처로 사람들이 스쳐 지나간다.
띠리리리링! 철컹철컹! 웅성웅성!
온갖 소음이 가득한 지하철역의 한구석.
아직도 깨지 않은 홈리스들이 뿜어내는 지독한 냄새에 사람들은 눈살을 찌푸리며 바삐 걸음을 옮기고, 그 모습을 보던 라비 일병이 모자를 눌러쓰며 몸을 일으킨다.
'이 지하철역에서 홈리스가 쫓겨나는 시각이 오전 7시.'
이곳에서 20년 넘게 살았는데 모를 리가 없다. 더 사람들이 많아지기 전에 다른 곳으로 이동해야 됐다.
그렇게 지하철을 나선 라비 일병은 혀를 찼다.
쏴아아아!
어제에 이어 오늘도 비가 오고 있었다.

* * *

뉴욕 퀸스의 작은 광고 회사 앞.
"그럼 부탁드리겠습니다."

"예, 예. 굳이 이렇게 찾아오시기까지 했는데 당연히 그래 드려야죠."

비꼼이 가득한 말투.

적개심마저 보이는 젊은 청년, 어제는 출장을 갔었다고 만나지 못한 라비 일병의 친구의 모습에 씁쓸히 웃은 종혁은 다시 고개를 숙이며 돌아섰다.

종혁은 타고 온 차량으로 걸어가 보조석에 올라탔다.

그러자 벤의 표정이 굳는다.

"어떻게 한대?"

"표정을 봐요."

이쪽을 향해 침을 뱉고는 건물 안으로 들어가는 라비 일병의 친구.

"끙. 저 친구에게도 뭔가를 바라면 안 되겠군."

저 친구뿐만이 아니다.

라비 일병이 군 복무를 하는 와중 연락을 주고받은 다른 2명의 친구 역시 FBI가 찾아온 걸 못마땅해했다.

"친구는 적어도 우정이 참 끈끈하네요."

"아니, 그래도 살인인데!"

"라비 일병에게 무슨 사연이 있다고 생각하는 거겠죠. NCIS가 먼저 와서 휘젓기도 한 것 같고요."

"빌어먹을, 군인 새끼들!"

처음부터 종혁들을 반기지 않았던 라비 일병의 친구들.

말을 꺼내기도 전에 그런 모습을 보인다는 건, 아무래도 윌리엄 소위가 라비 마트에서 쫓겨난 이후 곧바로 찾아와 한바탕 휘젓고 간 것 같다.

"동의합니다. 정말 빌어먹을이네요."

"골치 아프게 됐네……."

운전대를 잡은 드롭이 뒷목을 주무른다.

라비 일병의 부모인 리자춘 부부와 함께 어둠 속에 숨어 있는 라비 일병을 끌어내야 하는 친구들이 저렇게 비협조적인 모습을 보인다면 라비 일병을 잡을 길이 요원해진다.

"어떻게 할 거야?"

"어떡하긴 뭘 어떡해요. 저 친구들의 동선 전체에 감시망을 깔아야지."

곧 그레이스 탐정사무소에서 파견된 탐정이 미행을 할 테지만, 그걸로는 안심할 수 없다.

"이에 대한 허가도 받아야 하니까 일단 복귀부터 하죠. 라비 일병이 터미널에서 어떻게 움직였는지 확인했어요?"

"싹 다 수거해서 몰리에게 맡겨 놨으니까 금방 나올 거야."

파바바바바박!

'비가 많이 오네.'

낮인데도 깜깜한 하늘, 앞 유리창에 세차게 부딪치는 빗줄기를 본 종혁은 한숨을 내뱉었다.

'라비 일병 이 친구는 지금 어디서 비를 피하고 있을까?'

종혁은 그게 많이 궁금했다. 비를 피하고 있는 그곳이 곧 숨어 있는 아지트일 테니 말이다.

지이잉! 지이잉!

"예, 최종혁입니다."

–차이나타운 상가 번영회와 약속을 잡았습니다.

순간 번쩍 뜨이는 종혁의 눈.

"언제입니까?"

부우웅!

차가 FBI 뉴욕지국으로 출발했다.

* * *

"그럼 이만 퇴근해 보겠습니다!"

사무실 직원들에게 인사를 하며 건물을 나선 라비 일병의 친구, 후덕한 덩치의 잭 웡이 아직까지 쏟아지는 비를 보며 혀를 찬다.

"비는 잘 피하고나 있을지……. 바보 같은 자식."

힘들고 괴로우면 도와 달라고 말을 해야 할 것 아닌가. 그러라고 있는 게 친구 아니던가.

"그깟 놈의 군대 차라리 관둬 버리지! 퉤!"

침을 뱉은 잭 웡은 우산을 펴들며 지하철역으로 향했다.

덜컹, 덜컹, 덜컹, 덜컹.

퇴근 시간이라 사람들이 가득한 지하철.

1시간 넘게 달려 차이나타운에 도착한 잭 웡은 손님 한 명 없는 작고 허름한 중국 식당 안으로 들어갔다.

"저 왔어요!"

"왔어? 오늘도 볶음밥?"

"오늘은 좀 추우니까 온탕면으로 주세요."

"알았어!"

가방을 놓고 몸을 일으킨 잭 웡은 벽에 붙은 선풍기가 돌아가는 고작 다섯 평 남짓한 작은 식당 가운데에 놓인 불 꺼진 난로 위의 주전자를 기울여 차를 따랐다.

후룩!

"하아. 이제야 좀 살 것 같네."

진한 찻물이 목구멍으로 넘어가며 몸과 정신을 나른하게 만드니 이제야 좀 퇴근을 한 것 같다.

잭 웡은 테이블 위로 엎어지며 앓는 소리를 냈다.

"대학 때가 좋았어. 대학 때가……."

그놈의 경제가 뭔지 세 명이서 해야 할 일을 한 사람이 하고 있다. 그것도 모자라 계속해서 야근을 하니 이러다 과로로 죽겠다는 생각이 든다.

'오늘은 그냥 씻고 바로 자야지.'

타악!

"주문하신 음식 나왔습니다. 얼른 일어나서 먹어."

"오!"

몸을 일으킨 잭 웡은 얼른 젓가락을 빼 들었고, 그걸 가져 온 주방장이 잭 웡의 맞은편에 앉는다.

"어떻게 된 일이야? 라비가 정말 사람을 죽인 거 맞아? 왜?"

"……저도 알고 싶네요. 그런데 그건 어떻게 아셨어요?"

"NCIS인가 NCCC인가가 와서 널 찾는데 모를 리가 있겠냐? 다행히 손님이 없을 때 오긴 했지만, 소문이 퍼지는 건 금방일 거다. 어휴, 어쩌자고…….”

“그냥 모른 척하세요, 아버지. 라비 아시잖아요. 분명 무슨 사연이 있을 거예요.”

“나도 그럴 거라 생각은 한다만……. 에휴, 혹시라도 라비 만나면 데리고 와. 지금쯤 이 아빠 밥이 얼마나 먹고 싶겠냐?”

코 찔찔 흘리고 다니던 어린 시절부터 그들 사총사의 아지트는 이 식당이었다.

식사 때만 되면 쪼르르 나타나 아빠, 아저씨 밥 주세요 하던 작고 귀여운 망아지들. 그런 망아지 중 한 명에게 큰일이 닥쳤다고 하니 눈물이 앞을 가린다.

그런 아버지의 말에 잭 웡은 눈을 빛냈다.

‘아지트.’

있었다. 이 식당 말고 그들이 썼던 비밀 기지가.

‘하지만 거긴 지금…….’

“회사에선 별일 없지?”

“있을 리가요. 저 아버지 아들이에요.”

“옆집 바오 형님 아들도 이번에 직장에서 잘렸다더라. 상사가 뭐라고 하던 꾹 참고 그냥 나 죽었소 하고 버텨.”

“걱정 마시라니까요.”

“그래. 얼른 먹고 올라가서 씻어. 감기 걸리겠다.”

“우산 쓰고 왔으니까 걱정 마세요. 잘 먹겠습니다!”

고개를 끄덕인 잭 웡의 아버지는 담배를 물며 가게 뒤

편으로 향했고, 잭 웡은 뭔가 생각하는 표정을 지으며 음식을 먹기 시작했다.

딸랑!

"쯧. 어서……."

가게 입구를 등지고 있다 일어선 잭 웡은 한 손에 피크닉 바구니를 든 채 가게 문을 열고 들어오는 소녀의 모습에 혀를 찼다.

허름한 옷차림에 홀딱 젖은 몰골.

'슌 패거리, 이 빌어먹을 것들. 최소한 우산은 들려 보내야지.'

이 차이나타운에서 저런 아이들을 데려다 앵벌이를 시키는 슌 패밀리. 아마 이 소녀도 고아거나 영주권을 얻기 위해 차이나타운에 숨어 사는 불법 체류자의 자식일 것이다.

이제 13살 정도 되어 보이니 곧 슌 패밀리에서 쫓겨나 다른 패거리로 넘겨질 테지만 말이다.

"간식 사세요. 맛있는 거 많아요."

"……해바라기씨 하나 줄래?"

"오늘은 삶은 땅콩이 좋아요."

"아니, 내가 땅콩을 좋아하긴 하지만 오늘은……."

"여기요."

잭 웡은 소녀가 넘기는 봉지 위에 적힌 이상한 글자를 발견하곤 눈을 동그랗게 떴다.

'이, 이건?'

갑자기 잭 웡의 시간이 과거로 향한다.

아주 옛날, 그들이 썼던 암호.

그땐 왜 부모님이 자신들의 대화 내용을 알면 안 된다고 생각했는지 몰라도 그런 이유로 만들어 썼던, 그저 스펠링의 배치만 바꿨던 단순한 암호다.

부모님들은 그때마다 그런 자신들을 보며 피식피식 웃었다.

'근처에 있구나!'

라비가 근처에 있다.

무사히 이 차이나타운에 온 거다.

그런데…….

'감시?'

"저 다른 가게 가 봐야 하는데……."

"아, 그래! 어! 여기 있어! 여기 우산도 가져가!"

"가, 감사합니다!"

넉넉하다 못해 과하게 셈을 치른 것에 소녀는 활짝 웃으며 가게 밖으로 나갔고, 잭 웡은 글귀 부분이 손바닥 쪽으로 향하게 쥔 채 다시 자리에 앉아 재빨리 밥을 해치웠다.

"아버지, 저 먼저 올라갈게요!"

"그래. 그릇은 놓고 가!"

최대한 태연하게 가게 안쪽에 난 계단을 통해 2층으로 올라간 뒤 자신의 방으로 들어가자마자 문을 잠근 잭 웡은 기억을 더듬어 암호를 해독하기 시작했다.

분명 첫 글자는 감시였다.

'감시가…… 붙었다. 돈이 필요하다. 갚을게. 미안해……?'

"개자식!"

암호 쪽지를 내려놓은 잭 웡은 창문을 활짝 열고 주변을 살펴보았다.

쏴아아아아!

비가 쏟아지는 소리를 제외하고는 사람 한 명 지나다니지 않는 어두운 골목. 작은 물방울들만이 잭 웡의 얼굴을 때린다.

'밥은 먹고 다니냐, 이 개자식아?'

잭 웡의 얼굴이 일그러졌다.

* * *

차이나타운 상가 번영회 건물의 한 사무실.

"FBI의 최종혁입니다."

"차이나타운 상가 번영회의 앤드류 칭입니다."

종혁은 자신과 악수를 나누는 사십대 사내를 보며 입을 열었다.

"전 회장님과 약속을 잡은 걸로 기억하는데 말입니다."

"그레이스 탐정사무소에서 말하길, 미스터 최가 저희 차이나타운에 도움이 될 제안을 할 거라고 하더군요. 그런 실무적인 이야기는 저와 하시면 됩니다."

"흠. 알겠습니다."

"감사합니다. 차는 어떤 걸 선호하십니까? 커피와 차, 주스가 있습니다."

"차로 하죠."

옆에 놓인 내선전화로 차를 주문한 앤드류 칭이 종혁을 보며 속으로 눈을 가늘게 뜬다.

'최종혁.'

한국 경찰로 작년 7월쯤 미국으로 NYPD로 연수를 와서 초대형 사건을 해결, 그대로 FBI로 픽업되어 수많은 대형 사건들을 해결한 능력 있는 형사.

며칠 전엔 뉴욕을 떠들썩하게 달군 아동 납치, 아니 의붓딸 살해유기 사건을 해결했다.

아니, 그냥 능력 있는 수준이 아니다.

종혁이 뉴욕에서 암약하던 피에트로 패밀리를 무너뜨리며 뉴욕의 수많은 마약 조직들까지 엄청난 타격을 입었다. 그때 중국계 갱들도 꽤 타격을 입을 수밖에 없었다.

이쯤이면 거의 자연재해 수준이다.

'거기다 센트럴파크 인근 최고급 아파트 최상층에 살 정도로 재력도 대단하지.'

FBI에 있는 지인의 말에 의하면 일주일에 한 번씩 차를 바꿔 탈 정도라고 한다.

소설로 써도 욕먹을 존재가 바로 종혁이었다.

이윽고 차와 다과가 나오자 둘은 잠시 말없이 그것을 즐겼다.

그 고요한 침묵을 깬 건 앤드류 칭이었다.

"라비 에드거 리에 관한 일은 들었습니다."

"귀가 밝으시네요."

"NCIS가 많이 헤집고 다니더군요. 웡 식당에서 항의가 들어오기도 했고, 저희 사무실까지 찾아와 강압적으로 굴더군요."

'이 병신 새끼들!'

지인들과 이들의 협력을 얻어도 모자랄 판에 왜 적을 만든단 말인가. 이래선 도움을 바랄 수 없게 된다.

"대신 사과드리겠습니다."

"괜찮습니다. NCIS와 FBI가 다른 조직인 걸 아니까요. 그래서 저희에게 어떤 도움을 원하는 겁니까? CCTV를 실시간으로 넘겨 드리면 됩니까? 아니면 수배 전단지를 붙여 드리면 됩니까?"

"수배 전단지는 됐습니다."

라비 일병을 궁지로 몰아선 안 된다. 그러다 도망쳐 버리면 영영 찾을 수 없게 된다.

"흠. NCIS는 그걸 바라던데요."

"미스터 칭, 라비 일병은 이 차이나타운의 주민입니다. 저희 FBI는 라비 일병이 다른 주민들에게 배척당하는 걸 원치 않습니다. 이곳은 그가 훗날 돌아올 고향이니까요."

수배 전단지는 최후의 방법이다. 그땐 차이나타운뿐만 아니라 미 전역에 수배 전단지가 붙을 거다.

"……그러면 잡기 힘들 텐데요? 최소한 상가 사장님들과 종업원들은 라비의 얼굴을 알고 있어야 하지 않겠습니까?"

맞는 말이다. 그럼 큰 도움이 될 거다.

하지만 라비 일병은 어떻게 마이애미를 빠져나와 코네티컷까지 이동할 수 있었는지를 알 수 없을 만큼 영리하고 신중한 인물이다.

분명 신뢰할 수 있는 인물들에게만 접촉을 시도할 터. 얼굴을 알지도 모르는 가게를 들어갈 거라곤 생각하기 어려웠다.

"대신 CCTV 좀 설치할 수 있겠습니까?"

"……CCTV는 충분히 있습니다."

"골목골목을 모두 비출 수준은 아니죠. 3천 대를 지원하겠습니다. CCTV가 있는지 없는지 모를 정도로 작은 놈들로. 주민들이 불편함을 겪을 일은 없을 겁니다."

움찔!

"지금 FBI에서 차이나타운을 감시하겠다는 겁니까?"

순간 하늘로 치솟는 앤드류 칭의 눈썹.

당장이라도 꺼지라고 할 듯 화가 난 그의 모습에 종혁은 차분히 찻물로 입을 적시며 할 말을 골랐다.

"라비 일병을 체포한 이후 회수를 하시든, 중고로 팔아먹으시든 신경 쓰지 않도록 하죠. 아니, 아예 차이나타운에 양도하겠습니다. 후에 차이나타운으로 범죄자가 도망을 치거나 범죄가 발생했을 때 등 무슨 일이 있을 때 협조만 해 주시면 됩니다."

"흐음……."

구겨졌던 앤드류 칭의 눈썹이 원래대로 돌아오며 생각에 잠긴다.

종혁은 그런 그가 들어줄 수밖에 없는 제안을 하기로 했다.

"발전 기금도 내죠."

스윽.

종혁이 내미는 수표에 앤드류 칭의 눈이 파르르 떨린다.

거부하기엔 너무 많은 액수.

"……어흠. 말씀하신 건 꼭 지키시길 바라겠습니다."

"아무렴요."

싱긋 웃은 종혁은 몸을 일으켰다.

"그런데…… 왜 이렇게까지 하는 겁니까?"

혹여 종혁이 다시 빼앗아 갈까 수표부터 갈무리한 앤드류 칭이 의아함을 드러낸다.

3천 대의 CCTV와 발전 기금. 고작 범죄자 한 명 잡는 것치고는 너무 과한 지출이다.

"제가 경찰이니까요. 억울한 게 있으면 풀어야죠."

"……그 말은?"

"갱단들에게 웬만하면 자수하라고 하십쇼. 아니면 CCTV가 돌아가는 동안 숨어 지내든지. 그럼."

지이잉!

"예, 최종혁입니다."

-잭 웡이 평소와 다른 루트로 움직이고 있습니다.

"알겠습니다. 지금 가죠."

눈을 번뜩인 종혁은 걸음을 빠르게 옮겼다.

* * *

중요 인물으로서 주변을 탐문한 결과, 점심은 무조건 회사 인근에서 해결한다는 잭 웡.

그런 그가 회사 근처를 벗어나다 못해 갑자기 지하철을 타고 움직인다.

회사에 문의해 본 결과 외부 출장은 아니라고 했다.

끼이이익! 치이익!

멈춰 선 지하철에 올라탄 종혁이 거친 숨을 몰아쉬며 귓가로 손을 가져갔다.

"지금 탔습니다. 잭 웡의 위치는요?"

–6번 칸. 계속 품 안을 만지작거리고 있어.

종혁의 눈이 다시 빛난다.

품 안에 숨길 정도로 작으면서 계속 신경 써야 할 물건.

아마 돈 내지 카드, 혹은 쉽게 현금화를 할 수 있는 무언가일 것이다.

"넘어갑니다."

심호흡을 하며 숨을 고른 종혁은 지하철 내부에 탄 승객들의 얼굴을 빠르게 훑으며 6번 칸으로 넘어가기 시작했다.

그와 동시에 출발하는 지하철.

덜컹, 덜컹! 드르륵!

"6번 칸 도착했습니다. 아, 저도 보이…… 씨발."

-뭐야? 왜?

종혁은 의자에 앉아 잭 웡을 뚫어져라 쳐다보고 있는 윌리엄 소위와 그 부하들을 보며 이를 갈았다.

'이 새끼들이 또 왜…….'

꽉 막히다 못해 권위주의가 있는 군인답게 말보다 행동이 앞서는 새끼들.

갑자기 불안해지기 시작했다.

* * *

-참새 뒤로 사람이 지나쳐 갑니다.

-체크. 흑인이다.

귀에 꽂은 이어폰을 통해 들리는 보고.

좌악!

다리를 꼬고 앉은 윌리엄 소위가 잡지를 신경질적으로 넘기며, 잭 웡의 뒤를 스쳐 지나가는 흑인의 손 쪽을 뚫어지게 응시한다.

그러다 흑인이 스쳐 지나가자 귓가에 손을 가져간다.

"그냥 스쳐 지나가는……."

털썩!

옆에 앉는 사람에 반사적으로 고개를 돌렸던 윌리엄 소위는 혀를 찼다.

"이번에도 방해할 생각입니까?"

적개심이 서린 눈빛.

"이쪽에 세 사람 모두 몰려 있으면 라비 일병의 다른 친구들은 누가 감시합니까?"

"흥. 그건 알 거 없습니다."

그 말에 종혁의 눈이 가늘어졌다.

"다른 팀원이 더 있거나 잭 웡이 라비 일병과 가장 많이 연락한 사람이겠군요."

"맘대로 생각하십시오."

'둘 다네.'

종혁이 생각에 잠긴다.

'30대 중반으로 보이는데 팀장이라……. 어지간히 엘리트인가 보군.'

아니면 배경이 좋거나.

-최, 타깃이 출입문 앞에 서고 있어.

마침 윌리엄 소위도 같은 무전을 들은 건지 동시에 잭 웡을 흘깃 살폈다.

"이번에도 방해하면 가만두지 않을 겁니다."

"그러시든가."

종혁의 퉁명스런 말투에 죽일 듯 노려보는 윌리엄 소위.

'연수나 온 자식이!'

맘 같아선 뒤통수를 찍어 버리고 싶지만, 이번 일은 가능한 조용히 해결해야 하기에 윌리엄 소위는 애써 참을 수밖에 없었다.

덜컹, 덜컹, 끼이익!

브레이크가 잡히는 소리를 내며 멈춰 서는 낡은 지하철.

문이 열리자 역 이름을 확인한 잭 윙이 망설임 없이 내리고, 벤과 드롭 역시 따라 내린다.

그에 동시에 종혁과 윌리엄 소위의 입이 열린다.

"벤 3미터, 드롭 20미터 거리 두고 따라붙습니다."

"맥기 3미터, 쏭 15미터 거리 두고 따라붙어."

흠칫 놀라 서로를 본 둘.

-라져.

-수신.

혀를 찬 둘은 지하철 문이 닫히려 하자 얼른 몸을 날렸다.

그리곤 이번에도 동시에 잭 윙의 모습을 살피면서도 라비 일병을 찾는 둘.

둘의 눈이 무심하면서도 매섭게 빛났다.

'좌우측 이상 없음.'

라비 일병으로 보이는 사람이 없다.

종혁은 핸드폰을 귀에 가져가며 입을 열었다.

"난 좌측으로 갈 건데, 그쪽은?"

"……내가 좌측으로."

"맘대로 하쇼."

혀를 찬 종혁은 우측으로 몸을 돌려 역에 서거나 앉아 있는 사람을 훑으며 승강장 끝으로 걸어갔고, 윌리엄 소위는 침을 뱉으며 좌측 승강장 끝으로 움직였다.

그러며 둘은 맞은편도 계속 쳐다보며 승강장 끝 계단을 통해 위로 올라갔다.

화장실도 차분히 훑어봤지만 보이지 않는 라비 일병.

결국 지하철역을 완전히 빠져나올 때까지 라비 일병을 찾지 못한 종혁은 담배를 물며 입을 열었다.

"벤, 현 위치 및 상황 보고."

-3번 출구에서 좌측으로 10미터, 카페. 로즈마리. 난 따라 들어왔고, 잭 웡은 라떼와 샌드위치를 시켰어. 두 개씩.

종혁의 심장이 크게 흔들린다.

-그 외 특이 사항 없음. 해병 애들도 들어왔어.

"보이네요. 그쪽으로 이동하겠습니다. 그리고……."

순간 종혁의 눈빛이 낮아진다.

"벤, 음료 두 잔 시키고 화장실 가는 척 뒷문으로. 드롭 투입."

-라져.

카페 건물 근처 신문 따위를 파는 가판대에서 삼류 가십잡지를 구매한 종혁은 이쪽으로 다가오려다 멈추는 윌리엄 소위를 향해 콧방귀를 뀌었다.

'내가 먼저 자리 잡았다.'

'빌어먹을!'

얼굴을 구긴 윌리엄 소위는 종혁을 지나쳐 가판대 옆에 왼쪽에 섰고, 종혁은 자연스럽게 오른쪽에 섰다.

그리고 가만히 주위를 둘러보며 기다렸다.

'쯧. 이쪽을 지켜볼 수 있는 포인트가 너무 많아.'

주위 모든 건물이 이쪽을 지켜볼 수 있다.

잭 웡이 주문한 음식 중 한 세트는 라비 일병의 몫일

확률이 높았다. 만약 그렇다면 라비 일병은 이 근처에서 이곳을 지켜보고 있을 터.

'어디냐, 인마. 대체 어디에…….'

지이잉! 지이잉!

"예, 최종혁입니다."

—역 근처입니다.

"예. 아, 이쪽이에요."

종혁은 도로를 향해 손을 흔들었고, 이내 곧 오토바이 한 대 다가와 멈춰 선다.

여차할 상황을 대비해 부탁한 오토바이. 혹시라도 골목을 누벼야 할지도 모르기에 오토바이를 부탁했었다.

그뿐만 아니라 현재 그레이스 탐정사무소 직원들과 FBI 지원팀이 이쪽으로 달려오고 있었다.

부르릉!

종혁은 헬멧을 벗으며 내리는 그레이스 탐정사무소 직원을 향해 웃으며 양팔을 벌렸고, 직원은 자연스럽게 안겨 든다.

와락!

"특이 사항은요?"

"별다른 이상점은 없었습니다."

잭 웡을 제외한 라비 일병의 다른 친구 중 한 명은 택시기사로 맨하탄을 돌아다니고 있고, 공사장에서 일하는 친구는 공사장 밖을 벗어나지 않았다.

"라비 일병과 접촉한 정황도 없습니다."

리자춘 부부도 마찬가지다. 잭 웡을 제외한 그들 모두가 평소처럼 생활하고 있었다.

"알겠습니다."

서로 떨어진 둘은 서로를 향해 중지를 치켜들었다.

"왜 점심시간에 부르고 난리야."

"너 점심이라도 사 주려고 그랬다, 왜?"

"오! 어디서? 아니, 그 전에 담배부터 피우자."

"난 피웠어."

"의리 없는 놈."

혀를 찬 직원이 담배를 물며 핸드폰을 드는 순간이었다.

'음?'

순간 코를 스치는 고약한 냄새.

자신도 모르게 고개를 돌린 종혁은 마스크와 모자를 깊게 눌러쓴 백인이 카페 안으로 들어가자 눈을 크게 떴다.

마지막 목격 장소인 포트 오소러티 터미널 근처의 CCTV에 잡혔던 라비 일병이 입었던 것과 똑같은 옷.

윌리엄 소위도 마찬가지다.

종혁은 곧바로 발을 떼는 윌리엄 소위의 모습에 움찔거렸다.

'잠깐?!'

* * *

"후."

카페 안, 음식을 시키고 자리에 앉은 잭 웡이 카페 내부를 둘러보며 다리를 떤다.

마치 스파이 영화와 같은 상황.

마치 범죄자가 된 것 같고, 스파이가 된 것 같으며, 친구를 이토록 어렵게 만나야 하는 상황에 잭 웡의 마음이 싱숭생숭해진다.

딸랑!

문을 열고 나타난 커다란 덩치의 흑인 사내.

“카페 들어왔는데 어디야? 화장실? 커피를 시켜 놨다고?”

경기를 일으키듯 쳐다봤다가 전화를 하며 카운터로 향하는 흑인의 모습에 혀를 찬 잭 웡은 들썩였던 엉덩이를 의자에 붙였다.

“잭 웡 씨!”

“아, 예!”

샌드위치 두 개와 커피 두 잔이 올려진 쟁반.

얼른 음식을 받아 온 잭 웡은 무의식적으로 가슴팍을 더듬으며 한숨을 내뱉었다.

그러면서도 계속 두리번거린다.

초조해서 그런지 컵을 내려놓는 소리, 바깥의 오토바이 소리 등 주위의 소음에 예민하게 반응한다.

“하아. 미치겠네.”

잭 웡은 타들어 가는 목에 결국 커피를 먼저 마시고 말았다.

그때였다.

딸랑!

다시 반사적으로 고개를 돌렸던 잭 웡은 문을 열고 들어오는 모자와 마스크를 쓴 사내의 모습에 설마 하며 엉덩이를 뗐다.

그리고 그 눈과 마주친 사내는 이내 눈웃음을 지으며 다가왔다.

"잭 웡?"

"라비……."

딸랑!

갑자기 문이 열리는 소리에 다시 고개를 돌린 잭 웡은 카페 안으로 달려들며 총을 빼 드는 윌리엄 소위의 모습에 눈을 부릅떴다.

그뿐만이 아니다. 갑자기 주변에서 두 사람이 몸을 일으키더니 사내를 향해 총을 겨눈다.

"NCIS다! 움직이지 마!"

"으악!"

"꺅!"

순간 아수라장이 되는 카페.

경악한 사내는 자신을 향해 겨눠진 총구에 어쩔 줄 몰라 하고, 윌리엄 소위는 냉소를 터트린다.

"드디어 잡았군, 라비 에드거 리 일병. 엎드려 양팔을 허리 뒤로해라!"

"무, 무슨…… 나, 난……."

"명령대로 해!"

커다란 고함에 몸을 움츠린 사내는 윌리엄 소위의 말에 따라 행동했고, 윌리엄 소위는 그런 그에게 다가가 수갑을 채운 후 거칠게 모자를 벗겼다.

그 순간이었다.

"어?"

드러난 얼굴에 몸을 굳히는 윌리엄 소위.

"뭐, 뭡니까!"

억울함을 가득 담아 외치는 사내에 윌리엄 소위의 눈이 크게 흔들린다.

때가 가득한 얼굴과 고약한 냄새.

라비 일병이 아니다. 노숙자다.

"너, 넌 뭐야!"

"뭔데요! 난 여기서 잭 웡이라는 동양인 사내를 만나면 먹을 것을 준다고 해서 온 것뿐입니다!"

오싹!

"……어디서?"

"예?"

"어디서!"

"저, 저쪽으로 다섯 블록 떨어진……."

다급히 몸을 일으킨 윌리엄 소위는 카페를 뛰쳐나갔고, 그의 부하 직원들도 다급히 뒤따랐다.

"수, 수갑은 풀어 주고 가!"

애절한 노숙자의 외침이 카페를 쩌렁쩌렁 울렸고, 잭

웡은 그런 상황을 멍하니 지켜봤다.

"대기. 대기."

카페를 뛰쳐나와 어딘가로 뛰는 윌리엄 소위를 일견하며 다급히 외치는 종혁.

—최, 일단 저 노숙자는 풀어 줘야…….

이미 노숙자가 카페 안으로 들어갈 때부터 뭔가 이상해 대기를 시켰던 종혁이 낯빛을 굳힌다.

그렇게 영리하고 치밀하게 움직였던 놈이 이렇게 쉽게 모습을 드러낼까.

분명 함정일 거라고 생각해 멈췄던 종혁은 자신의 그 선택을 칭찬할 수밖에 없었다.

"무조건 대기. 얼굴을 드러내면 안 돼요."

—라져.

자신은 라비 일병에게 노출됐을 확률이 높지만, 벤과 드롭은 아니다. 아직 잭 웡뿐만 아니라 라비 일병, 그의 친구들에게까지 노출되지 않은 둘.

벤과 드롭이 숨겨져 있어야 움직이기 편하다.

이 근처 어딘가에 있을 라비 일병을 의식해 어깨를 으쓱인 종혁은 탐정사무소 직원을 봤다.

"일단 노숙자에게도 사람 붙이세요."

노숙자와 라비 일병이 옷을 바꿔 입었다면, 노숙자가 본래 무엇을 입고 있었는지 확인해야 했다.

'다시 다른 옷으로 갈아입었을 확률도 있지만…….'

"우린 움직이죠. 저기 식당으로 갑시다."
"예."
종혁과 직원은 오토바이에 올라타 카페 근처의 식당으로 향했다.

* * *

노숙자가 말한 곳 근처를 모두 뒤져 봤지만, 허탕을 친 윌리엄이 다시 카페로 돌아와 잭 웡을 죽일 듯 노려보았다.
"품 안 좀 확인합시다."
"당신은 내 품을 뒤질 권리가 없습니다."
처음 만났을 때부터 시종일관 윌리엄 소위의 행동에 낯빛을 굳힌 잭 웡.
"범죄자에게 협력한 죄로 체포되기 싫으면 품 안에 있는 걸 꺼내십시오."
"증명할 수 있습니까?"
"당신의 오후를 모두 날릴 수는 있지."
"……쯧."
잭 웡은 어쩔 수 없이 품 안에 있는 걸 꺼냈다.
지갑과 담배가 전부인 품 안의 내용물.
직접 잭의 품을 뒤진 윌리엄 소위는 두툼한 지갑을 들었다.
"이건 뭐죠? 돈이 왜 이렇게 많습니까?"
거의 천 달러에 육박하는 돈.

"왜요? 나 같은 월급쟁이는 이런 돈을 가지고 다니면 안 되는 겁니까?"

"말해!"

"퇴근하면서 부모님께 선물을 사 드리려고 뽑아 놓은 겁니다. 왜요?"

빠드득!

"당신…… 지켜보겠어."

"그러시든가."

"따라와!"

노숙자의 팔을 낚아챈 윌리엄 소위는 귓가에 손을 가져가 주변 CCTV를 모두 확보하라고 외쳤고, 잭 웡은 카페를 빠져나가는 그를 보며 한숨을 내쉬었다.

'이런 거였냐.'

잭 웡은 돈, 점심시간, 로즈마리 카페라는 암호를 떠올린다.

잭 웡 자신이 옛 여자친구와 자주 왔던 장소인 로즈마리 카페.

"나쁜 자식. 군대에서 뭘 배운 거야?"

안 그래도 조심성이 많았던 친구, 라비. 못 본 사이에 더 영리해졌다.

그래서 다행이다. 아니었다면 방금 전 잡혔을 테니 말이다.

'날 미행했을 줄이야…….'

"다른 애들한테도 말해 줘야겠어."

그제야 수사기관의 무서움을 알게 된 잭 웡은 하얗게 질린 몸을 떨다가 노숙자가 제 몫을 가지고 가고 남은 샌드위치와 커피를 지켜보다 몸을 일으켰다.

"이거 포장해 주세요."

"아, 예!"

잭 웡은 봉지를 든 채 카페를 빠져나와 지하철역으로 향했다.

회사로 돌아갈 시간이었다.

지하철역을 내려가며 샌드위치와 커피를 흡입한 그는 빈 봉지를 승강장 쓰레기통에 던진 후 마침 도착하는 지하철에 올랐다.

* * *

어느새 어두워진 밤.

저녁 10시가 다 되어 가는 시각, 막차를 타기 위해 밀려드는 사람들 사이로 노숙자들이 하나둘씩 지하철역으로 모여든다.

그중엔 노숙자처럼 옷을 입은 라비 일병도 있다.

'날 엄청 욕했겠지?'

아마 그랬을 거다.

매사에 불만이 많은 친구 잭 웡이라면 쌍욕을 했을지도 모른다.

그런데 그런 친구의 얼굴이 보고 싶다.

목소리를 듣고 싶다.

라비 일병의 얼굴이 일그러졌다.

"……후우. 그래도 곧 밥을 먹을 수 있겠지?"

친구 잭 웡에게 암호를 전달하기 위해 슌 패거리에 소속된 소녀에게 가진 돈을 모두 줬던 라비 일병.

평상시 월급은 모두 부모님께 보냈던 데다 잭슨 빌, 워싱턴 DC 등에서 다음 도시로 이동하기 위해 가진 돈을 전부 인출해 통장에 잔고가 하나도 없다.

아니, 남았다고 한들 이 뉴욕에서는 돈을 뽑을 수 없지만 말이다.

뽑는 순간 NCIS와 FBI가 추적을 해 올 터.

이제 남은 희망은 친구 잭 웡뿐이었다.

라비 일병은 잭 웡이 무사히 쓰레기와 함께 돈을 버려두었길 기대하며 아래로 향하는 계단에 발을 내디뎠다.

바로 그때.

멈칫!

왜인지 등골을 오싹하게 만드는 기분 나쁜 느낌.

라비 일병은 파르르 떨리는 눈으로 지하를 응시했다.

* * *

띠리리리리링!

아침 6시, 열차가 들어온다는 걸 알리는 알람 소리가 지하철역을 울리자 승강장에 청소부들이 나타난다.

"Fuck. 쓰레기통이 꽉 찼으면 버리질 말아야지!"

일회용 커피컵이나 쓰레기가 쓰레기통에 가득하다 못해 흘러넘쳐 주변을 더럽힌 모습에 얼굴을 구긴 청소부들은 가져온 검은 봉투에 쓰레기를 담기 시작한다.

그러며 주위 의자에 널브러져 있는 노숙자를 보며 혀를 찬다.

"결국 여기까지 내려왔네."

원래 노숙자는 게이트를 넘을 수 없지만, 출근하고 난 후 여기까지 오며 본 노숙자의 숫자만 20명이 넘는다.

아무래도 위에 쉴 공간이 없어서 여기까지 내려온 것 같다.

'이게 모두 나라 경제가 박살 났기 때문이라니까.'

고개를 저으며 승강장의 쓰레기를 모두 수거한 청소부들은 하품을 하며 승강장을 빠져나갔고, 그들의 동정을 받은 노숙자 중 한 명이 모포를 젖히며 몸을 일으킨다.

"후우."

습관적으로 담배를 찾다가 멈춘 한 백인 사내.

그레이스 탐정사무소 직원인 그는 핸드폰을 들어 CCTV 관리실을 지켜보고 있을 종혁을 향해 전화를 걸었다.

"쓰레기 수거해 갔습니다."

-수고했습니다. 수고비는 두둑이 쳐서 보내 드리죠.

"어우. 그럼 감사하죠. 그럼 전 퇴근하겠습니다."

-수고하셨습니다.

모포를 내려놓은 직원은 다시 울리는 알람 소리에 노란 선 위에 섰고, CCTV 화면을 지켜보고 있던 종혁은 지하철역 출입구로 향하는 청소부를 보며 벤에게 전화를 걸었다.

"벤, 2번 출구로 청소부들 올라갑니다. 체크해 주세요."

-푸후우. 알았어. 드롭에겐 내가 연락할게.

잠복이 고됐는지 목소리가 다 죽어 가는 벤.

종혁은 불을 붙이지 않은 담배를 문 채 어젯밤의 일을 떠올린다.

쓰레기와 함께 돈을 버렸던 잭 웡.

저녁 11시가 넘어가며 지하철역 출입구의 셔터가 내려오자 지하철역 전체를 훑으며 그 돈을 찾으러 올 라비 일병을 기다렸으나, 그는 나타나지 않았다.

'혹시 몰라 탐정사무소 직원을 박아 뒀건만…….'

다른 역에서 선로를 따라 찾아올 가능성도 있기에 잭 웡이 돈을 버린 쓰레기통 앞에 탐정사무소의 직원을 노숙자처럼 위장시켜 놓았는데, 아무래도 잠복을 눈치챈 듯했다.

그런 종혁의 생각이 맞다는 듯 곧 벤에게서 연락이 온다.

-방금 쓰레기차가 쓰레기 수거했어.

"빌어먹을."

튀었다. 들킬 위험을 감수하면서까지 친구에게 도움을 요청한 것임에도 과감히 돈을 포기한 거다.

"감 한번 더럽게 좋네."

라비 일병과 잭 웡이 서로 어떻게 연락을 주고받았는지도 알 수가 없다. 아무래도 이따가 잭 웡과 만나 봐야 할 것 같다.

“알았어요. 수고했어요. 밥이나 먹으러 갑시다.”

거칠게 핸드폰을 닫은 종혁은 지하철역을 빠져나갔다.

* * *

쏴아아아아아!

다시 비를 쏟아 내는 뉴욕의 하늘.

저 멀리 지하철역에서 쓰레기를 수거하는 쓰레기차를 응시하던 라비 일병이 쌍안경을 내리며 잠시 하늘을 본다.

“내 육감이 맞겠지?”

그가 과거의 일을 떠올린다.

그날도 이렇게 비가 내리는 날이었다.

지독한 악마들과 단 1분이라도 마주치지 않기 위해 밖에서 버티고 버티다, 점호 시간에 맞춰 숙소로 들어갔었다.

그렇게 무거운 발걸음 옮겨 문을 연 순간, 발목에 무언가 걸리는 느낌과 함께 고함 소리가 들려왔다.

–뻐어엉!

–야.

–이, 이병 라비!

–너 방금 죽은 거 알지? 누가 사주경계 풀고 다니래? 박쥐자세 해.

그날 라비 일병은 동이 틀 때까지 2층 침대에 거꾸로 매달려 있어야 했다.

선임들이 말도 안 되는 이유를 갖다 붙이며 가혹 행위를 가한 건 비단 그날만의 일이 아니었다.

놈들은 악마였다. 하루에도 몇 번씩 차라리 죽는 게 나을 것 같다는 생각을 하게 만드는 악마들.

라비 일병은 그들에게 트집을 잡히지 않기 위해 잘 때마저도 신경을 곤두세워야 했고, 결국 나중엔 부비트랩은 물론이고 그 악마들마저 피해 갈 정도로 육감이 발달하게 됐다.

그런 육감이 어젯밤 경고를 했다.

친구 잭 웡에게 부탁한 돈을 가지러 지하철역으로 내려가는 순간 잡힐 것이라고 말이다.

마치 처음 부비트랩에 걸렸던 그 순간처럼 돋았던 소름.

그래서 라비 일병은 곧바로 몸을 돌렸고, 결국 이곳에서 날이 새도록 지하철역을 감시했었다.

그것도 결국 쓰레기차가 지하철역의 쓰레기를 수거해 가면서 끝나 버렸지만 말이다.

라비 일병은 어제 로즈마리 카페에서 뛰쳐나왔던 세 사람을 떠올렸다.

'NCIS겠지?'

아마 그럴 거다.

만약 쿠바 관타나모의 해군기지 안에서 살인을 저질렀다면 군사경찰이 사건을 조용히 덮었을지도 모르나, 자신이 그 악마를 죽인 건 마이애미.

덮을 수 없을 만큼 사건이 노출된 이상, NCIS가 나설 수밖에 없었을 터다.

'도망칠 수 있을까?'

과거에 자신과 마찬가지로 휴가를 나갔다가 사고를 친 장병이 며칠도 되지 않아 NICS에게 잡혀 왔던 걸 똑똑히 본 라비 일병에겐 NCIS가 터무니없는 조직처럼 느껴졌다.

꼬르륵!

벌써 3일째 아무것도 먹지 못한 위장이 뒤틀리는 것과 동시에 목구멍마저 울렁거린다.

"콜록! 콜록콜록! ……후. 춥네."

우비를 입고 있지만, 어젯밤 동안 계속 비를 맞아서 그런지 머리에 열이 오르는 것 같다.

행군을 오래 한 것처럼 눈앞도 어질거린다.

'그냥…… 도망갈까?'

"아니야. 조금만 참자."

NCIS도 언제까지고 뉴욕을 감시하지는 못할 터. 분명 시간이 흐르면 감시망이 느슨해질 수밖에 없을 거다.

'부모님을 봬야 해.'

누구의 방해도 없이 만나서 손을 잡고 얼굴을 만지고 목소리를 듣고 싶다.

'안심시켜 드려야 해.'

전화만 달랑 남기고 사라지면 걱정하실 부모님.

잘살 거라고, 어딘가에서 꼭 잘살 거라고 직접 뵙고 안심시켜 드리고 싶다.

그 후 어디로든 떠나서 숨어 지낼 것이다.

그 악마들이 없는 곳이라면, 그 지옥만 아니라면 어디든 상관없었다.

'거긴…… 어떨까?'

잠시 몸을 의탁할 수 있는 곳이 없을까 고민에 잠겼던 라비 일병은 이내 한 곳을 떠올렸다.

어릴 적 친구들과 뛰어놀았던 놀이터를, 차이나타운에 버려진 폐건물을.

어릴 적 친구들과 만들었던 비밀 기지.

그곳이라면 잠시나마 몸을 숨길 수 있을지도 몰랐다.

'일단 움직이면서 생각하자.'

갈등을 하던 그는 이내 힘들게 걸음을 옮겼다.

그의 눈앞이 조금씩 흐릿해져 갔다.

* * *

한참 배가 고프기 시작할 점심시간 전, 차이나타운 상가 번영회의 앤드류 칭은 다시 찾아온 종혁을 향해 미소를 짓는다.

"CCTV는 무사히 설치되고 있습니다."

종혁은 전과 달리 반갑게 자신을 맞이하는 앤드류 칭의 모습에 피식 웃었다.

"그거 다행이네요. 제가 말한 대로 설치되고 있는 겁니까?"

"그럼요."

대로변보다는 골목 위주로. 사각 없이.

그러나 초소형 CCTV의 개수가 무려 3천 대인지라 설치를 하는 데 시간이 걸릴 수밖에 없었다.

"그런데 오늘은 무슨 일이십니까? 하시는 일이 잘 안 되십니까?"

안 된다 뿐일까.

잭 윙을 찾아가 돈에 대해 추궁해 보았으나, 그는 모르는 일이라며 오리발을 내밀었다.

지문이 묻어 있는 지폐들까지 확보되며 더더욱 명백해진 정황.

그럼에도 그가 발뺌을 하니 더 이상 할 수 있는 게 없었다.

'증거도 있으니 범인은닉죄로 소환해서 조사할 수도 있겠지만…….'

잭 윙을 잡아들이는 건 간단한 일이었다.

그러나 잭 윙을 구속한다면 라비 일병은 곧장 뉴욕을 뜰 것이 분명했다. 자신으로 인해 주변인들이 피해를 입는 것을 원치 않을 테니까.

그래선 안 됐다.

그가 뉴욕을 벗어나 자취를 감춰 버린다면, 그가 설령 억울한 일을 당했다고 한들 도와줄 수 없게 된다.

'그러니…….'

"전단지 좀 뿌릴 수 있겠습니까?"

"수배 전단지요?"

종혁은 결국 수배 전단지를 뿌리려는 거냐는 듯 쳐다보는 앤드류 칭의 눈빛에 고개를 저었다.

"아니요. 억울한 일이 있다면 언제든 FBI에 연락해 달라는 문구를 적은 전단지를 뿌려 달라는 겁니다."

"……?"

종혁은 의아해하는 그를 보며 입술을 깨물었다.

'그러니 보고 좀 연락해 주라. 너도 힘들잖아.'

종혁은 부디 그러기를 바랐다.

* * *

"오늘 해가 지기 전까지 붙여질 겁니다."

차이나타운 전역에. 골목골목 빈틈없이.

"그럼 부탁하겠습니다."

식당 앞, 종혁과 악수를 나눈 앤드류 칭은 핸드폰을 귀에 가져가며 멀어졌고, 종혁은 그런 그를 바라보다 돌아섰다.

'그런데…….'

"나한테 맛집은 남에게도 맛집인가 보네."

헨리 스미스가 추천해서 함께 왔던 차이나 레스토랑.

'그 종업원은 여전히 실수투성이고.'

피식 웃은 종혁은 몸을 돌렸다.

"수, 수고하셨습니다."

"……후우. 그래요. 주안 씨도 내일 봐요."

목을 움츠린 삼십대 여성 주안은 다시 허리를 숙일 수밖에 없었고, 홀매니저는 그런 주안을 보며 입술을 달싹이다 돌아섰다.

쿵!

뒷문이 닫히자 허리를 펴는 주안.

"하아."

오늘도 음식을 나르다 그릇을 깨 먹었다. 두 번이나.

처음 일했을 때보다는 훨씬 나아졌지만, 그래도 실수는 실수였다.

자신의 머리에 꿀밤을 먹인 주안은 비닐봉지에 묵직하게 담긴 남은 음식을 보고 애써 미소를 지었다.

이것이라면 내일까지 식사 걱정은 하지 않아도 될 터.

좋아할 딸의 얼굴을 떠올리자 주안의 입가에 미소가 번진다.

"비 오겠네. 얼른 가자."

대로변 쪽을 보다 고개를 저은 주안은 골목 안쪽을 향해 조심스럽게 발을 내디뎠다.

마치 무언가에 쫓기듯.

무언가를 피하듯.

그렇게 골목골목을 누비며 집에 거의 도착할 때가 되자, 연신 초조하게 사방을 두리번거리던 주안의 얼굴에 여유가 깃든다.

"甜蜜蜜你笑得甜蜜蜜."

기분이 좋은지 노래를 흥얼거리는 그녀.

그 순간이었다.

"응?"

귓가를 희미하게 아른거리는 소리.

마치 강아지가 낑낑거리는 듯한 소리에 몸을 움츠렸던 그녀의 귀가 쫑긋 솟는다.

그런 그녀의 얼굴에 서리는 갈등.

"……에휴."

부모를 잃은 걸까. 아니면 다친 걸까.

한숨을 내쉰 그녀는 결국 소리를 쫓아 걸음을 옮겼고, 곧 한 골목 쓰레기통 옆까지 다가갔다.

그리고…….

"히익!"

'사, 사람!'

사람이다. 사람이 쓰레기 통 옆에 쓰러져 있다.

"시, 신고를!"

그녀는 반사적으로 핸드폰을 찾았다가 덥석 옷을 잡는 손에 기겁했다.

"꺄!"

"시, 신고는 안 돼……."

툭!

"아……."

주안은 완전히 정신을 잃은 듯한 라비 일병의 모습을

멍하니 쳐다봤다.
왠지 낯이 익다.
'맞아! 그때 옥상에 있던 사람!'
자신이 사는 건물에 사는 걸로 추정되는 청년.
'그런데 왜?'
대체 무슨 사연이기에 신고는 안 된다고 하는 걸까.
범죄자일까. 아니면 차이나타운의 갱에게 쫓기는 사람일까.
그것도 아니면…….
'나처럼 살 곳을 잃고 이곳까지 도망쳐 온 것일까.'
분명 백인임에도 중국어가 현지인처럼 능숙했던 남자.
그 비 오던 날, 자신을 피해 계단을 내려가던 왠지 모르게 슬픈 등이 떠오른다.
그녀는 자신도 모르게 홀리듯 다가가 라비 일병의 이마에 손을 얹었다.
"헉! 모, 몸이……!"
불덩이다.
"어, 어떡하지? 어떡……."
안절부절못하던 그녀는 이내 입술을 깨물며 라비 일병을 쳐다봤다.

* * *

"……마! ……그래?"

"그럼…… 뭐?"
귓가를 아른거리는 중국어.
몽롱한 정신을 일깨우는 고향 차이나타운의 언어에 라비 일병이 벌떡 몸을 일으키며 반격의 자세를 잡는다.
"후욱!"
순간 눈앞이 빙글 돌지만, 라비 일병은 자신을 깨운 목소리의 주인을 찾기 위해 애를 쓴다.
"일어나셨어요?"
눈앞이 너무 흐려 잘 보이진 않지만, 낯이 익은 목소리다. 그 옛날 친구들과 뛰어놀았던 비밀 기지로 가다가 갑자기 정신을 잃었을 때 들렸던 것 같은 목소리. 맡았던 것 같은 냄새.
"몸은 좀 어때요? 정말 죽을 뻔했던 거 알아요? 당신 이틀 만에 일어난 거예요."
이마에 닿는 차가운 손에 시야가 밝아지기 시작한다.
"음. 열이 아직 남은 것 같은데……."
라비 일병은 주안을 멍하니 쳐다봤다.
"당신이…… 절 구한 겁니까?"
주안은 라비 일병의 눈에 서리는 경계심에 씁쓸히 웃었다.
"누워 있어요. 죽을 끓여 올 테니까."
"아닙니다. 구해 주셔서 감사합니다. 그럼……."
일단 벗어나야 한다. 이곳이 어딘지 모르지만 얼른 벗어나야 했다.
한곳에 오래 머무는 건 잡아 달라고 광고하는 행위.

혹시라도 이들이 신고를 했을 수도 있기에 얼른 도망쳐야 했다.

그렇게 딱딱한 나무 침대를 벗어나려던 순간이었다.

핑글!

"아……."

라비 일병은 갑자기 다리에 힘이 풀리며 가까워지는 바닥에 얼른 팔을 뻗었지만, 속절없이 머리를 찧고 말았다.

쿠웅!

"에휴. 참 고집불통이네. 린!"

"네, 네. 칫!"

혀를 찬 열네댓 살 정도의 소녀가 다가와 주안과 함께 라비 일병을 부축해 일으킨다.

라비 일병은 그 손들을 뿌리치려 했지만 몸에 힘이 들어가지 않았다.

결국 다시 눕혀진 그.

"마음 놓아요. 다른 사람이 여길 찾아올 일은 없고, 비슷한 처지의 사람을 내쫓을 만큼 여유가 없는 것도 아니니까."

'비슷한 처지?'

마치 창고처럼 잡동사니들이 쌓여 있는 2평 남짓한 공간이 눈에 들어온 라비 일병은 단번에 그녀의 말을 알아들었다.

'불법 체류자.'

진정한 자유와 안전을 찾아 중국에서 도망쳐 차이나타

운에 스며드는 동포들.

어떻게든 영주권을 얻기 위해 말할 자유를 박탈당한 사람들.

부당한 일에 대한 항변도, 그렇다고 신고도 못하는 그림자 혹은 노예 같은 존재들.

아무래도 누군가에게 쫓겨 도망치는 듯한 모습에, 그를 불법 체류자라고 착각한 듯했다.

"아, 그게……."

"다 이해해요. 린, 오빠 괴롭히지 말고 따라 나와."

"내가 뭘 어쨌다고! 그리고 여기가 내 방인데 내가 왜 나가!"

"씁! 빨리 나와!"

라비 일병은 벽이자 출입문인 커튼을 걷으며 나가는 주안과 린을 가만히 응시하다 몸에 힘을 풀었다.

그녀가 정말 불법 체류자라면 안심을 해도 됐다.

'하긴 불법 체류자가 아니면 이런 곳에 살 이유가 없지.'

차이나타운 상가 번영회에서 대출을 해 줄 테니 말이다. 나라 경기가 어렵다고 해도 그들은 동포를 위해 기꺼이 지갑을 빌려주는 존재였다.

'이틀이라…….'

주안의 말처럼 정말 죽다 살아난 것 같다.

"후우."

라비 일병은 갑자기 몰아치는 졸음에 눈을 껌뻑이다가 결국 감고 말았다.

* * *

차이나타운의 한 작은 사무실.

수십 대의 모니터와 몇 명의 사람이 있는 그곳에 들어선 종혁이 혀를 내두른다.

"어떠십니까?"

앤드류 칭의 자신만만한 표정에 종혁은 엄지를 치켜세웠고, 앤드류 칭은 헛기침을 했다.

"이런 곳이 열 곳 더 있습니다."

오늘 3천 대의 CCTV가 모두 설치됐다.

그러나 3천 대의 CCTV를 하나로 연결할 시간이 부족했고, 또 그러면 너무 요란했기에 앤드류 칭은 임시로 11개의 사무실을 빌릴 수밖에 없었다.

"주민들에겐 어떻게 설명하셨습니까?"

"말하신대로 전봇대 전선 및 전기 점검과 건물 안전 점검을 한다고 말해 놨습니다."

"다행이군요."

혹여 말이 새어 나가 라비 일병이 도망치기라도 하면 낭패다.

앤드류 칭은 고개를 끄덕이는 종혁의 귀에 입술을 가져간다.

"그런데 이분들은 믿을 수 있는 겁니까?"

아니라면 자신이 소개시켜 줄 수도 있었다.

현재 일이 없어 집에서 쉬는 차이나타운의 주민들을 말이다.

"걱정 마세요. 믿을 수 있는 사람들이니까."

그레이스 탐정사무소를 통해 알선받은 사람들이고, 은퇴한 FBI 요원들을 고용해 관리를 맡겼다. 라비 일병을 찾을 때까지 숙식을 이곳에서 해결할 테니 이곳의 일이 바깥으로 새어 나갈 일은 없었다.

"칭 씨께서는 주민들이 이곳에 관심을 가지지 않도록 해 주십시오."

"걱정 마십시오. 그보다 음식은 어떻게 하시겠습니까?"

"믿을 수 있는 곳과 계약해서 배달해 주세요."

"입이 무거운 식당들로 골라 놓겠습니다."

고개를 끄덕인 종혁은 각자 네 개의 모니터를 담당하는 사람들을 둘러보며 눈빛을 가라앉혔다.

'자, 이제 움직여 봐라.'

라비 일병이 차이나타운에 들어오거나 차이나타운 안에서 움직이는 그때가 바로 검거의 순간이었다.

종혁은 주먹을 꽉 쥐었다.

* * *

라비 일병이 몸을 추스른 건 그로부터 이틀이 더 지난 이후였다.

"여기였다니……."

금방이라도 비가 쏟아질 듯 흐릿한 하늘. 저 멀리 부모님의 마트가 보인다.

우연도 이런 우연이 있을까.

이곳은 차이나타운에 도착하자마자 부모님의 동태를 살피기 위해 정찰 포인트로 삼았던 건물의 옥상이었다.

그리고 창고처럼 보여 안심했던 건물이 바로 주안 모녀가 사는 집이었다.

"후우."

라비 일병은 쉬는 날이라 문을 닫은 부모님의 마트를 하염없이 응시하다 돌연 입술을 깨물었다.

'가까이 가야 하는데…….'

NCIS는 언제 물러날까.

계속 이렇게 지낼 수는 없으니 빨리 부모님을 만나고 뉴욕을 떠야 하는데 왜인지 꺼림칙하다.

골목 전체, 아니 차이나타운 전체에 부비트랩이 깔린 것 같은 섬뜩함.

"왜일까. 대체 왜……."

덜컹!

문이 열리는 소리에 반사적으로 자세를 잡았던 라비 일병은 이내 어색하게 웃었다.

"흥!"

콧방귀를 뀐 린은 쿵쿵거리며 창고 같은 집 안으로 들어갔고, 라비 일병은 그런 그녀를 보며 입맛을 다셨다.

본의 아니게 뺏어 버린 린의 방.

성인도 꺼려 할 일인데 저 나이라면 오죽할까.

미안하고, 또 미안했다.

'떠나야겠어.'

몸도 이 정도면 어느 정도 회복됐다 할 수 있으니 떠나야 할 것 같다. 더 이상은 마음이 불편해서 힘들었다.

라비 일병은 조금 더 부모님의 마트를 지켜보다가 창고 같은 집 안으로 들어갔다.

"아저씨!"

"으응?"

"아저씨가 내 노트북 썼어요?"

"노트북? 아니?"

썼다. 혹여 수배가 내려졌을까 확인하기 위해 썼었다.

"……절대 쓰지 마요. 알았어요?"

"알았어."

마치 소중한 보물인 듯 재작년 산 노트북을 꼭 끌어안은 린은 자신의 방으로 향했고, 그걸 가만히 응시하던 라비 일병은 걱정 어린 표정을 지었다.

'랜덤채팅을 하는 것 같던데…….'

군 입대 전, 잭 웡이 여자친구를 여기서 만났다면서 가르쳐 줬던 랜덤채팅 사이트.

별도의 신분 인증 없이 아이디와 패스워드, 사진과 간단한 프로필만 등록하면 무작위로 선정된 사람과 채팅을 할 수 있는 사이트인데, 온갖 인간군상들이 많았기에 한 번 접속을 했다가 관둔 곳이다.

라비 일병은 이에 대해 말할까 하다가 관뒀다.
지금 자신이 누굴 신경 쓸 처지던가.
덜컹!
"몸은 좀 어때요? 괜찮아요?"
"괜찮습니다."
라비 일병은 환하게 웃는 은인 주안을 보며 미소를 지었다.
그리고 시간이 흘러 밤이 됐다.

"다녀올게요."
"흥. 내 물건에 절대 손대지 마요."
웃으며 출근을 한 주안과 그런 주안이 나가고 30분 뒤에 집을 나선 린. 오늘 누구를 만나는지 평소와 다르게 예쁘게 차려입었다.
그렇게 그들이 나간 후 새벽 1시가 되자 라비 일병이 이불 위에 감사의 쪽지를 내려놓고 일어선다.
"그동안 감사했습니다."
너무 오랜만에 맛본 사람의 온기.
그는 씁쓸히 웃으며 건물을 나섰다.
빛 한 점 없는 골목에 발을 내딛자마자 눈빛이 가라앉은 그.
머리가 빠르게 돌아간다.
'수배 전단이 붙은 건 아니야.'
차이나타운에 수배 전단이 붙었다면 주안이 무슨 반응

을 보였을 터.

그걸 비춰 보면 역시 NCIS, 아니 해군부에서 자신의 사건을 묻으려는 것 같다. 정확히 말하자면 살인 사건 속에 숨은 진실을.

'나도 함께 말이지.'

부모님과 친구들 곁에 딱 달라붙어 함정을 판 채 기다리고 있을 거다.

자신이 그 덫에 걸려들 때까지 계속.

'잘못 생각했어.'

군인의 집요함을 떠올린 라비 일병은 입술을 깨물었다.

NCIS가 철수를 할 때까지 기다릴 게 아니라 철수를 하게 만들어야 할 것 같다.

'그렇다면…….'

답은 하나다.

낯빛을 굳힌 라비는 몸을 돌렸다가 전봇대에 붙은 종이 같은 걸 발견하고 살짝 놀랐다가 이내 미간을 좁혔다.

[억울한 일이 있다면 언제든 FBI를 찾아 주세요]

움찔!

왠지 마음을 흔드는 글귀.

"억울한 일……."

마치 자신에게 하는 것 같은 말.

가만히 그 글귀를 응시하던 라비 일병은 이내 고개를 저으며 걸음을 옮겼고, 라비 일병은 곧 어둠 속에 녹아들었다.

* * *

FBI 뉴욕지국의 사무실.

고개를 뒤로 젖힌 종혁이 깊은 한숨을 내뱉는다.

"와, 이 자식 진짜 독하네."

라비 일병이 잭 웡에게서 돈을 넘겨받으려다 실패를 한 지 벌써 닷새째다. 혹여 남아 있을 돈도 모두 떨어졌을 시간이다.

그런데 라비 일병이 CCTV에 잡히질 않는다. 늦은 저녁, 빛이 없는 곳으로만 돌아다니는 게 아니라면 말이 되지 않는다.

"돈을 구할 방법이 없을 텐데……."

리자춘 부부와 잭 웡을 비롯한 3명의 친구, 그리고 혹시 몰라 중고교 동창들에게까지 모두 감시를 붙여 놓은 상태다.

"설마…… 뉴욕을 빠져나간 건가?"

'아니야. 그럴 거라면 이미 예전에 빠져나갔어야 했어.'

그럴 생각이었다면 진작 더 이상 NCIS가 가족과 친구들을 건드리지 않도록 자신이 떠났다는 흔적을 남긴 채 뉴욕을 떴을 터.

종혁은 라비 일병이 아직 이 뉴욕 안에 있을 것이라 확신했다.

‘분명 버티기 힘들 때가 됐는데…….’

보통 범인이 자수를 하는 건 심적으로든 물질적으로든 궁지에 몰렸을 때다. 더 이상 버틸 수 없을 만큼 힘들 때 범인은 도주를 그만두고 자수한다.

물론 극단적인 선택을 하는 경우도 있긴 하지만, 어떻게든 부모를 만나려고 하는 모습을 생각하면 그런 선택은 하지 않을 가능성이 높았다.

‘하. 그냥 우리에게 도움을 요청한다면 모든 게 간단히 해결될 텐데.’

물론 라비 일병이 정말 가혹 행위를 당했다는 것이 전제가 되는 이야기이지만, 만약 정말 그런 것이라면 종혁은 어떤 수단을 써서라도 그를 도울 생각이었다.

털썩! 쿠웅!

“하아아.”

종혁은 자신과 마찬가지로 골머리를 싸매다가 책상에 머리를 박는 옆자리의 요원을 보며 혀를 찼다.

“잘 안 풀려요?”

“몰라. 죽을 것 같아.”

벌써 올해만 들어 네 차례 발생한 미성년 동양인 여성을 타깃으로 한 연쇄강간살인.

피해자들 사이에 공통점은 연령대와 성별을 제외하면, 동양인이라는 점과 친구를 만나러 나갔다가 변고를 당했다는 것뿐.

무엇 하나 범인을 유추할 만한 공통점이 없었다.

그에 며칠째 제대로 잠도 자질 못한 듯 퀭한 눈빛의 요원이 종혁을 바라보며 물었다.

"너흰 좀 어때? 벤이랑 드롭은 어디 가고?"

"우리도 죽을 맛이죠. 벤이랑 드롭은 잠시 옷 갈아입으러 집에 갔고요. 둘이 오면 저도 옷을 갈아입으러……."

"최!"

"응?"

종혁은 다급히 자신을 부르는 몰리를 쳐다봤다.

"떠, 떴어!"

"뭐가……."

"라비 일병이 카드를 사용했다고!"

라비 일병이 살인을 저지르기 전 동선을 추적한 결과, 그가 몇 차례 카드를 사용했음을 확인할 수 있었다.

그리고 그 카드가 라비 일병의 아버지인 리자춘이 아들에게 휴가 때만큼은 마음껏 놀라며 쥐여 준 것이라는 사실도 드러났다.

이에 FBI와 NCIS는 라비 일병이 궁지에 몰리면 그 카드를 쓸지도 모른다며 예의 주시하고 있던 상황.

그리고 오늘 드디어 라비 일병이 카드를 사용한 것이다.

"미친!"

종혁이 헐레벌떡 몰리에게 날아가는 순간이었다.

지이잉! 지이잉!

"예, 최종혁입니다!"

-그레이스입니다! NCIS가 다급히 숙소를 나서고 있습니다!

"알았습니다! 계속 미행해 주세요!"

전화를 끊은 종혁은 얼른 몰리의 뒤에 섰다.

"어디서 쓴 겁니까?"

"올버니시! 아무래도 캐나다로 가려는 것 같아!"

뉴욕주의 도시 올버니. 그 위로 쭉 올라가면 캐나다 국경이 나온다.

'튄다고? 정말로 튄다고?'

순간 머릿속이 엉클어진다.

"뭘 샀는데요?"

"껌이랑……."

움찔!

종혁이 미간을 좁힌다.

"우비랑 지도, 나침반, 가방, 다량의 보존식 식품, 핫도그 하나를 샀어. 아, 의약품도 구매했어."

모두 종합마트에서 살 수 있는 것들.

"아무래도 도보로 국경을 넘으려는 것 같아."

"……흐음. 현금서비스는요?

"아직 받지 않은 것 같아."

"그래요?"

지금쯤이면 배가 고프다 못해 배가 찢어질 수준일 라비 일병. 몸 상태가 꽤 안 좋을 거다.

그러니 위치가 들통날 각오까지 하며 카드는 쓴 것일

터. 그런데 따뜻한 음식이 겨우 핫도그 하나다?

말이 안 된다. 어차피 쓰는 거 살 수 있는 건 다 사는 게 당연한 일이다.

그렇다면 답은 하나다.

"이 자식, 빵끼 쓰네?"

종혁은 입술을 비틀었다.

* * *

투두두두두두!

올버니를 향하는 헬기 안.

윌리엄 소위가 창밖을 보며 손톱을 깨문다.

'이 빌어먹을 자식! 그냥 자수하면 될 것을!'

그냥 순순히 잡혀서 사법 거래를 하는 것이 그 자신에게도 더 낫다는 걸 왜 모른단 말인가.

부대 내에서 있었던 일을 언급하지 않고, 문제 삼지 않겠다는 각서만 써 준다면 길어야 10년이다.

10년만 참으면 자유를 얻을 수 있는데, 왜 평생을 도망자 신세로 살려고 하는 것인지 이해할 수 없었다.

'그러면 되는데, 왜 이렇게 나를 괴롭히냐고!'

탈영병 하나를 잡기 위해 벌써 며칠의 시간을 허비했던가.

더욱이 지금 상사에게 자신의 권한을 넘어선 무리한 요청을 한 참이다.

이러다간 자신의 능력을 의심받게 된다.

"이 개자식. 잡히기만 하면……"

지이잉! 지이잉!

발신자를 확인한 윌리엄 소위가 헛바람을 삼킨다.

"예! 윌리엄 파웰입니다, 국장님!"

-무모한 부탁을 하는군, 윌리엄.

올버니의 모든 도로와 올버니에서 캐나다로 향하는 모든 도로의 검문검색 및 캐나다 국경 인근 수색 허가를 요청한 윌리엄 소위.

이 말은 미국에서 캐나다로 향하는 모든 도로를 봉쇄하고 검문검색을 펼쳐 달라는 소리다.

"죄송합니다!"

-놈이 캐나다로 넘어갈 확률은?

"현재로선 거의 백 퍼센트입니다."

뉴욕에 숨어 있던 라비 일병이 갑자기 왜 올버니에서 모습을 드러냈겠는가. 부모님에게 더 이상 민폐를 끼치기 싫어서 사라지기로 결심한 거다.

-흠. 현재 그 카드가 쓰인 지 몇 시간이나 지났지?

"대략 두 시간 정도 지났습니다."

-그럼 지금쯤 거의 중간 지점을 넘어섰겠군.

"……그건 아직 모릅니다."

올버니에서 뻗어 나가 캐나다로 향하는 큰 도로가 네 개다.

그보다 작은 도로는 셈할 수도 없고, 그 모든 도로에서 검문검색 및 수색을 펼친다면 여기에 필요한 병력만 천 여 명.

제아무리 해군부가 지원을 한다고 해도 그리 오래 검문검색을 이어 나갈 수는 없었다.

정치적인 이유도 있지만, 시간을 오래 끌면 해군부와 대립각을 세우는 조직들이 이번 일을 파고들게 뻔하기 때문이다.

라비 일병도 이 사실을 알고 있을 터.

물론 이런 복잡한 사정은 모르겠지만, NCIS가 오랫동안 국경을 막을 수 없다는 것쯤은 알고 있을 거다.

"그러니 몸을 숨긴 채 적당한 때를 기다리고 있을지도 모릅니다."

라비 일병의 병과는 스카우트 스나이퍼(Scout Sniper).

특수 훈련을 받은 정찰과 저격의 엑스퍼트였다.

그런 그에게 열흘 치 식량이면 한 달, 무리를 하면 두 달도 버틸 수 있는 양이었다.

만약 그가 곧바로 캐나다로 도주하지 않고, 올버니에 몸을 숨긴 채 때를 기다리고 있는 것이라면?

NCIS는 국경만 지키며 시간을 허비하는 꼴이 될지도 몰랐다.

놈을 확실히 잡기 위해서는 신중을 기해 올버니, 그리고 올버니 인근까지 수색해야만 했다.

-흠. 무슨 말인지 알았어. 검문검색과 수색을 지원해

주지. 하지만 도시의 완전 봉쇄는 안 돼.

올버니에서 캐나다로 향하는 도로는 어떻게든 명분을 갖다 붙여 검문검색을 진행할 수 있겠지만, 올버니의 모든 도로를 검문검색을 벌이는 건 무리가 뒤따랐다.

도시에 혼란이 생기면 뉴욕주의 상원의원인 스태파니 클린턴이 달려들 수도 있기 때문이다.

그렇게 되면 이번 일이 모두 드러내야만 할지도 모른다. 그러면 불편해할 사람이 너무 많아진다.

"예? 하지만……!"

–됐어. 무엇이든 캐나다로 향하는 건 맞는 것 같으니 대충 마무리해.

"국장님!"

–커리어를 생각해야지.

섬칫!

더 이상 막 나갔다가는 진급에 애로사항이 생길 거라는 협박에 윌리엄 소위는 입술을 깨물었다.

"그럼 올버니에서 캐나다로 향하는 도로만 봉쇄하게 해 주십시오."

–닷새를 주지.

달칵!

끊겨 버린 전화기를 응시하던 윌리엄 소위가 이를 악문다.

"이 개 같은!"

고작 탈영병 하나 때문에 이 무슨 망신이란 말인가.

"넌 무조건 잡는다! 개자식!"

윌리엄 소위의 눈이 불타오르기 시작했다.

* * *

삐용삐용!

윌리엄 소위가 NCIS의 국장과 이야기를 나누기 한 시간 전, 올버니.

경찰차 몇 대가 북쪽을 향해 맹렬히 달리고, 올버니시의 시민들은 마치 테러 사건이라도 일어난 듯 요란한 모습에 눈을 동그랗게 뜬다.

그런 시민들 사이에 섞여 그 모습을 지켜보던 라비 일병이 작은 미소를 짓는다. 낡은 셔츠에 마찬가지로 허름한 멜빵바지, 모자를 눌러쓴 그.

'이제 북쪽과 서쪽, 동쪽의 도로를 철저히 봉쇄하겠지.'

그럴 거다. 마치 캐나다 국경을 넘으려는 듯한 모습을 보였으니까.

마트 계산원에게도 캐나다에 대해 살짝 언급했다. 즉, 저들은 캐나다로 향하는 세 방향을 철저히 틀어막을 수밖에 없었다.

그리고 남쪽에선 NCIS가 맹렬히 날아오고 있을 터.

곧 올버니시 전체가 봉쇄된다는 뜻이다.

그리고 이걸 바꿔 말하면 뉴욕시의 봉쇄는 느슨해진다는 뜻도 되었다.

'이제 다시 돌아가면 되겠네.'

라비 일병의 발걸음이 다시 뉴욕으로 향했다.

그렇게 시간이 흘러, 며칠 뒤 새벽 1시의 뉴욕.

거리의 가로등마저 꺼지는 시각, 차이나타운 안으로 그림자 하나가 스며든다.

어둠이 잠식한 빛 한 점 없는 골목을 조심스럽게 나아가는 그.

오싹!

'또.'

부비트랩이 깔린 듯한 위기감.

이곳뿐만 아니다. 차이나타운으로 들어올 수 있는 모든 길목에서 그런 위기감이 느껴졌다.

'대체 왜…….'

분명 주위에 인기척은 느껴지지 않는데 위기감이 느껴진다.

더 이상 들어가면 들킨다.

자신의 감을 믿는 라비 일병은 갈등에 휩싸일 수밖에 없었다.

지금이라도 빠져나가야 할까.

한참을 고민하던 라비 일병은 입술을 깨물었다.

자신을 찾지 못한 NCIS가 곧 전국에 지명수배를 할 것이다. 그렇게 되면 뉴욕 어딜 가도 자신을 알아보는 사람이 생길 터.

NCIS의 감시망이 전부 캐다나 국경으로 향할 때까지 버틸 은신처가 필요했다.

생각을 정리한 그는 모든 신경을 곤두세우며 발을 내디뎠다.

그때였다.

'어?'

달빛에 반사되는 희미한 빛.

눈매를 좁힌 그는 곧 전봇대 위에 설치된 이질적인 무언가를 발견할 수 있었다.

'CCTV?!'

주먹 두 개만큼 작은 박스에 뚫려 있는 작은 구멍. 그 속으로 보이는 렌즈.

제대로 살피지 않으면 박스가 있는지도 모를 만큼 잘 숨겨져 있다.

'설마 저것 때문에?'

그렇다면 이 난데없는 위기감도 말이 된다.

눈을 굴리던 라비 일병은 결국 다시 발을 내디뎠다.

잘 보니 동작형 CCTV가 아닌 고정형 CCTV다. 사각으로만 움직이면 충분히 피해 갈 수 있었다.

그리고 저렇게 작으면 이 어두운 밤에 뭔가 움직이는 건 잘 감지하지 못할 터.

그렇게 힘들게 도착한 곳은 한 폐건물이었다. 얼마나 오래 방치된 것인지 손으로 잡아 뜯어도 시멘트 조각이 뜯어질 정도로 허름한 4층 건물.

그 안에 들어서자마자 위기감이 사라진다.

"후우우."

그제야 숨을 길게 몰아쉬는 그.

"CCTV가 그렇게 많이 깔려 있다니……."

이곳까지 오는 동안 발견한 CCTV의 숫자만 무려 사십여 대다.

이는 자신이 군대에 있는 동안 차이나타운 전체에 CCTV가 설치됐다는 뜻이었다. 빈틈 하나 없이.

"회비 낸 값을 하네. 상가 번영회……."

아마 CCTV를 설치한 건 상가 번영회일 터.

왜 하필 이때 일을 벌인 것인지 원망스러우면서도, 차이나타운의 주민으로서 감사하다는 생각도 든다.

그래도 좀 짜증이 나서 혀를 차며 4층으로 올라온 라비 일병은 한쪽 벽으로 걸어가 삐뚤빼뚤 적힌 희미한 글귀를 쓸어내렸다.

라비. 잭. 홀든. 구스.

우리 우정 영원히.

"귀신이 나온다고 버려진 건물이었지."

라비 일병의 얼굴이 아련해진다. 원래는 공동묘지였는데 그걸 밀어 버리고 올려서 저주받았다는 소문이 돌아 결국 방치된 건물.

그래서 비밀 기지로 삼았었다.

자신들 네 명이 모이면 귀신 따윈 무섭지 않다고.

"물론 해가 지면 무서워서 집으로 돌아갔지만."

고작해야 8살, 그땐 왜 그렇게 무모했는지 몰랐다.

그러나 무모했기에 즐거웠고, 많은 추억을 쌓을 수 있었다.

그때의 일들을 떠올리며 옅게 웃은 라비는 가방 속 내용물을 꺼내 바닥에 늘어놓았다.

'물이야 장마기간이니 얼마든지 구할 수 있을 테고.'

"후."

버텨야 한다. 부모님과 친구들 곁에서 감시가 사라질 때까지.

자신이 캐나다를 넘었다고 생각을 하면 전국과 캐나다에 수배를 내리면서도 완전히 감시를 거둘 터.

우비를 몸에 두른 라비 일병은 구석에 앉으며 어둠과 동화되었다.

* * *

후다닥!

단숨에 계단을 올라온 종혁이 한 사무실의 문을 열어젖힌다.

"발견했다고요?"

"예! 여기!"

종혁은 은퇴한 FBI 요원이 보여 주는 화면을 보고 주먹을 불끈 쥐었다.

차이나타운으로 들어올 수 있는 길목 중 하나에 찍힌 희미한 실루엣.

어두운 밤이라 이목구비를 알아볼 수 없을 만큼 흐릿하지만, 종혁은 단번에 그가 라비 일병임을 알아보았다.

"역시!"

'이 새끼, 뺑끼 쓴 게 맞다니까!'

"와…… 최, 너 진짜."

종혁은 혀를 내두르는 벤과 드롭의 모습에 콧대를 슬쩍 세웠다가 이내 낯빛을 굳혔다.

이어지는 은퇴한 FBI 요원의 말 때문이다.

"그런데 이 이후로 찍힌 게 없습니다."

"……CCTV를 알아차렸다는 뜻이군요."

'눈치 빠른 자식.'

아쉽게 됐다.

하지만 라비 일병이 다시 차이나타운으로 돌아온 걸 알게 됐으니 그걸로 만족할 수 있었다.

"벤, 윌리엄 소위가 현재 올버니에 있다고 했지?"

"맞아. 그랬지."

며칠 전, NCIS가 FBI에게 양해도 구하지 않은 채 대규모 검문검색을 했다고 FBI 뉴욕지국의 국장이 크게 화를 냈었다. 그러며 더 이상 FBI는 협조를 하지 않을 테니 너희 맘대로 하라고 욕설을 퍼부었다.

"그럼 지금쯤 윌리엄 소위는 궁지에 몰려 있겠네?"

일개 수사관의 한계를 벗어난 짓을 벌였다. 제아무리 해군부의 도움이 있었다고 한들 각 기관뿐만 아니라 정부에서도 압박을 넣을 테니 더 이상은 검문검색을 하지 못할 거다.

"그 정도가 아니라 당장 내일이라도 NCIS로 불려 가겠지. 벌써 며칠째야?"

"그렇겠지?"

그러면 리자춘 부부를 감시하고 있는 윌리엄 소위의 부하도 함께 돌아갈 수밖에 없을 거다.

'이거구나! 라비 일병이 노린 게!'

순간 머리가 핑핑 돌아간 종혁은 얼른 핸드폰을 꺼내 들었다.

"예, 리자춘 씨. 이 늦은 시간에 연락드려서 죄송합니다. 혹시 아드님께서 어렸을 적 특별하게 썼던 별명 같은 게 있습니까?"

리자춘 부부와 비밀리에 만날 게 분명한 라비 일병.

이제 그걸 기다리기만 하면 되지만, 종혁은 그 전에 자수를 하도록 끌어내야겠다고 생각했다. 그래야 형량을 조금이라도 낮출 수 있을 테니 말이다.

'그리고 그렇게 자발적으로 끌어내야 그 속에 숨겨 둔 이야기를 들을 수 있지.'

아니면 입을 꾹 다물고 있다가 날아온 NCIS가 낚아채 갈 터.

그건 막아야 했다.

종혁은 이를 악물었다.

* * *

[후버, 당신의 이야기를 듣고 싶습니다.]

쏴아아아!

비가 쏟아지는 어두운 밤, 잠시 폐건물을 나선 라비 일병이 벽에 붙어 비에 젖어 가는 전단지를 떨리는 눈으로 바라본다.

오늘 아침 몇 명의 소년소녀들이 부산을 떨며 이 골목 전체에 붙였던 전단지.

'나다. 날 부르는 거야.'

후버. FBI 국장, 존 에드거 후버.

에드거라는 미들네임 때문에 참 많이 놀림을 받았던 별명이다.

그 밑에 적힌 번호는 이전 [억울한 일이 있다면 언제든 FBI를 찾아 주세요] 전단지에 적혀 있던 것과 똑같은 번호.

'FBI에서 날 찾는 거였다니!'

아니, 그게 문제가 아니다. FBI에서 자신이 저지른 사건에 숨겨져 있는 진실을 알아차린 거다.

'어떻게?'

"해군부의 치부이니 NCIS에서 말하지는 않았을 텐데……."

그런데 어떻게 알아차린 걸까.

순간 마음이 흔들린다.

울컥 무언가가 차오른다.

말하고 싶다. 이 억울함을 토해 내고 싶다. 진실을 밝히고 싶다.

그런 욕심이 샘솟듯 솟는다.

하지만 이내 곧 그는 고개를 저었다.

"말은 이렇게 해도 결국 NCIS에게 넘기겠지."

아니, NCIS가 달려와 자신을 낚아채 갈 거다.

라비 일병은 그렇게 생각하며 몸을 다시 건물 안으로 들어갔다.

그 순간이었다.

"린! 어디 있니, 린-!"

라비 일병은 아래층에서 들리는 소리에 눈을 동그랗게 떴다.

* * *

라비 일병이 알버니로 향하고 이틀 후.

퇴근을 하고 집에 돌아온 주안이 오늘도 집에 없는 딸에 얼굴을 구긴다.

"앤 또 어딜 나간 거야!"

언제나 자신이 출근하면 집을 비우고 친구들과 놀러 다니기 바쁜 딸.

다그치기도 하고, 달래도 보고, 애원도 해 봤지만 통하지 않았다.

하지만 그녀는 이해할 수밖에 없었다.

도망치듯 떠나야 했던 고향, 낯선 땅, 낯선 사람들.

딸에게도 적응할 시간이 필요했다.

그녀는 그렇게 스스로를 위안할 수밖에 없었다.

'그나마 다행이라면 술과 담배를 안 한다는 거겠지.'

"하아."

한숨을 쉰 그녀는 맥주병을 담는 플라스틱 박스를 쌓고 그 위에 나무판자를 깐 침대에 앉아 머리맡에 놓아 둔 쪽지를 가져왔다.

갑자기 사라져 버린 그 사람이 남긴 감사의 쪽지.

"조금 더 있어도 괜찮았는데……."

무슨 사연인지 몰라도 참 위태로워 보였던 사람.

좀 많이 아쉬웠다.

쪽지의 글귀를 다시 읽어 내린 주안은 이내 불을 끄며 침대에 누웠다. 일어나면 딸이 돌아와 있기를 바라며.

그리고 다음 날.

다시 퇴근 후 집에 돌아온 주안의 낯빛이 딸의 방을 보고 딱딱하게 굳는다.

변함이 없다. 딸을 마지막으로 본 이후부터 지금까지, 침대의 주름마저 그대로다.

"무, 무슨……."

덜컹!

심장이 내려앉은 주안은 얼른 핸드폰을 들었다가 내려놓았다. 불법 체류자의 신분이기에 신고를 할 수 없다. 신고를 했다가는 그대로 당국에 끌려가게 될 터.

입술을 깨문 주안은 언젠가 딸과 함께 있었던 친구를 떠올리며 다급히 집을 뛰쳐나갔다.

'부, 분명 그 집 딸이라고 했어!'

다행히 자신이 아는 곳의 딸.

주안은 얼른 딸의 친구를 쫓아갔다.

하지만…….

-저 린이랑 어울리지 않은 지 꽤 됐는데요? 저기 바오 당구장에 가 보세요.

-린이요? 어? 그러고 보니 안 만난 지 꽤 됐는데요? 음. 아마 걔들과 어울리고 있을 수도 있어요. 슌 패거리에서 나온 애들이 만든 그룹인데, 주로 폐건물 같은 곳을 아지트 삼거든요?

주안은 달렸다. 딸을 찾기 위해 차이나타운 안에 있는 모든 폐건물을 뒤지며 달리고 또 달렸다.

비가 내려도, 그에 옷이 젖어도.

주안은 그런 걸 신경 쓸 겨를이 없었다.

그러다 결국 도착하게 된 마지막 건물.

여기에도 없으면 안 된다. 안 되는 거다.

그녀는 간절히 딸의 이름을 외쳤다.

"린! 어디 있니, 린-! 나와 봐! 엄마가 뭐라고 안 할 테니까 제발! 린-!"

그러나 들려오지 않는 대답.

주안이 땅바닥에 주저앉는다.

"어디 있는 거니……. 대체 어디에……."

저벅저벅.

"주안 씨?"

낯익은 목소리. 고개를 든 주안의 눈에 라비 일병의 모습이 비춘다.

"후버 씨?"

갑자기 사라진 라비 일병을 다시 보게 됐지만, 지금 그녀는 그걸 신경 쓸 상황이 아니었다.

"후버 씨! 저희 린을 본 적 있나요?!"

라비 일병은 자신의 옷자락을 꽉 잡는 주안의 모습에 낯빛을 굳혔다.

"아니요. 무슨 일인 겁니까?"

"리, 린이 집을 나간 것 같아요!"

흠칫!

라비 일병의 머릿속에 집을 나서던 린의 모습이 떠오른다.

마치 남자친구를 만나러 가듯 화장도 하고 한껏 꾸며 입었던 린.

그리고 린이 자주 이용하던 랜덤채팅 사이트.

'서, 설마?'

온갖 인간군상, 변태들이 많은 랜덤채팅 사이트.

침을 삼킨 라비 일병은 떨리는 눈으로 주안을 봤다.

자신의 목숨을 구해 준 주안.

그리고 그녀의 하나뿐인 딸, 린.

불법 체류자라 신고조차 할 수 없는 두 모녀.

수많은 갈등이 라비의 가슴속에서 휘몰아친다.

그는 눈을 질끈 감았다.

'미안해요. 어머니, 아버지.'

아무래도 감옥에 가야 할 것 같다.

이 사람을 외면하면 후에 어머니와 아버지를 뵐 낯이 없을 것 같다.

"주안 씨, 핸드폰이 있으면 제게 줘 보시겠습까?"

"그럴 필요 없습니다. 이미 왔으니까."

움찔!

라비 일병은 건물 안으로 들어오는 종혁의 모습에 눈을 부릅떴다.

* * *

뿌연 담배 연기가 뿜어지는 작은 사무실.

"으드드드드!"

그 한구석에 앉아 있던 종혁이 기지개를 켠다.

"후우. 죽갔네."

라비 일병이 다시 차이나타운에 들어온 게 확인됐기에

그때부터 대기 중이었는데, 아무것도 하지 않으려니 사람 미쳐 버릴 것 같다. 그건 멍하니 CCTV를 보고 있는 다른 사람들도 마찬가지였다.

'옛날엔 어떻게 일주일, 한 달씩 잠복했는지 몰라.'

좁은 차 안에 구겨 타서 범인이나 조폭들의 범죄 행각을 기다리던 나날들.

제대로 씻지 못하고, 밥도 제대로 먹지 못해 쉰내 풀풀 풍기던 회귀 전의 일들을 떠올린 종혁은 역시 돈이 좋다고 생각했다.

그러니 자신 대신 CCTV를 봐 주는 사람도 있고, 이렇게 여유롭게 책을 읽을 수 있었다.

종혁은 범죄학에 관련된 책을 덮으며 몸을 일으켰다.

"야식이나 먹읍시다!"

"오오오!"

순간 달아오르는 사무실.

사람들은 먹고 싶은 걸 빠르게 말하기 시작했고, 그걸 모두 시킨 종혁은 모니터 앞에 앉은 한 사람에게 다가갔다.

"특이 사항 있어요?"

"아뇨. 아직 없습니다."

마치 기계처럼 맨날 CCTV 앞을 지나치는 사람들. 그렇기에 맨날 보는 똑같은 풍경.

그러나 그 속에 숨어 있는 의외의 모습들.

누군가는 오늘 기분이 좋아 술을 마신 것 같았고, 또 누군가는 오늘 너무 힘들었던 것 같고, 누군가는 연인과 헤어진 것 같다.

지루하지만 꽤 재밌었다.

이런 그의 말에 종혁은 피식 웃었다.

"특이하시네."

마치 CCTV 감시 요원이 천직인 것 같다.

"하하. 응?"

종혁도 모니터를 보며 눈을 살짝 크게 뜬다.

마치 무언가에 쫓기는 듯, 아니 간절하게 무언가를 찾는 듯 뛰어다니는 여성.

'저 여성은?'

낯이 익은 얼굴이다.

'분명 헨리 씨랑 같이 갔던 식당의…….'

마치 서빙 일이 처음이었는지 꽤 어수룩했던 여종업원.

"대체 무슨 일이기에 이 비 오는 날 저렇게?"

바닥을 살피지 않는 것을 보아, 누군가를 애타게 부르는 것으로 보아 물건을 찾는 건 아닌 듯했다.

"흐음. 일단 이 여성분 좀 계속 잡아 주세요."

"예!"

곧 주안의 동선을 따라 CCTV 화면이 차례로 비춰진다.

정말 간절히 외치며 달리는 주안.

숨이 찰 땐 잠시 멈춰 숨을 고르고 곧바로 다시 뛴다.

그런 그녀가 들어간 곳은 한 폐건물이었다.

그리고 잠시 후 낙담한 얼굴로 나와 다시 뛰기 시작하는 주안.

'사람이다. 사람을 찾는 거야.'

그렇지 않다면 이렇게 빨리 나올 수가 없다.

'그렇다면?'

자식. 그것이 가장 먼저 떠오른 종혁은 반사적으로 핸드폰을 들었다.

그때였다.

지이잉! 지이잉!

"예, 최종혁입니다."

–3번 관리실입니다. 저희 구역 내에 있는 폐건물에서 미세한 움직임이 포착됐습니다. 꽤 오래전에 버려진 건물로 소문이 좋지 않아 질이 나쁜 아이들도 밤에는 절대 가지 않는 곳입니다!

낮에도 찾는 사람이 거의 없다.

그 말에 순간 번뜩이는 종혁의 눈.

'라비 일병일까?'

그럴 확률이 높다.

"알겠습니다. 곧 가죠."

혹시 아닐 수도 있기에 가쁘게 뛰기 시작한 심장을 애써 진정시킨 종혁은 잠시 움직임이 발견된 폐건물과 간절한 주안 사이에서 갈등하다 결국 결정을 내렸다.

"저분 동선은 계속 파악해서 알려 주세요. 폐건물만 확인하고 바로 찾아갈 테니까."

어쩌면 폐건물에 숨어 있을지 모를 라비 일병.

폐건물을 확인하는 게 먼저였다.

"예, 드롭. 지금 어디예요?"

종혁은 이어폰을 끼며 비가 쏟아지는 거리로 뛰어나갔다.

'그런데…….'

종혁과 벤, 드롭이 빗소리를 뚫고 폐건물 안쪽에서 들려오는 대화에 얼굴을 쓸어내린다.

"주안 씨, 핸드폰이 있으면 제게 줘 보시겠습까?"

"그럴 필요 없습니다. 이미 왔으니까."

우산을 내려놓은 종혁은 소스라치게 놀라는 라비 일병에게 다가갔다.

'이제야 보네. 참 보고 싶었다, 인마.'

"FBI입니다. 라비 에드거 리 씨, 당신의 이야기를 들으러 왔습니다."

"아……."

종혁이 정중히 고개를 숙이자 몸에 힘을 푸는 라비 일병.

종혁은 순순히 양손을 내미는 라비 일병을 어깨를 감쌌다.

"가실까요? 부모님을 뵈러?"

"예?!"

종혁은 놀라는 그를 향해 싱긋 웃어 줬다.

* * *

"라비!"

"아들! 이 무심한 놈아! 아이구, 밥은 먹고 다닌 거야? 얼굴은 왜 반쪽이 됐어!"

"아, 아버지……. 엄마……."

라비 일병이 고개를 푹 숙인다.

"죄송해요. 죄송합니다……."

그의 눈에서 뚝뚝 떨어지는 눈물.

리자춘 부부는 그런 아들을 꼭 끌어안으며 아니라고, 몸 성히 살아 있으니 됐다고 토닥이며 안도하고 또 감사해했다.

종혁은 리자춘 부부가 차려 준 밥을 먹고 나오는 라비 일병의 어깨를 두드리며 리자춘 부부를 향해 고개를 숙였다.

"최대한 선처를 받을 수 있도록 노력하겠습니다."

"부, 부탁드리겠습니다."

"부탁드리겠습니다, 요원님!"

연락을 받고 달려온 라비 일병의 친구들까지도 허리를 숙인다.

고개를 끄덕인 종혁은 라비 일병을 데리고 FBI 뉴욕지국으로 향했다.

FBI 뉴욕지국의 취조실.

종혁은 한결 낯빛이 가벼워진 라비 일병을 향해 푸근히 웃어 줬고, 라비 일병은 입술을 오물거리다가 고개를 숙였다.

"감사합니다, 요원님."

"아닙니다. 해야 할 일을 했을 뿐인걸요. 그리고 그분의 딸에 관한 일도 곧 처리될 겁니다."

불법 체류자 주안.

그래서 신고를 하지 못한 채 전전긍긍하던 그녀.

"그녀가 추방되는 일은 없을 테니 너무 걱정하지 마시고요."

"……감사합니다."

"아닙니다."

'내가 더 감사하지.'

주안 때문에 결국 자수를 하려고 했던 라비 일병.

생각대로 라비 일병은 악인이 아니었다.

그동안 기울인 노력이 헛되지 않았으니 감사할 수밖에 없다.

"라비 씨."

"예."

"앞으로 길어야 세 시간입니다."

지금쯤 소식을 들은 윌리엄 소위가 라비 일병을 낚아채기 위해 이곳으로 향하고 있을 거다.

세 시간이 FBI가 막을 수 있는 한계.

NCIS의 삽질로 인해 FBI가 공조를 관뒀기에 가능한 시간이다.

"그렇…… 군요."

"그러니 그 전에 이 사건에 얽힌 진실을 알려 주시겠습니까? 당신의 억울한 이야기를요."

움찔!

종혁은 대체 어떻게 알아차린 거냐는 듯한 라비 일병의 모습에 푸근히 웃었다.

그에 뜨거운 것이 치밀어 고개를 숙인 라비 일병의 입이 힘들게 열린다.

"그, 그들은 악마였습니다."

그러며 시작된 그날의 진실.

그건 종혁의 예상을 한참 뛰어넘은 잔혹한 이야기였다.

종혁의 얼굴이 일그러졌다.

* * *

악마, 아니 그 이상의 선임들.

그날도 그랬다.

오랜만에 나온 휴가.

단 며칠이라도 선임들을 보지 않을 수 있단 것이 좋았던 라비는 부모님과 친구들께 연락을 하고, 자유를 만끽하다 미리 잡아 놓은 숙소에 들어가기 전 맥주 한 잔을 걸치기 위해 펍을 찾았다.

혹여 같이 나온 선임들을 만날 수 있기에, 그랬다간 부모님께서 찾아와 같이 있을 수 없다는 변명이 들통날 수 있기에 구석진 곳의 펍을 찾았다.

아무런 걱정 없이 마실 수 있는 술은 너무도 달콤했다.

그런데…….

"그들이 제가 있는 펍을 찾아왔습니다."

하늘은 자신을 싫어하는 걸까.

아니면 자신은 영원히 이들을 벗어날 수 없는 걸까.

단숨에 선임들에게 둘러싸인 라비는 화장실로 끌려가게 됐다.

그리고 거짓말을 했다는 죄로 맞았다. 이러다 죽을지도 모르겠다고 생각할 만큼 맞았다.

이미 거나하게 취해 찾아온 그들. 주먹과 발에 자비가 없었다.

그런데 진짜 지옥은 그 이후에 찾아왔다.

−킄킄. 오늘은 내 차례지? 빨아.

싫었다.

취기 때문인지, 아니면 더 이상의 희망이 없어서인지 몰라도 용기 내어 반항했다.

더 이상은 싫다고.

그랬더니 그가 말했다.

−그래? 알았어. 그렇게 해. 난 네 부모님을 찾아 가면 되니까.

당신의 아들이 부대 내에서 어떤 꼴을 당하는지 다 말한다고 했다.

–그리고 우리 관계를 허락받을 거야. 몇 번 했으니 연인 사이 맞잖아?

–와, 그럼 나도 허락을 받아야 하나?

–큭큭. 푸하하하하!

그 순간 이성의 끈이 끊겼다.

고개를 숙인 채 굳어 버린 라비 일병을 어떻게 오해한 것인지 다른 선임들은 오늘 차례의 순번인 선임을 놔두고 화장실을 나갔고, 그렇게 둘만 남겨졌다.

"그, 그러자 전…… 저는……."

종혁은 라비 일병의 손을 잡았다.

"괜찮습니다. 더 이상 말 안 하셔도 됩니다."

"그 악마의 손에 들려 있던 맥주병을 빼앗아 찔렀습니다! 죽였습니다! 살기 위해서! 부모님을 지키기 위해서! 으아아아악!"

종혁은 다급히 달려가 몸을 미친 듯 긁는 라비 일병을 꽉 끌어안았다.

"괜찮습니다. 괜찮아요. 괜찮아."

"흐으윽! 그, 그렇게…… 그렇게 된 것입니다……."

빠드득!

"후…… 아, 씨발."

대체 어떤 위로를 건네야 하는 걸까.

그 참담하고 끔찍한 지옥을 겪으며 죽지 못해 살아온 사람에게 무슨 위로를 건네야 하는 걸까.

"고생하셨습니다. 정말…… 살아 주셔서 감사합니다."

울컥!

살아 줘서 감사하다.

너무도 의외인 말.

하지만 찢기고 뭉개진 영혼을 부드러운 연고처럼 위로해 주는 말.

라비 일병의 눈시울이 뜨겁게 달아올랐다.

"아닙니다. 아니에요…… 흑! 흐어엉!"

결국 터져 버린 눈물.

종혁의 눈시울도 뜨거워진다.

둘은 서로를 부둥켜안고 울고 또 울었다.

"후우. 감사합니다."

이야기를 들어 줘서 감사했다. 오직 종혁만 이야기를 들어 주려고 해서 감사했다.

종혁은 고개를 저었다.

"제가 말했죠? 당연한 일을 했을 뿐이라고. 피해를 당한 시민을 구하는 건 저희 경찰의 의무입니다."

"요, 요원님……."

"자, 그럼 앞으로 일어날 일에 대한 이야기를 하죠."

"……?"

"곧 NCIS에서 라비 씨를 데리러 올 겁니다. 저 문을 박차고 들어와 라비 씨를 강제로 끌고 갈 겁니다."

쿵!

라비의 얼굴이 하얗게 질린다.

그러나 이내 곧 체념한다.

"그러니 버티셔야 합니다."

"예?"

"그 개새끼들이 뭐라 협박을 하든 입을 꾹 다물고 버티셔야 합니다. 제가 당신의 변호를 위해 힘을 쓸 테니까요."

최대한 정상참작을 받을 수 있도록 할 거다.

그리고 라비 일병을 지옥 속에서 살게 만든 그 악마들은 그동안 저지른 죄에 대한 죗값을 톡톡히 치르게 될 거다.

그런 종혁의 말에 라비 일병은 옅게 웃었다.

"말씀만으로 감사합니다."

믿지 않는 모습.

할 말은 다 했으니 후련해하는 모습.

그럴 수밖에 없다.

상대는 해병대, 아니 더 넓게는 해군부다.

FBI라 할지라도 일개 요원이 감당할 수 있는 존재가 아니었다.

종혁은 못 믿는 그의 모습에 싱긋 웃으며 핸드폰을 꺼냈다.

그리고 잠시 녹화를 끊어 달라는 신호를 보내며 누군가에게로 전화를 걸었다.

–버락 던햄 루터입니다.

"예, 루터 씨. 저 최종혁입니다. 늦었지만 민주당의 대통령 후보가 되신 걸 축하드립니다."

라비 일병이 입을 떡 벌린다.

버락 던햄 루터.

과거 영부인이었던 그 스태파니 클린턴 대신 대통령 후보가 된 인물이다.

–오, 최! 오랜만입니다! 왜 이렇게 연락을 하지 않은 겁니까!

"하하. 경찰과 정치인은 서로 멀리하는 게 좋죠.

–이런. 서운한데요? 저희 사이가 그 정도밖에 안 됐던가요?

"이런. 그 정도는 넘으니까 제가 이렇게 도움을 청하기 위해 연락을 드린 겁니다."

–도움이요? 최가 제게요?

웃던 종혁의 표정이 진지해진다.

"지금 제 앞에 너무도 억울한 피해자가 있습니다. 이 나라의 수호와 영광을 위해 영혼과 몸을 바쳤음에도 끔찍한 일을 당한, 나라를 지키라고 있는 군대에서 끔찍한 피해를 당한 피해자입니다. 이름은 라비 에드거 리. 관타나모 해군기지 소속의 해병으로 어렸을 적 중국인 부부에게 입양된 분입니다."

순간 수화기 너머 버락 루터의 눈이 빛난다.

–……반갑다는 말은 할 수 없겠군요. 그동안 얼마나 힘드셨습니까. 버락 루터 던햄입니다, 미스터 리.

"예? 아, 예예……. 라, 라비 에드거 리입니다."

라비가 얼떨떨해하며 대답하는 순간이었다.

쾅!

문을 거칠게 열며 등장하는 윌리엄 소위.

씩씩거리는 그가 종혁을 죽일 듯 노려봤다.

"어이구. 뭘 이렇게 뛰어오셨어? 천천히 오셔도 되는데."

"닥쳐! 지금부터 라비 에드거 리 일병은 우리가 데려간다!"

텅!

테이블 위에 거칠게 내려놓는 사건 이감 서류를 힐끔 본 종혁은 고개를 끄덕였다.

"응. 뭐, 그러시든가."

"뭐?"

잠시 움찔했던 윌리엄 소위는 이내 콧방귀를 뀌곤 라비를 거칠게 일으켜 세웠다. 어차피 일개 요원일 뿐인 종혁이 할 수 있는 일이 뭐가 있을까.

"라비 에드거 리 일병, 너를 동소대원 살해 혐의로 체포한다. 끌고 가!"

종혁은 거칠게 끌려가는 라비를 향해, 이쪽을 보는 그를 향해 푸근히 웃어 줬다.

"걱정 마십시오. 모든 게 잘 풀릴 테니."

"잘 풀리긴 무슨! 너도 기대해! 내가 어떻게든 네 옷을 벗기고 말 테니까!"

"오! 나한테 그런 말 하는 사람 많았는데!"

빠드득!

"흥!"

쾅!

방금 전 열렸을 때처럼 거칠게 닫힌 문을 응시하던 종혁은 테이블 위에 내려놓았던 핸드폰을 들어 올려 귀에 가져갔다.

"어떻게, 재밌게 들으셨습니까?"

-갑자기 술이 마시고 싶어지는군요. 오늘 시간 되십니까?

"지금 바로도 됩니다."

종혁의 눈이 흉흉한 미소를 그리기 시작했다.

3장. 사라지다

사라지다

"곧 뉴욕을 포함한 동부 전체에 실종 신고가 내려질 테고, 저도 따로 탐정사무소에 의뢰를 할 테니 너무 걱정하지 마십시오."

–감사합니다. 정말 감사합니다.

"아닙니다. 곧 이민 관련 전문 변호사가 찾아갈 테니 이야기 잘 들으시고요."

–감사합니다…… 흑!

씁쓸히 웃으며 통화를 종료한 종혁은 기지개를 쭉 켰다.

파악!

"윽?"

"잘했어."

웃음을 흘리며 사무실로 들어가는 캘리 그레이스.

피식 웃은 종혁은 몸을 일으켰다.

버락 던햄 루터를 만나러 갈 시간이었다.

* * *

버락 루터 던햄과 해군부가 어떤 거래를 했는지 모르지만, 라비 일병에 관한 사건은 공론화되지 않은 채 빠르게 판결이 났다.

고작 3일 만에 열린 재판의 결과는 징역 3년 형.

정당방위로 무죄를 선고받을 수 있었다면 좋았겠지만, 12번이나 칼로 찌른 것은 더 이상 방위하기 위함이었다고는 보기 어려웠다.

또한 사망자가 무력화되어 도망치던 중에 등을 찔렸다는 정황까지 명백하여 더더욱 그랬다.

그래도 흉기로 사용되었던 부서진 맥주병으로 먼저 위협을 받았던 것이 라비 일병이었다는 점.

그리고 라비 일병이 오래전부터 말로 표현할 수 없을 만큼 지독한 일을 당했다는 점이 인정되어 무죄까진 아니더라도 상당히 감형을 받을 수 있었다.

그렇게 징역 3년 형을 선고받은 라비 일병은 뉴욕에 있는 군 교도소에 수감되었다.

리자춘 부부가 언제든 면회를 갈 수 있도록 종혁이 힘을 쓴 거다.

그리고 라비 일병을 괴롭혔던 소대원들은 걸릴 수 있는 모든 죄목이 걸려 재판에 회부됐는데, 한 명당 최소 14년

형 이상의 처벌을 받을 거라는 연락이 왔다.

이왕이면 라비가 무죄를 받았으면 좋았을 테지만 그래도 정말 다행이었다.

"와하하하하!"

"꺄아아아!"

어른들이 웃음을 터트리고, 아이들이 정신없이 뛰어다니는 벤의 집.

드롭 가족과 함께 하우스파티에 초대받은 종혁도 함께 껴서 웃고 있다.

오늘은 라비가 좋은 판결을 받고, 가해자들이 죗값을 받는 것을 축하하는 자리. 종혁과 벤, 드롭의 얼굴에서 미소가 떠나지 않는다.

"정말? 정말 최가 차이나타운에 3천 대가 넘는 CCTV를 지원한 거야?"

"장담하건대 이 뉴욕에서 차이나타운이 제일 안전할걸?"

"와우."

"아하하."

종혁은 대단하다는 눈빛을 보내오는 벤과 드롭의 와이프들의 모습에 어색하게 웃었다.

"최, 진짜 아줌마는 어때?"

"진짜 나 죽어요, 헬렌. 거기도 입 다물어요. 드롭이 지금 소매 걷었어요."

"와, 최는 뒤통수에도 눈이 달린 거야?"

"이렇게 살기가 풀풀 풍기는데 모를 리가 없잖아요. 아아, 그렇다고 애정 행각은 하지 마시고! 거 솔로 속 뒤집지 맙시다!"

"풋!"

다시 터지는 웃음.

종혁은 비어 버린 맥주에 부엌을 향해 몸을 돌렸다.

그 순간이었다.

–뚜뚜루 뚜뚜뚜 키싱 유 베이베!

"아, 잠시만요?"

종혁은 돌아서며 전화를 받았다.

"예, 최종혁입니다."

–최종혁, 이 나쁜 놈아–!

"……최재수?"

잠시 귀에서 핸드폰을 뗀 종혁은 전화를 건 사람이 정말 최재수가 맞는지 확인했다.

'맞는데?'

종혁은 눈을 껌뻑였다.

* * *

다음 날 아침, 햇볕이 내리쬐는 테라스에서 커피 한 잔을 손에 든 종혁이 권아영과 통화를 나누고 있다.

–반발이 심상치 않아요. 아무래도 M&A가 무산되지 않을까 싶어요.

"역시 그렇게 되는군요."

정치권뿐만 아니라 각계각층에서 산업은행의 리먼 브라더스 M&A를 반대하고 있다.

거의 매일같이 감사가 벌어지고 있고, 정치인들이 입에 거품을 물고 달려드는 상황.

그리고 그 선두에는 현몽준 당대표가 있었다.

"그럼 결국 무너지겠네요."

미국이, 세계 패권 1위의 이 거대한 나라가 그로기 상태로 몰리게 될 거다.

－네. 앞으로…….

"길어야 한 달 반."

종혁의 눈빛이 차갑게 가라앉는다.

그때가 되면 자신들도 약속이란 족쇄를 벗고 사냥에 나서게 될 거다.

미국뿐만 아니라 전 세계라는 거대한 먹잇감을 물어뜯고 씹고 맛보기 위해. 누구보다 빨리 맛보기 위해.

"그날이 될 때까지 점검하고 또 점검하세요."

－네, 보스!

"이외에 더 제가 알아야 할 정보가 있습니까?"

－당연히 많죠!

"하하."

－웃지 마세요! 맨날 일만 시키고 말이야!

"아하하."

종혁은 질책과 함께 다른 보고를 들으며 고개를 끄덕였다.

‘역시 미국이 삐걱거리니 전 세계가 비명을 지르는구만.’

다만 아직 미국을 제외한 다른 나라에 사는 서민들이 체감하지 못하는 것뿐, 붕괴의 균열은 계속해서 크기를 키워 가고 있었다.

–아, 시간이 벌써 이렇게 됐네요.

그 말에 시간을 확인한 종혁 역시 아차 하며 테이블에 올려놓은 노트북을 켜 어떤 사이트에 접속했다.

그와 동시에 4등분으로 분할된 화면, 그중 두 개의 화면에 종혁과 권아영의 얼굴이 비춰지고, 곧이어 나탈리아와 헨리 역시 얼굴을 드러낸다.

–오랜만이에요, 최.

–전 며칠 만이군요, 최.

종혁을 향한 애정을 듬뿍 드러내는 둘.

그러다 돌연 나탈리아가 입술을 비튼다.

–흐응. 당신이 조국을 배신할 줄은 몰랐는데 말이야.

–배신이 아니지. 내 조국을 더 단단하고 대단하게 만들기 위해서다. 그리고 이 내용은 이미 끝난 이야기가 아니었나?

미국의 추락에 베팅을 하기로 한 헨리.

–쯧.

–심보 좀 곱게 쓰지그래?

–우리가 그럴 사이였나?

“하하. 자자, 진정들 하시죠.”

‘이 양반들은 왜 만나기만 하면 싸워?’

미국과 러시아의 관계를 모르는 게 아니기에 종혁은 입맛만 다실 뿐이다.

하지만 그것도 잠시.

종혁의 표정이 차갑게 굳어진다.

"그럼 조율을 시작하죠."

그동안에 변동된 사항들을 바탕으로 어디까지 먹어 치우고, 어느 정도까지 놔둬야 하는지 등을 조정하기 위한 조율.

"일단 저부터 말하죠. 산업은행의 리먼 브라더스 인수가 무산될 확률이 높아졌습니다. 거의 확정이라고 보시면 됩니다."

쿵!

-……카운트다운이 시작됐군요.

미국의 추락에 베팅을 하기로 했지만, 그럼에도 가슴이 쓰린 헨리 스미스.

나탈리아도 잠시 안타까워하는 시선을 보내지만, 곧 낯빛을 굳힌다. 지금부턴 그러는 시간도 아깝기 때문이다.

그들 네 명의 입이 동시에 열리기 시작했다.

"후우. 그럼 여기까지 하도록 하죠."

-그럼 다음에 또 뵙겠습니다.

씁쓸히 웃은 헨리는 먼저 접속을 종료했고, 나탈리아는 종혁을 봤다.

-바이칼호에 있는 놈이 얼마 전 중국을 다녀왔어요.

바이칼호 보물선 인양 사기 사건.
“곧 철수한다는 뜻이군요. 조희구는 어떻습니까?”
–그쪽은 아직 별다른 움직임이 없어요.
종혁의 미간이 살짝 꿈틀거린다.
‘흠. 이놈도 곧 튈 때가 됐는데…….’
“알겠습니다. 그럼 계속 부탁드리겠습니다.”
–……너무 무리하지 말아요, 최.
피해자를 위하는 것도 좋지만, 그보단 종혁이 본인을 더 위하길 바라는 그녀.
‘이런. 걱정을 끼쳤군.’
생각해 보니 이렇게 걱정할 수밖에 없다는 생각이 든다.
조희구에게 조 단위의 돈이 들어가 있는 상태고, 보물선 발굴 쪽에도 천문학적인 액수가 투입된 상황이다.
거기다 사건이 벌어질 때마다 종혁이 수사를 위해 사용하는 돈도 상상을 초월하는 수준.
그녀가 걱정하는 건 어찌 보면 당연하다고 볼 수 있었다.
하지만 종혁은 그걸 후회하진 않았다.
이 모두 피해자들을 위한 것이었으니 말이다.
“감사합니다, 나탈리아.”
–아니에요. 제가 괜한 말을 한 게 아닌지 모르겠네요.
“제가 나탈리아의 마음을 모를까요. 정말 감사합니다. 그럼 다음에 뵙죠.”
–네. 다음에 봐요.
한결 표정이 가벼워진 그녀는 접속을 종료했고, 종혁은

권아영을 보며 고개를 끄덕이곤 접속을 종료했다.
그리고 곧바로 다시 권아영에게 전화를 걸었다.
"자금 사정이 안 좋습니까?"
수사를 위해 따로 빼놓은 현금들.
-솔직히…… 위험해요. 어쩌면 보스가 맡긴 부동산이나 주식 중 일부를 매각해야 할지도 몰라요.
"그 정도라고요……."
'확실히 많이 쓰긴 썼나 보네.'
종혁은 민망함에 머리를 긁적였다.
-매각할까요?
"흠. 일단 그건 두고 보도록 하죠."
궁핍하다고 해도 한 달 정도만 참으면 된다.
잠시만 허리를 졸라매면 되는 일이었다.
'뭐, 그 안에 별일이야 있겠어?'
이후 조금 더 통화를 하다 종료한 종혁은 머리를 긁었다.
자신 때문에 항상 이리저리 쉴 새 없이 뛰어다니는 권아영.
그 노고와 배려가 고맙고, 또 미안했다.
'권 이사에게도 보답을 해야 할 텐데…….'
어떤 게 좋을까 가만히 생각하던 종혁은 잠시 하늘을 봤다.
장마가 가시며 드러난 푸르른 하늘.
종혁의 입가에 푸근한 미소가 맺혔다.

"아…… 우라지게 덥네."

어느덧 8월. 햇볕이 많이 뜨거웠다.

종혁은 얼른 몸을 일으켜 에어컨이 빵빵 틀어지는 방 안으로 향했다.

* * *

"좋은…… 아침은 아니네."

이놈의 아침은 언제나 모두에게 좋은 적이 단 한 번도 없다.

우울한 면상을 한 채 퀴퀴한 냄새를 뿌리며 좌절해 있는 몇몇 요원들을 슬그머니 외면한 종혁은 탕비실에서 커피를 따른 뒤 자리에 앉았다.

그러며 잠시 사무실의 풍경을 돌아봤다.

웅성웅성.

범인을 쫓고, 피해자를 구제하기 위해 아침부터 정신없이 바쁜 요원들.

언제나 같은 풍경이면서도 볼 때마다 가슴이 뜨거워지는 풍경이다.

그렇다 보니 어제의 전화가 떠오른다.

어제 한국은 낮 시간대임에도 만취해 전화해서 다짜고짜 욕을 했던 최재수.

같이 술을 마시고 있었던 건지 함경필 국장이 식겁해서 핸드폰을 뺏었지만, 곧 백이도 과장과 함께 언제 돌아오냐고 하소연을 했다. 마치 술 마시고 아내에게 징징거리는 아빠처럼 매달렸다.

최재수가 욕을 한 이유도 그것이었다.

보고 싶다고. 언제 돌아오냐고.

그리움이 폭발한 것 같다.

그리고 그건 종혁도 마찬가지가 되었다.

"그러고 보니 나도 여기에 오래 있었네……."

어느새 1년.

원래는 반년 정도만 있다 가려고 했던 NYPD 연수가 FBI 연수로 바뀌더니 어느새 1년이란 시간이 흐르고 말았다.

'돌아갈까?'

배울 건 모두 배웠으니 이제 슬슬 돌아가도 될 것 같다.

"그래. 돌아가자."

어머니와 가족이 있는 한국으로, 팀원들이 있는 한국으로.

커피를 내려놓은 종혁은 캘리 그레이스의 사무실 안으로 들어갔다. 마음이 섰으면 후회하기 전에 움직여야 했다.

통통통!

"들어와. 오, 최. 무슨 일이야?"

하던 일을 멈추고 종혁을 바라보는 캘리 그레이스.

무심하지만 반기는 그녀의 눈을 본 종혁이 씁쓸히 웃는다.

막상 마음은 먹었지만, 언제나 무조건적으로 지원해 주

던 그녀를 보니 쉽사리 입이 떨어지지 않는다.

"최?"

"10월이 되기 전에 돌아갈까 합니다."

이곳을 떠나기 아쉽기에 10월.

그게 스스로와 타협할 수 있는 최대였다.

움찔!

"……아쉽네. 최, 너는 FBI가 딱인데 말이야."

"어머니가 얼른 돌아오라고 성화시더라고요."

피식!

"동료들에게는 말했고?"

"보스에게 가장 처음 말하는 겁니다."

"……알았어. 나가 봐."

고개를 숙인 종혁은 사무실을 나갔고, 캘리 그레이스는 담배를 물었다.

'최를 FBI에 눌러앉히려면…….'

그녀의 눈이 매섭게 빛나기 시작했다.

한편 사무실을 나선 종혁은 갑자기 후다닥 뛰쳐나가는 동료들의 모습에 의아해했다.

"허드슨강에서 시신이 발견됐대."

"아, 벤."

"미성년 동양인 여성이라고 하더라고."

"결국 또……."

또다시 벌어진 연쇄강간살인.

피해자는 계속 늘어나고 있음에도 수사에 진척은 없어, 가슴에 쇳덩이를 올려놓은 듯 숨을 쉬기가 어려워졌다.

동료들이 뛰쳐나간 문을 복잡한 눈으로 응시하던 종혁은 벤을 봤다.

"이번 주말에 시간 있어요?"

"시간? 응. 뭐, 괜찮아. 왜?"

"할 말이 있어서요. 드롭은 어때요?"

"최, 유부남이 언제나 바라는 건 밖에서 놀 수 있는 명분이야. 특히 주말은 환상적이지."

"하핫! 알았어요. 그때 보기로 해요."

"알았어! 아, 그런데 심각한 일은 아니지?"

"심각하면 심각하달까……."

"응?"

싱긋 웃은 종혁은 자리에 앉아 컴퓨터를 켰다.

그러나 일이 손에 잘 잡히지 않았다.

그렇게 얼마의 시간이 흘렀을까.

연쇄강간살인 때문에 뛰쳐나갔던 동료들이 돌아오며 책상을 걷어찬다.

"빌어먹을!"

"Fuck! Fuck-!"

금방이라도 눈물을 흘릴 것처럼 일그러진 그들의 얼굴.

시신의 상태가 얼마나 처참했는지 직접 보지 않아도 절절히 전해진다. 그러자 사무실 안에 있던 모든 요원들의 손이 잠시 허공을 허우적거린다.

저런 절규를 들었는데 어찌 일이 손에 잡힐까.

그걸 아는지 모르는지 다시 책상을 걷어찬 요원이 몰리에게 다가간다.

"몰리, 이걸로 조회 좀 할 수 있을까?"

"신분증 같은 건 없었어?"

"없었어……."

"후, 알았어. 잠시만."

몰리는 그가 가져온 지문과 시신 사진으로 데이터베이스를 돌리기 시작했고, 이내 한숨을 내쉬었다.

"역시 실종 아동으로 나오네."

그동안 연쇄강간살인 피해자들은 전부 친구를 만나러 나간다고 했다가 그대로 실종된 아이들이었다.

그건 이번 피해자도 마찬가지인 듯했다.

하지만 아직 몰리의 말은 끝나지 않았다.

"그런데…… 등록자가 최인데? 어제 등록했네."

"응?"

"나?"

놀라 자신을 가리킨 종혁.

고개를 모로 기울이며 몰리에게 다가간 종혁은 이내 굳어 버렸다.

"어…… 걔가 거기 있으면 안 되는데?"

라비 일병의 마음을 돌리는 데 큰 공헌을 해 주었던 주안의 딸, 린.

친구를 만나러 간다는 말을 남기고 사라진 가출 소녀.

종혁의 눈동자가 떨리기 시작했다.

* * *

툭!

작고 거친 손이 종혁의 가슴을 때린다.

힘이 없지만 너무도 아픈 주먹.

너무 아파 울음이 흘러내린다.

투욱!

"찾아 주신다면서요……."

"죄송합니다."

"찾아 준다면서요! 찾아 준다고-! 아아! 아아아! 아, 안 돼! 린, 엄마가 왔어! 일어나! 일어나 봐, 제발-! 아아아악!"

차가운 금속 침대 위, 하얀 천을 이불 삼아 눈을 감고 있는 딸을 붙들고 오열하는 어머니.

종혁은 고개를 숙였다.

"죄송합니다……."

"아아아아아악!"

자식을 잃은 어미의 통곡이 안치실을 울렸다.

* * *

라비 일병이 잠시 뉴욕을 떠날 준비를 하던 그날.

엄마 주안이 일을 가자, 화장을 하고 건물을 나선 린이 옥상을 바라보며 혀를 찬다.

“칫. 뻔뻔해.”

정신을 차렸으면 나가야 할 것 아닌가.

갑자기 나타나 자신의 방을 차지한 나쁜 사람.

온몸이 불덩이였던 사람.

물론 그 사정이 이해가 가지 않는 건 아니다.

하지만 갑자기 이 낯선 땅으로 도망쳐 온 것도 모자라 저딴 집에서 살게 되고, 그러다 못해 방을 잃게 된 린으로선 짜증만 날 뿐이다.

고향 베이징에서 살 때가 그리웠다.

엄청 큰 신문사에서 여러 부하 직원을 뒀을 만큼 대단했던 아빠.

그래서인지 남부럽지 않게 잘살았다.

가정도우미도 쓰고, 용돈 대신 신용카드를 받아서 생활했을 만큼 잘살았다.

그러던 어느 날 아빠가 며칠째 집에 돌아오지 않더니 모두가 잠든 밤 엄마가 자신을 깨웠고, 이곳 뉴욕으로 오게 됐다.

처음엔 돈이 많았다.

베이징에서 살던 집과 거의 비슷한 집도 빌렸고, 밥도 사 먹었다.

아빠와 친구들만 없을 뿐 베이징에서와 크게 다를 게 없던 삶.

그런데 엄마가 사기를 당했다.

미국에서 살려면 영주권이라는 게 필요한데, 외국인이 영주권을 받으려면 돈이 없어야 한다고 했다.

일단 불쌍하게 보여야 영주권을 인정해 준다고 했다.

그래서 바보처럼 순진한 엄마는 가지고 있던 돈을 모두 브로커에게 넘겼고, 그 사람은 사라져 버렸다.

그렇게 저 옥상의 돼지우리 같은 집으로 가게 됐다.

그에 린은 약간의 옷들과 노트북만 겨우 챙겼다. 아빠가 소학교 졸업선물로 사 줬던 노트북만.

그런데 엄마는 정신을 차리지 못하고 군식구를 늘렸다.

“이러니 내가 집에 붙어 있고 싶겠냐고.”

콧방귀를 뀐 린은 차이나타운을 벗어나 워싱턴스퀘어 공원으로 향했다. 커다란 워싱턴스퀘어 아치 앞에서 누군가를 기다리기 시작한 린.

그때 그녀의 주머니에 있던 핸드폰이 울리기 시작했다.

띠리링! 띠리링!

린 같은 소녀의 감성이 흠뻑 묻은 분홍색 핸드폰.

약간 낡았지만 오늘 만날 남자친구가 준 선물.

얼굴이 확 밝아진 린은 얼른 전화를 받았다.

“응! 나 워싱턴스퀘어 아치 안이야! 왼쪽? 6번가 쪽으로? 아, 보인다!”

린은 얼른 6번가 쪽으로 걸음을 옮겼다.

그렇게 얼마나 걸었을까.

빠앙!

골목에서 큰 소리가 울리자 깜짝 놀라 고개를 돌렸던 린은 골목 속에 숨겨진 차와 그 옆에 선 이십대 후반의 백인 남성을 보고 활짝 웃었다.

"알렉스!"

백인 남성에게 달려간 린은 폴짝 뛰어올라 안겨 들었고, 그녀를 힘들지 않게 받아 낸 알렉스는 웃음을 흘리며 린의 귀를 간지럽혔다.

"후후. 그럼 갈까?"

"응!"

린을 차에 태운 알렉스는 후진으로 차를 뺐고, 그렇게 그들의 심야 데이트가 시작됐다.

"와아아-!"

린이 넓은 허드슨강을 보며 그동안 쌓여 왔던 것을 토해 낸다.

짜증과 울분, 설움. 허드슨강을 향해 흘려보낸다.

"좋아?"

"알렉스!"

다시 알렉스에게 안겨 든 린의 입가에 환한 미소가 맺힌다.

오늘도 황홀했던 데이트.

이 새벽녘 강가의 드라이브까지 완벽했다.

그녀는 사랑스럽다는 듯 알렉스를 봤다.

대학생인 알렉스.

중국에서 만난 또래의 아이들과는 비교도 할 수 없는 성숙한 어른.

"응? 왜 그래?"

"아냐! 우리 이다음엔 어디 가? 멀리 가? 아니, 멀리 가자! 나 나이아가라 폭포 보고 싶어!"

"와우. 진정해, 아가씨. 폭포까지 가는 건 문제가 안 되지만 괜찮겠어?"

움찔!

순간 집에 늦게 들어오면 불같이 화를 내던 엄마가 떠오른다.

"……흥! 괜찮아! 상관없어!"

'나랑 상의도 없이 내 방을 줘 버렸는데 하루 외박하는 건 괜찮겠지! 내 방이 없어서 그랬다면 엄마도 할 말이 없을 테니까!'

"정말 괜찮아? 부모님이 안 찾겠어?"

"안 찾아! 어차피 집에 늦게 들어간 적도 한두 번이 아닌걸?"

"그래? 그렇단 말이지……?"

"응?"

"아냐. 목마르지? 일단 이거 마셔."

"으응."

왜인지 순간 오싹해졌던 린은 이내 신경을 끄며 남자친구가 주는 음료를 마시며, 다시 허드슨강을 멍하니 쳐다봤다.

이젠 제법 더워진 날씨. 그래도 어제 비가 와서 그런지 불어오는 강바람이 제법 시원하다.

도시에서 맡을 수 없는 흙냄새도 꽤 좋았고, 이 모든 것을 남자친구와 이렇게 어깨를 맞댄 채 함께 느낄 수 있어서 더 좋았다.

점점 더 좋아지는 기분.

몸도 나른해지는 게 더 이상 있다가는 잠들 것 같다.

린은 보닛에서 폴짝 뛰어내렸다.

하지만 무슨 일인지 착지를 하지 못하고 넘어져 버린 그녀.

얼굴이 빨개져 몸을 일으키려던 린은 당황했다.

"어? 모, 몸이 왜 이러지? 아, 알렉스. 나 이상해."

몸에 힘이 들어가지 않는다. 아무리 애를 써도 일어설 수가 없다.

저벅! 저벅!

"그렇겠지. 이제 약발이 돌 테니까."

"으응?"

"린, 미국에서는 남이 주는 건 무엇이든 먹지 말라는 격언이 있어. 그것이 혹여 남자친구라고 해도 말이야."

"자, 장난치지 마, 알렉스! 나, 나 무서워!"

"장난 같아?"

콰드득!

순간 린이 입은 셔츠가 뜯긴다.

그러며 드러난 귀여운 속옷과 작은 가슴.

"흐. 이 예비 창녀 년도 속옷을 이렇게 입었네? 봐, 너도 기대했던 거잖아."

"시, 싫어! 싫다고! 너 왜 그래!"

"마음껏 반항해 봐. 난 그런 걸 좋아하니까."

"싫어-!"

애달픈 비명이 아무도 없는 숲을 울렸다.

* * *

"그러니까 범인이 피해자의 반항을 즐겼다는 겁니까?"

부검실 안, 종혁의 낯빛이 딱딱하게 굳는다.

"이거 보이지?"

검시관이 린의 손목을 잡아 약간의 손상을 입은 손톱을 보여 준다.

"놈은 이번에도 마약과 근육이완제를 동시에 써서 피해자를 무력화시켰어. 이 체구라면 독한 감기에 걸린 것처럼 몸을 제대로 가누지 못했을 거야. 딱 그 정도 수준으로 무력화시킨 거지. 그리고 이리저리 끌고 다니며 즐겼어."

장장 사흘 동안.

피해자의 손톱과 피부에 겹겹이 쌓인 DNA와 흙 등이 그렇게 말해 주고 있다.

"그리고 마지막 날에 죽였어. 이렇게."

양손으로 목을 조르는 시늉을 하는 검시관.

"아마 이땐 맨정신이었을 거야. 최, 이 새끼 이상성욕자다."

빠득!

"아…… 씨발."

얼굴을 쓸어내린 종혁의 눈이 지독한 살의를 내뿜기 시작한다.

"피해자의 몸에 남은 흙으로 피해자가 강간을 당했던 위치를 추적할 수 있습니까?"

"힘들지."

샘플의 양이 너무 적은 것도 있지만 너무 뒤섞여 있다.

검시한 샘플과 비교할 수 있는 있는 흙이 있다면 모를까, 이 정도만 가지고는 위치를 특정할 수 없었다.

"다만 피해자가 허드슨강에서 발견됐다고 하니까 강 상류 쪽이 아닐까?"

"……알겠습니다. 더 나오는 게 있다면 연락 주세요."

"뭐야, 보니를 지원하려고?"

현재 연쇄강간살인을 담당하고 있는 동료 보니.

"그러려고요."

이후 또다시 피해자가 발견됐다.

린까지 해서 벌써 피해자가 여섯 명. 이젠 보니와 그의 파트너 둘만으로는 감당할 사이즈가 넘어섰다.

"알았어. 그렇게 할게."

고개를 숙인 종혁은 몸을 돌렸다.

"아, 최."

"예?"

"이 자식 꼭 잡아."

"……그럴 겁니다."

그래야 했다.

살인의 주기가 무척이나 짧은 연쇄강간살인범. 지금 잡지 않으면 얼마나 더 많은 피해자가 생길지 모른다.

눈앞이 아득해질 정도로 머리가 아파 왔다.

다시 고개를 숙이고 부검실을 빠져나온 종혁은 부검실 출입문 옆 벤치에 멍하니 앉아 있는 주안을 발견하곤 한숨을 내쉬었다.

'빌어먹을.'

* * *

뉴욕주에 위치한 군교도소.

죄수복을 입은 라비가 다가오며 옅게 웃는다.

"요원님."

"신수가 훤하네."

얼굴에 어둠이 없고, 그 사이에 살이 제법 올라와 있다.

"자, 먹고 싶었죠?"

"와! 저 주시는 겁니까?"

라비가 평소 좋아했다는 브랜드의 햄버거.

얼른 포장을 벗겨 한입 크게 베어 문 라비가 몸을 떨며 전율한다. 그리고 밀크쉐이크 한 모금을 마시고 다시 한

번 더 전율한다.

게 눈 감추듯 햄버거를 먹어 치운 그는 마지막으로 커피 한 잔에 세상을 다 가진 미소를 짓는다.

“후우. 잘 먹었습니다. 고맙습니다, 요원님. 그런데 어쩐 일이십니까?”

“뭐가 그렇게 급해요? 천천히 대화나 나누면서 소화 좀 시켜요.”

“제가 체할 수 있다는 거군요. 혹시 린에 관한 이야깁니까?”

자신의 부모님이나 친구, 혹은 선임들에 관한 이야기라면 지금 같은 표정이 아니었을 거라 생각한 라비는 이내 종혁이 린에 대해 이야기를 하러 온 것이 아닐까 추측해 낼 수 있었다.

그 추리력에 종혁은 감탄을 토했다.

“출소하고 경찰이 될 생각 없습니까? 한국에서. 고민해 봐요. 나 지금 진지하게 하는 말이니까.”

“하하. 예, 진지하게 생각해 보겠습니다.”

고개를 끄덕인 종혁은 품에서 사진을 꺼내어 내밀었다.

파랗게 질린 린의 시체 사진.

라비의 낯빛이 딱딱하게 굳는다.

“린 양을 마지막으로 본 게 라비 일병이라더군요.”

“……주안 씨는 괜찮으십니까?”

“말할 정신이 없으신 상태입니다.”

외부의 자극에 반응도 하지 않은 채 딸이 있는 부검실

만 보며 하염없이 우는 그녀.

그녀가 극단적인 선택을 할 수 있기에 일단 조치를 취해 놓았지만, 그녀에게 무언가를 바랄 수는 없었다.

"마지막으로 봤던 모습을 말해 주실 수 있겠습니까?"

"마치 이성을 만나려는 듯 예쁘게 꾸미고 나갔습니다. 자신의 물건에 절대 손을 대지 말라는 말을 남기고요."

'가출을 했다가 봉변을 당한 게 아니군.'

가출을 할 거였으면 그렇게 말하지 않았을 거다.

"좋아하는 이성이 있었다는 거군요. 혹시 린 양이 그 사람에 대해 언급한 건 없었습니까?"

이 부분은 아주 중요하다.

그동안 친구를 만나러 간다고 나갔다가 실종된 후 변사체로 발견된 피해자들.

여기엔 '친구'라는 키워드가 있다.

그것이 남자친구이거나 썸을 타는 관계의 사람일 수도 있었다.

종혁은 드디어 무언가 단서를 잡을 수 있나 가슴이 조마조마해졌다.

하지만 기대와 달리 라비는 고개를 저었다.

며칠을 함께 보냈음에도 몇 마디 대화를 나눌 수 없었을 만큼 자신을 경원시했던 린.

그러나 짐작이 가는 건 있다.

"아마…… 랜덤채팅으로 만났을 확률이 높습니다."

"랜덤채팅?"

종혁의 눈이 부릅떠진다.

단서다.

그것도 아주 중요한 것으로 추정되는 단서.

피해자들 사이에 이렇다 할 공통분모가 없는 이번 사건. 그 공통분모가 생기려 하고 있었다.

"린 양이 채팅을 하며 이성을 만났다는 겁니까?!"

"린의 노트북에 자주 접속하는 랜덤채팅 사이트가 있을 겁니다. 사이트 이름은 하트온 닷컴입니다."

"잠시만요!"

종혁은 얼른 핸드폰을 꺼내 들었다.

"보니! 저예요, 최! 지금 피해자 전원의 컴퓨터 로그를 확인할 수 있겠어요? 지금 당장 확인해 봐요! 사이트 이름은 하트온 닷컴!"

—아, 알았어! 지금 당장 확인해 볼게!

그렇게 얼마의 시간이 흘렀을까.

숨 막힐 듯한 침묵이 종혁의 어깨를 짓누를 때 다시 전화가 걸려 왔다.

—이, 있어! 하트온 닷컴이 있다고!

"알았어요. 일단 끊어요."

종혁은 라비를 봤다.

"가 보세요, 요원님. 그리고 꼭 잡아 주세요."

"……출소하면 무조건 한국으로 와요. 내가 당신 인생 책임져 줄 테니까! 이건 영치금으로 쓰고!"

가진 돈을 모두 라비에게 쥐여 준 종혁은 다급히 면회

실을 빠져나갔고, 라비는 그런 종혁을 보며 눈빛을 가라앉혔다.

그는 다가오는 교도관을 향해 100달러 지폐를 내밀며 입을 열었다.

"교도관님, 전화 한 통 쓸 수 있겠습니까?"

자신에게 큰 은인인 종혁.

아무래도 도움을 줘야 할 것 같았다.

* * *

FBI 뉴욕지국.

종혁이 살짝 미간을 좁힌다.

"원래부터 피해자들 간의 공통점 중 하나라고요?"

"맞아, 최."

하트온 닷컴은 피해자들 사이에 있는 공통점 중 하나였다.

하지만 확실한 게 아니라 의심 수준이었다.

"이것 좀 보겠어?"

보니가 다시금 수거한 피해자들의 컴퓨터 화면을 보여준다.

"……채팅 사이트와 게임 사이트가 많군요."

메신저에다가 페이탈북, 블루버드 등 SNS도 있다.

피해자 중 한 명은 하루에 무려 10개가 넘는 사이트에 접속한 기록이 있다. 다른 피해자들도 못해도 4개씩은 접속했다.

"모두 요새 십대들에게 핫한 곳이야. 이 중 두 개 이상 이용하지 않으면 거의 너드로 취급될 정도라고 해."

컴퓨터를 집중하고 있던 요원들이 혀를 내두르고, 종혁은 미간을 좁힌다.

"그럼 기를 쓰고 할 수밖에 없겠네요."

'이러니 이 부분이 부각되지 않은 거군.'

이 역시 인터넷 세상에 발전하면서 대두되는 문제점.

하루에 받아들이고 이용하는 정보의 양이 기하급수적으로 늘어나고 있다. 이럴수록 수사는 어려워질 수밖에 없었다.

"맞아. 하지만 이 마지막 피해자의 노트북은 달라."

최근 두 달 사이에 페이탈북과 블루버드, 그리고 하트온 닷컴에 접속한 기록만 있는 린의 노트북.

후보군이 확 줄어든 거다.

정말 천만다행이었다.

"상당히 치밀한 놈인 거 같아."

보니가 첫 번째 피해자의 인터넷 검색 기록을 보여 준다.

"마지막 접속 기록이 사흘 전이야."

살해당하기 사흘 전에 마지막으로 하트온 닷컴에 접속을 했던 첫 번째 피해자.

두 번째 피해자는 닷새 전에 접속한 게 마지막이었다. 이후 그 기간이 점점 늘어 갔다.

그리고 린은 보름 전이 마지막이었다.

"그뿐만이 아니야."

보니는 피해자들의 통화 기록을 보여 줬다.

"피해자들이 한창 하트온 닷컴을 이용할 당시 통화량과 시간이 급증한 번호가 있군요."

번호는 모두 달랐고, 마지막 발신지도 모두 달랐다.

"모두 추적이 불가능한 놈들이야."

선불폰도 있고, 대포폰도 있다.

선불폰도 모두 명의자가 달랐는데, 조사해 보니 선불폰을 대리 구매해 주는 업체였다. 대포폰은 아예 업체조차 찾지 못했다.

그들은 대리로 구매해 어느 장소로 택배를 보냈다.

"이 주소도 모두 달라."

공교롭게도 모두 그 주소 주위에 CCTV가 없어서 범인을 특정할 수 없었다.

"문제는 셋 중 어느 곳이 놈의 사냥터냐는 건데……."

페이탈북과 블루버드, 그리고 하트온 닷컴.

이 중 놈의 사냥터가 있는 것은 확실해 보이나, 여기서 더 좁힐 수 있는 단서가 부족했다.

종혁은 턱을 긁었다.

"이 새끼 봐라?"

"뭐 좀 알겠어?"

프로파일링의 대가인 종혁.

보니와 요원들이 종혁을 기대 어린 눈으로 본다.

"일단 놈은 부유한 20대 중반에서 후반 사이의 남성일 겁니다."

"20대 중반에서 후반? 어째서?"

"범인과 피해자는 몇 차례씩 만남을 이어 온 것으로 추정되는데, 그사이에 피해자들의 소비가 커지거나 하진 않았습니다."

십대 소녀들이 삽십대 이상의 남성을 만날 이유는 일반적으로 돈을 목적으로 한 조건 만남밖에 없었다.

만약 이번 사건이 조건 만남에서 이어진 강간살인이었다면, 사망하기 전 피해자들의 소비가 늘어난 모습이 포착되어야만 했다.

즉, 이번 사건의 범인이 삼십대 이상일 확률은 낮다고 볼 수 있었다.

"그리고 10대라고 생각하기엔 너무 치밀해요."

놈은 살인을 저지르기 전 마약과 근육이완제를 동시에 썼고, 추적인 불가능한 폰을 사용했다.

그리고 피해자가 발견된 장소 인근의 CCTV를 모두 뒤져 보아도 피해자와 함께 있는 놈의 모습은 찍혀 있질 않았다.

무심코 넘어가는 실수가 없는 것이다.

제아무리 똑똑하다 하더라도 이 정도로 치밀하게 범행을 저지르는 십대는 흔치 않았다.

"거기다 사망 추정 시각이 모두 늦은 밤 아니면 새벽 시간대입니다. 3번째 피해자부터는 며칠씩 끌고 다니면서 강간을 저질렀죠."

"아!"

"예. 아무래도 십대라면 며칠씩 집에 들어가지 않는 건 무리가 있겠죠. 그리고 아마 전과가 있는 놈일 확률이 높습니다."

범행 수법이 치밀하다는 건, 그만큼 수사기관이 어떤 식으로 자신을 쫓을지 잘 알고 있는다는 의미나 마찬가지였다.

만약 피해자가 범인을 만나기 바로 직전에 채팅 사이트를 이용했다면 어떻게 됐을까. FBI는 곧바로 이곳들을 의심하고 수사에 나섰을 터였다.

놈이 의도적으로 범행을 저지르기 전에 피해자들이 채팅 사이트를 이용하지 않게끔 유도한 것이 분명했다.

"……맞아. 실제로 대부분 사건이 발생하기 한 달 전부터 통화량이 급증했어."

전과가 있는 놈이 아니고서야 여기까지 발상을 하고 움직인다는 건 쉽지 않은 일이었다.

"언변도 유창할 테고요."

"외모도 빼어나고?"

"아무래도?"

성인의 성숙함을 풍기는 잘생긴 이성.

여성이든 남성이든 십대라면 껌뻑 죽을 수밖에 없다. 동경의 대상이니 말이다.

"희유. 이 정도 정보로 거기까지 읽어 낸 거야?"

"이 정도까지밖에 못 읽은 거죠."

"고마워, 최."

종혁이 지원을 와 주지 않았다면, 그래서 하트온 닷컴이라는 정보를 얻지 못했다면 어떻게 됐을까.

외부의 자극에 반응을 하지 않은 채 오늘도 눈물만 흘리는 주안. 린의 노트북을 확보하지 못해서 지금까지도 헛발질을 하고 있었을 거다.

그러다 보니의 낯빛이 굳는다.

"그런데 문제가 있어. 이 세 곳 모두 협조를 하지 않는다는 거야."

"이용자의 정보에 민감할 수밖에 없으니까요."

인터넷에 왜 변태들이, 막말을 하는 사람들이 많을까.

익명성과 비밀 유지. 사이트 안에서 나누는 대화가, 그리고 그런 말을 지껄인 자신의 신상정보가 밖으로 유출되지 않을 거라는 심리가 밑바탕에 깔려 있기 때문이고, 사이트는 그런 유저들의 심리를 이용하기 때문이다.

"맞아. 그런 이유로 거부하고 있어."

보니와 그의 파트너, 벤과 드롭의 낯빛이 어두워진다.

하지만 종혁은 달랐다.

"흐으음. 페이탈북과 블루버드는 협조를 얻을 수 있을 것 같은데요?"

"응?"

"제가 아는 분이 거기 주주거든요. 지분이 꽤 될걸요?"

정확히는 종혁 자신이 주주다.

성공이 확실한 사이트들. 지분 확보는 당연한 일이었다.

보니와 요원들은 종혁을 보며 입을 떡 벌렸다.

* * *

"마크입니다."

큰 키, 호리호리한 체격에 선한 인상을 지닌 백인 남성.

페이탈북의 창시자이자 주인인 마크 글래스가 손을 내밀자 종혁이 맞잡는다.

"FBI의 최종혁입니다."

"……역시 한국계군요."

마크 글래스의 이마에 땀이 삐질 흐른다.

처음 페이탈북을 만들어 하버드에 뿌린 후 사업성을 확신하고 전국 대학에 배포하려고 했지만 자본이라는 암초를 만났을 때 접근해 막대한 돈을 투자했던, 다른 투자는 받을 필요가 없을 만큼 화끈하게 투자했던 한국 기업, 권&박 홀딩스.

이후 지금까지도 마크 글래스 본인의 든든한 우군이었던 그들이, 두 번째로 많은 주식을 보유한 그들이 무리한 부탁을 해 왔다. 그것도 FBI라는 최악의 존재에게 대리인 자격을 부여해서.

'어째서!'

"너무 긴장하지 않으셔도 됩니다. 전 그저 피해자들, 그리고 그 피해자들과 얽힌 분들의 정보를 원하는 것뿐이니까요."

"하지만 그 익명성과 비밀 유지가 저희의 근본입니다,

미스터 최."

"그런 것치고는 너무 오픈되어 있던데요? 세상 모든 사람들이 타인의 삶을 지켜볼 수 있게."

이게 바로 페이탈북 같은 SNS의 정체성.

내 삶의 공유가 이들의 정체성이다.

"그러면서도 비공개, 비밀스런 대화를 지켜 주었기에 저희가 여기까지 성장할 수 있었던 겁니다. 정말 사적인 일까지 오픈되어 버린다면 누가 제 사이트를 이용을 하겠습니까."

"앞으로도 계속 비밀로 하면 됩니다."

"그게 가능하지 않다는 건 미스터 최가 더 잘 알지 않습니까!"

FBI가 그 정보를 얻어 피해자들과 얽힌 용의자들을 족치고 다닌다면 어떻게 되겠는가.

페이탈북에 대한 신뢰가 떨어지게 될 테고, 그건 곧 기업의 가치 하락으로 이어진다.

"글쎄요. 잘 모르겠군요."

"이보세요, 미스터 최!"

"제가 아는 건 당신이 협조를 해 줄 수밖에 없다는 겁니다."

페이탈북 창립에 투자한 2대 주주의 부탁이다.

그는 들어줄 수밖에 없다.

빠득!

종혁은 마크 글래스가 이를 악물자 한숨을 내쉬었다.

"여자친구분께서 동양인이시더군요."

"여보세요! 지금 협박하는 겁니까! 그녀는 엄연한 미국 시민……."

"피해자들도 동양인입니다. 그리고 미성년이죠. 가장 어린 피해자의 나이가 13살입니다."

마크 글래스의 눈이 동그랗게 떠진다.

종혁이 그를 향해 고개를 숙인다.

"이 새끼는 아주 개새끼입니다, 글래스 씨. 당신도 미성년자를 강간하고 살해한 범죄자를 옹호하고 싶진 않을 거 아닙니까. 또 그건 절대 기업 가치에 긍정적인 영향을 끼치지 않습니다."

페이탈북을 이용하는 사람의 절대 다수는 바로 평범한 생각을 가진 일반인이고, 페이탈북은 자신의 일상을 남과 공유하는 사이트다.

그런데 소아성애자, 그것도 강간살해범이 자신의 계정을 들여다본다? 다음 타깃을 물색하기 위해서?

그 누구도, 주주들까지도 바라지 않을 일이다.

"제 말이 틀리다면 틀리다고……."

"잠깐! 잠깐, 잠깐만요! 뭐라고요?"

마크 글래스가 당황한다.

"동양인 미성년자? 강간살해? 지금 제가 제대로 들은 게 맞습니까?"

"……아무래도 정보 전달에 착오가 생겼나 보군요."

"그런 것…… 같군요. 맙소사……."

미국인이 제일 싫어하는 범죄 중 하나가 아동성폭행이다.

그간 마크 글래스도 똑같다. 어디 건드릴 이성이 없어서 보호받고 사랑만 받아도 모자랄 아동을, 미성년자를 건드린단 말인가.

거기다 자신의 여자친구와 같은 동양인이라니.

치솟은 혈압이 뒷목을 뻣뻣하게 만든다.

"알겠습니다! 협조를 해 드리죠! 하지만 대신……."

"언론에는 이번 사건에 분노하며 적극 협조해 주셨다고 말하겠습니다. 아, 권&박 홀딩스에도요."

"……제 입장을 이해해 주셔서 감사합니다."

"아닙니다. 사업가로서 당연한 일을 하시는 것뿐인데요."

도덕성. 사업체를 번듯하게, 세상 모든 사람들이 알 수 있게 키우고 싶다면 어쩔 수 없이 이 도덕성을 신경 써야 한다. 기업의 이미지를 위해서 말이다.

"그럼 협조를 해 주시는 걸로 받아들이면 될까요?"

"얼마든지요."

마크 글래스는 먼저 손을 내밀었고, 종혁은 그 손을 잡았다.

그렇게 페이탈북과 블루버드에서 피해자들의 계정 정보를 얻을 수 있게 됐다.

* * *

"……."

"왜요? 뭐요?"

종혁은 빤히 쳐다보는 벤과 드롭의 모습에 미간을 좁혔다.

"대체 뭐가 불만인데요?"

"……하아. 진짜 최가 한국으로 돌아가면 앞으로 어떻게 하지?"

종혁이 아니었다면 유저의 숫자가 수백만, 수천만이 되는 이런 거대 기업의 협조를 이렇게 쉽게 끌어낼 수 있었을까.

영장이 있어도 쉽지 않은 일이다.

"최, 정말 한국으로 돌아가야겠어?"

흠칫!

안 그래도 이 때문에 할 말이 있었던 종혁은 혀를 찼다.

"돌아가야죠. 내 기반이 거기 다 있는데."

"기반은 다시 쌓을 수 있잖아."

"엄마가 한국이 좋대요."

"……그럼 어쩔 수 없지."

"맞아. 엄마 말은 잘 들어야지."

둘이 마마보이라서가 아니다. 엄마는 현명하다, 틀린 말을 하지 않는다고 어려서부터 교육을 받기 때문이다.

"그나저나……."

화이트보드를 본 벤과 드롭이 한숨을 내쉰다.

그건 종혁도 마찬가지다.

"많네……. 저걸 팔로워라고 했던가?"

"팔로워뿐만 아니라 팔로잉 숫자도 많아요."

3천 명이 넘는 팔로워를 보유한 피해자도 있다.

이들 중 피해자와 긴밀하게 연락을 한 이십대 중반 이상의 남성을 찾아야 한다.

그들 중 겹치는 인물을 찾아야 한다.

"일단 팔로워가 아니면 볼 수 없는 비밀글 위주로 뒤지는 게 맞을 텐데…… 몰리?"

"지금 추리는 중이야! 자료가 많아서 시간이 좀 걸릴 거야!"

고개를 끄덕인 종혁은 벤과 드롭을 툭 치며 탕비실을 가리켰다.

할 일이 없을 땐 열심히 일하는 사람 주위에 얼씬 거리면 안 되는 법이었다.

그때였다.

콰앙!

"빌어먹을!"

"Fuck-!"

린을 발견했을 때와는 결이 다른 분노를 터트리며 들어오는 보니와 그의 파트너.

도넛을 물다 말고 나간 종혁과 벤, 드롭이 눈을 껌빽이다가 그들의 표정을 보곤 한숨을 내쉰다.

종혁과 벤, 드롭이 페이탈북과 블루버드의 대표를 만나러 간다고 하자 무리해서 하트온 닷컴의 대표를 만나러 간 그들.

그런데 아무래도 퇴짜를 맞은 것 같다.

"왜요? 이번에도 협조를 안 해 주겠대요?"

창업주이자 대표를 만나 제대로 말한 것이 맞냐, 기업의 도덕성을 자극해 봤냐는 듯한 종혁의 눈빛.

하트온 닷컴이 협조를 안 해 준 건 페이탈북과 블루버드처럼 아래 직원이 제대로 전달하지 못했을 가능성도 있었기 때문이다.

그에 보니와 그의 파트너의 얼굴이 일그러진다.

"하! 자기는 이미 벌 만큼 벌었다고 하더라!"

"……에라이."

골치 아프게 됐다.

"너희는? 너희는 소득이…… 있네. Damn."

"몰리가 열심히 노력 중이에요. 그보다 영장은 거론해 봤어요?"

"가져올 테면 가져와 보란다! 자기가 아는 변호사 많다고!"

"……와, 이 아름다운 씹새끼 보소?"

일그러지는 종혁의 얼굴.

"이 새끼 지금 어딨습니까?"

아무래도 얼굴 좀 봐야 할 것 같다.

종혁의 두 눈이 흉흉하게 빛나기 시작했다.

* * *

쿵쿵쿵쿵!

대낮부터 강렬한 비트가 울리는 뉴욕 롱아일랜드의 한 저택.

"꺄아아!"

"하하하하하!"

비명 같은 웃음을 터트리는 비키니 미녀들.

상체를 드러낸 채 그런 미녀들 곁에서 웃음을 터트리는 남성들.

그리고 술과 온갖 음식들.

"휘유."

지상낙원이 이럴까.

"아침 댓바람부터 지랄이네."

"지랄?"

"한국 욕이에요."

"아. 지랄, 지랄…… 입에 붙는데?"

고개를 끄덕인 보니가 이상하다는 눈으로 종혁을 본다.

"최는 별로 감흥 없나 봐? 솔직히 저기 풀에 들어가서 미녀들과 놀고 싶지 않아?"

남자라면 누구나 눈이 돌아갈 풍경이다.

그러나 종혁은 아무런 감흥도 없는 듯 어깨를 으쓱였다.

"별로? 이런 건 딱히 취향이 아니라서."

별미도 가끔씩 먹어야 맛있는 법. 매일 먹으면 금방 질려 버릴 뿐이다. 이런 이벤트는 일 년에 한 두 번이면 족했다.

"하긴. 최, 너 운동중독자였지."

"거, 멀쩡한 사람 중독자 만들지 맙시다. 난 그저 남들보다 조금 더 운동을 좋아하는 것뿐이에요."

"그래서 몇 킬로그램을 들 수 있다고?"

"……."

"큭큭."

웃음을 흘리던 보니가 돌연 낯빛을 굳힌다.

"그런데 정말 협조를 얻을 수 있겠어?"

종혁이라면 다를까 싶어 데려온 보니.

종혁은 대답 대신 어깨를 으쓱였다.

"음. 아, 저 자식이야."

선글라스를 끼고 있는 대머리 혼혈 흑인.

운동을 제법 열심히 한 듯 근육질의 몸을 드러낸 삼십대 중반의 남성이 미녀들의 가슴과 엉덩이를 주무르며 비릿하게 웃는다.

"오! 정말 놀러 오신 겁니까? 그런데 드레스코드가 영 아닌데? 뭐, 괜찮습니다. 수영복은 내 집에 많으니까요. 그런데 옆에 계신 분은 보디가드?"

"이봐요, 가일스톤 씨."

핸드릭 가일스톤.

종혁은 발끈하는 보니를 말리며 선글라스를 벗었다.

"보니의 동료인 최종혁입니다. 반갑습니다, 가일스톤 씨."

"오, 동양인 이름. 얍! 아뵤! 당신도 쿵푸 마스터?"

"꺄아! 날 죽여 줘요, 마스터!"

"호호호호!"

'지랄 났네, 씨발.'

종혁은 싱긋 웃었다.

"저희 FBI의 정중한 협조를 거절하셨다고 들었습니다. 이유를 물어도 되겠습니까?"

가일스톤은 시가를 길게 빨아 연기를 내뱉었다.

그런 그의 입가에 맺히는 조롱.

"그런 놈들도 내 고객이기 때문이죠."

"아직 봉우리조차 피지 못한 여린 여자아이들이 끌려 다니며 강간을 당하다 못해 죽임을 당했습니다. 부탁드리겠습니다, 가일스톤 씨."

순간 낯빛이 굳은 가일스톤과 비키니 미녀들.

그런 기색을 눈치챈 가일스톤은 그녀들을 엉덩이를 후려쳐 떠나보내곤 종혁을 못마땅하다는 듯 노려봤다.

"너 한국인이지? 맞을 거야. 유독 한국인만 이렇게 눈치가 없거든. 성실하고, 노는 거 모르고. 그리고 사업도 모르고."

지독한 인종 차별.

발끈하는 보니를 다시 한번 말린 종혁은 재밌다는 듯 웃었다.

"내가 사업을 모른다고요?"

"이봐, 한국인. 사업이 뭔지 알아? 타인으로 하여금 내

것을 이용하게 만드는 거야. 정확히는 편리한 서비스를 제공하는 거지. 그런 의미에서 내 하트온 닷컴이 제공하는 서비스는 요점은 이거야."

자신이 만든 공간 안에서 가슴속에 숨기고 있는 욕망을 마음껏 표출하는 것.

"그런데 그 드러낸 욕망을 세상 사람들이 알게 된다면 어떻게 되겠어?"

"강간살해범의 사냥터가 당신의 사이트일 수도 있습니다."

"그렇다는 확실한 증거도 없잖아? 명백한 증거가 나오기 전까지는 그저 내 고객일 뿐이지. 나에게 돈을 벌어다 주는 고객."

하트온 닷컴이 무료로 제공하는 건 상대를 랜덤으로 매칭해 주는 것뿐, 그 외에 모든 시스템을 사용할 때는 돈을 지불해야 한다.

매칭되는 상대의 범위를 좁혀 주는 필터를 사용하는 것부터 시작해 다양한 기능들이 전부 돈을 쓰지 않고는 사용할 수 없었다.

"이게 알려진다면 사이트에 큰 타격이 갈 텐데요?"

"글쎄…… 난 접속자가 더 늘어날 거라고 보는데?"

강간살해범까지 보호하는 랜덤채팅 사이트.

가슴속에 추악한 욕망을 숨긴 세상 모든 사람들이 자신의 사이트에 접근을 할 테고, 돈을 쓸 거다.

종혁의 눈이 차갑게 가라앉는다.

"그러니까 범죄자를 옹호하겠다는 거군요?"

"이봐, 한국인. 세상은 돈이야. 사업은 이 돈만 바라보면 되는 거라고. 그러니 밑바닥 하류 인생이었던 내가 이렇게까지 성공한 거 아니겠어? 너 같은 엘리트는 꿈도 못 꾸는 이런 비싼 시가를 마음껏 피우고, 아무 미녀나 침대로 데려갈 수 있는 성공. 크크크. 자, 선물이야. 받아 둬."

가일스톤은 종혁의 손에 시가를 쥐여 줬고, 종혁은 그걸 빤히 바라보다 테이블에 올려진 커터를 가져와 시가를 자르고 입에 가져갔다.

"오오! 피울 줄 알아?"

"쓰으읍. 후우우. 퉤! 싸구려네."

종혁은 시가를 새하얀 대리석 테이블에 비며 끄며 품 안에 손을 넣어 담배를 꺼냈다.

종혁의 무례한 행동에 낯빛을 굳히던 가일스톤은 담배 케이스에 적힌 글자에 눈을 부릅뜬다.

20개비가 들어 있는 시가 한 박스를 십만 달러나 하는 가격에 파는, 최상류층들만 아는 프리미엄 시가 브랜드.

'저, 저기서 일반 담배를 판다고?'

"후우우. 역시 내 입에는 담배가 맞다니까. 아, 마지막으로 물을게. 이렇게 사정을 했는데도 기어코 범죄자를 옹호한다는 거지? 영장을 가져와도 절대 협조는 안 할 거고?"

"……그건 이미 끝난 말 아니었나?"

"아아, 들었어. 돈 많이 벌어서 미련 없다며?"

가일스톤의 저택과 수영장에서 뛰어노는 미녀들을 둘러본 종혁은 피식 웃었다.
"흐응. 겨우 이 정도로 만족한다라……. 욕망이 작으면 거시기도 작다고 하던데……."
"이봐!"
"야."
종혁이 담배 연기를 뿜으며 나른하게 웃는다.
"왜 범죄자 새끼들이 FBI한테 반항할 때 목숨을 거는지 알아? 내로라하는 사업가들이 왜 웬만하면 FBI를 건드리지 않는지 알아?"
"지금 FBI가 뉴욕에 막대한 세금을 내는 사업가를 협박하는 거야?"
"난 협박 같은 거 안 하는데……."
"뭐?"
"아무튼 가일스톤 씨의 입장은 잘 들었습니다. 다음에 뵙죠. 뭐…… 즐길 수 있을 때 즐기세요. 그럼."
"이봐!"
"가죠, 보니."
"어? 어어……."
가일스톤을 종혁을 죽일 듯 노려봤고, 얼떨떨해하며 종혁을 따라 나온 보니는 걱정스런 눈빛을 지었다.
"어쩌려고?"
"뭐, 공금 횡령과 배임부터 알아봐야죠."
원래 스타일이었다면 하트온 닷컴을 사 버렸을 테지

만, 지금은 그렇게 낭비할 돈도 없고 저딴 놈에게 돈을 안겨 주는 것도 싫다.

아무래도 약간 돌아가야 할 듯싶었다.

“뭐?”

종혁은 가일스톤의 저택을 가리켰다.

“제아무리 사업이 성공했다지만, 저런 집을 쉽게 구할 수 있을까요?”

롱아일랜드에서 부자들만 산다는 동네의 저택이다.

뉴욕에서 내로라하는 이들이 사는 장소.

그런데 핸드릭 가일스톤은 저택뿐만 아니라 뉴욕 맨하탄에도 몇 개의 부동산을 보유하고 있다.

하트온 닷컴이 만들어진 지 고작해야 4년 만에 말이다.

“그리고 매일 저런 파티를 벌일 수 있을까요?”

마치 자신의 집처럼 편하게 지냈던 비키니 미녀들. 그런 그녀들과 향락을 즐기면서도 묘하게 권태로운 눈빛을 짓던 사내들.

질려 버릴 만큼 이런 이벤트를 많이 한 거다.

“그건…… 좀 이상하네.”

그 돈은 대체 어디서 난 걸까.

보니의 입술이 뒤틀린다.

“그렇죠?”

돈을 위해서라면 강간살해범을 옹호하는 것도 마다하지 않는 놈이다. 재산을 모으는 과정에서 온갖 더러운 짓을 저질렀을 가능성이 매우 높았다.

종혁도 입술을 비틀며 FBI 뉴욕지국으로 돌아갔다.

"소득은 있어?"

벤의 말에 고개를 젓는 종혁.

"역시 그런가. 아, 소포 왔어."

"저한테요?"

의아해하며 책상 위에 놓인 소포를 뜯은 종혁은 미간을 좁혔다.

'이건?'

회계 자료다. 그것도 하트온 닷컴의 회계 자료.

그뿐만 아니라 핸드릭 가일스톤이 지난 3년간 개인적으로 지출한 지출 내역도 모두 담겨 있다.

'대체 누가?!'

다급히 발신자를 확인한 종혁은 눈을 동그랗게 떴다.

'헨리?'

"보니!"

"왜?!"

"혹시 IRS에 아는 사람이 있어요?"

미 연방 국세청, IRS(Internal Revenue Service).

영화 대부의 주인공 알카포네를 비롯한 거물 범죄자들과 수많은 기업들, 심지어 NASA마저 털어 버린 미국 최고이자, 최악의 정부기관.

체납된 세금을 받아 내기 위해선 세계 어느 곳이든, 그곳이 혹여 멕시코 마약 카르텔 보스의 집이든 쳐들어가서 체납자에게 총구를 들이미는 최강의 집단.

종혁은 자료를 흔들며 사악하게 웃었다.

* * *

"꺄아아아!"

"하하하하!"

오늘도 웃음이 터지는 핸드릭 가일스톤의 저택.

"후우."

두툼한 시가 연기를 뿜어내는 핸드릭 가일스톤의 입가에 미소가 맴돌고, 새빨간 비키니를 입은 몸매 좋은 여성이 그의 가슴을 매만진다.

"가일, 괜찮겠어?"

"뭐가?"

"FBI 말이야. 그렇게 협조하지 않아도 괜찮겠어?"

"야, 너 이름이 뭐지?"

"또 내 이름 까먹은 거야? 제시카잖아, 제시카!"

"그래, Fucking 제시카. 가서 샌드위치나 만들어 와."

"뭐?"

"싫으면 내 집에서 꺼져."

"……치즈는 몇 장?"

"그딴 거까지 알려 줘야 해? 닥치고 만들어 와!"

입술을 깨문 여성은 저택 안으로 들어갔고, 핸드릭 가일스톤은 그런 여성을 보며 코웃음을 쳤다.

"멍청한 년."

자신의 집에서 놀고 먹으며 자신의 돈을 쓰는 여자가 왜 자신의 심기를 건드린단 말인가.

"FBI? 그놈들이 뭘 할 수 있는데?"

종혁이 의미심장한 말을 남기고 돌아간 이후 핸드릭 가일스톤도 좀 불안해져 변호사에게 물어봤다.

그런데 변호사는 괜찮다고 했다.

현재 FBI가 뚜렷한 증거가 없는 것 같으니, 강간살해범이 하트옷 닷컴을 사냥터로 삼았다는 증거가 없는 것 같으니 협조할 필요가 없다고.

만약 증거가 있다면 바로 영장을 집행했을 거라고.

"마음 같아선 영장도 막아서고 싶지만……."

그건 미 정부에 반기를 드는 행위라 징역을 살아야 되니 절대 막아서지 말라고 했다.

그건 좀 아쉬운 그는 혀를 차다 돌연 웃음을 터트렸다.

"풋. 병신 같은 FBI. 너희는 열심히 강간살해범을 찾으세요. 난……."

"웃챠!"

"꺄악!"

풍덩!

"가일! 어서 들어와!"

인세에 펼쳐진 지상낙원. 뉴욕 최고의 클럽 파라다이스가 부럽지 않은 풍경을 보며 핸드릭 가일스톤은 입술을 비틀었다.

"난 너희 따위는 감히 엄두도 못 낼 향락을 즐기며 살 테니까."

그가 킬킬킬 웃는 그 순간이었다.

위이이이잉! 위이이이잉! 콰아앙!

저택 정문 쪽에서 들려오는 사이렌 소리와 무언가 폭발하는 듯한 굉음.

그리고…….

파바바바바바!

"IRS다! 엎드려!"

"꺄악!"

"으아악!"

갑자기 수영장에 난입한 무장한 특공대원들이 사람들과 핸드릭 가일스톤을 향해 총구를 겨눈다.

"I…… RS……?"

뚜벅! 뚜벅!

양팔을 번쩍 든 채 굳어 버린 핸드릭 가일스톤을 향해 사십대의 남성이 다가선다.

"핸드릭 가일스톤? 널 탈세 혐의로 체포한다."

"미친……."

핸드릭은 그대로 정신을 놓았다.

아직 터질 뒤통수가 있다는 걸 모른 채 말이다.

한편 그 시각 하트온 닷컴의 본사.

"다 쓸어 담아!"

"예!"

마치 들판을 휩쓰는 메뚜기 떼처럼 컴퓨터와 종이로 된 자료 등 1센트라도 액수가 적힌 모든 자료들을 쓸어 담는 IRS의 직원들.

맨날 놀기 바쁜 핸드릭 가일스톤을 대신해 하트온 닷컴을 운영한다고 해도 과언이 아닌 부사장이 핸드폰을 붙든 채 안절부절못한다.

"왜, 왜 이렇게 전화를 받지 않는 거야!"

'내가 이럴 줄 알았지! 이럴 줄 알았어!'

그동안 엄청난 액수의 공금을 빼돌려 본인의 향락에 사용한 핸드릭 가일스톤.

결국 터질 일이 터져 버린 거다.

그렇게 부사장이 안절부절못하는 순간이었다.

"응? FBI?"

난데없이 안으로 들어오는 FBI에 의아해하던 부사장은 그중 한 명이 국세청 직원, 아니 이번 급습의 책임자와 악수를 나누자 눈을 동그랗게 떴다.

'헉! F, FBI까지 동원됐다고? 대체 무슨 짓을 저지른 거야, 가일!'

그는 FBI가 자신에게 다가오자 주춤 물러섰다.

"이든 고스 씨?"

"그, 그렇습니다만?"

종혁은 겁을 먹는 그에게 걱정 말라는 듯 푸근히 웃어 주었다.

"FBI입니다. 저번에 연락을 드렸죠? 강간살해범 조사에 대한 협조를 구하기 위해 찾아왔습니다."

"……뭐요?! 이봐요, 지금 회사 꼴이 안 보입니까! 지금 IRS가……."

부사장, 이든 고스가 말끝을 흐린다.

생각해 보니 뭔가 이상한 현재 상황.

얼마 전 찾아온 FBI 협조를 거부한 이후 급습을 해 온 IRS.

이게 과연 우연이라고 할 수 있을까.

그런 그의 생각이 맞다는 듯 종혁의 미소가 더욱 짙어진다.

"고스 씨, 우리가 정말 영장을 받을 수 없어서 이렇게 협조를 구한다고 생각하십니까? 회사의 안위를 생각하셔야죠. 가일스톤 씨는 당분간 회사 일을 신경 쓰지 못하실 테니까요. 아니면……."

종혁은 이든 고스의 귓가에 입술을 가져갔다.

"당신도 털어 볼까? 가일스톤이 회사 공금을 횡령하는데 당신도 개입했을 것 같은데?"

종혁의 눈빛이 차갑게 가라앉았다.

* * *

미 북동부 최상위 사립대들을 일컫는 아이비리그 중 하나인 컬럼비아 대학교의 교정.

요새 한참 뉴욕에서 인기가 있는 톰브라운 셔츠를 걸친 이십대 후반의 미남이 붉은 벽돌길 위를 걷는다.

–켁! 케에엑!

보드라운 목, 그 피부 아래서 살기 위해 발버둥 치던 질긴 근육.

눈물과 콧물, 공포와 절망으로 일그러지던 얼굴.

사내는 팔뚝에 남은 발악의 흔적을 쓰다듬으며 황홀하게 웃는다.

"아아."

여름 학기라 평소보다 지나는 사람이 별로 없는 조용한 컬럼비아 대학교에 달뜬 신음이 울려 퍼지고, 어딘가로 향하던 이십대 초반의 여성 두 명이 그를 발견하곤 배시시 웃으며 다가선다.

"안녕, 로건?"

코끝을 스치는 은은한 향기에 알렉스, 아니 로건이 옅게 웃는다.

"안녕, 벤지. 티파니도 안녕?"

"어디 가는 중이야? 수업은 끝났어?"

"식사하러 가는 중이야. 너흰?"

"아쉽다! 우린 이미 먹었는데!"

"그래? 의리 없게 둘만 먹은 거야?"

"꺄르르르!"

뭐가 그렇게 좋은지 웃음을 터트리는 둘.

"로건, 오늘 수업 끝나고 뭐해? 약속 있어? 우리 조금 있다가 롱비치 갈 건데, 약속 없으면 너도 가자!"

롱아일랜드의 롱비치.

로건의 눈이 가늘게 떠진다.

"그래서 운전기사가 필요하시다?"

그 말에 다시 터지는 웃음.

"에이, 아니야. 설마 우리가 그러겠어?"

"솔직히 말해, 아가씨들. 그러면 정상참작해 주겠어."

"저, 정말 아닌데?"

"호오? 눈은 왜 피하지? 자, 벤지. 내 눈을 봐."

"미안! 내, 내가 사람 눈을 잘 못 봐!"

"자아! 내 눈을 봅시다?"

"으아앗!"

벤지의 턱 끝을 잡은 로건이 눈을 마주치려는 순간이었다.

"로건!"

저 멀리서 후끈한 땀 냄새를 풍기며 달려오는 백인 사내.

갑자기 방해를 받은 두 여성은 '연락할게'라고 외치며 사라졌고, 옆구리에 농구공을 낀 채 달려온 사내는 그런 여성들을 보며 머리를 긁적였다.

"혹시 내가 방해한 거야?"

"아니, 별로."

냉소에 가까운 코웃음을 친 로건이 담배를 문다.

방금 전 여성들을 대할 때와 완전히 다른 모습.

그러나 백인 사내는 놀랍지 않다는 듯 고개를 끄덕인다.

"하긴, 너 동양인 취향이지?"

안 그래도 어려 보이는 동양인 가운데서도 더 어려 보이는 여성을 좋아하는 친구, 하이스쿨 때부터 친구였던 로건.

취향이 독특하다 못해 그 때문에 군에 입대해 한국과 일본으로 파견을 갔을 정도로 열정적인 친구였다.

참고로 로건이 군에 입대를 한다고 하자, 그는 어렵사리 들어온 대학을 휴학했다.

로건이 없는 학교생활은 별로 재미없어서 말이다.

"정말 독특해. 난 저런 애들이 훨씬 좋은데."

"그렇게 좋으면 말이라도 건네 보지?"

"안 돼. 여자친구한테 죽어."

"그래, 이 바퀴벌레 커플아."

"흐흐. 밥 안 먹었지? 피자 먹으러 가자."

"피자 말고, 중국 음식 먹으러 가자. 추천을…… 받은 차이나 레스토랑이 있거든."

곱게 호선을 그리는 로건의 의미심장한 눈.

"뭐든. 일단 뭐든."

입에 넣어야 했다.

둘은 차이나타운의 한 레스토랑으로 향했다.

웅성웅성.

점심시간이라 사람들이 넘쳐 나는 차이나 레스토랑.

"와, 사람 많다."

사람이 많다는 건 결국 음식이 맛있다는 뜻.

빛나는 친구의 눈을 무시한 로건이 가게 안을 둘러보며 누군가를 찾는다.

"저기 빈자리 있다!"

로건을 끌다시피 데려가 빈자리에 앉은 사내가 재빨리 메뉴판을 뽑아 든다.

"추천받은 메뉴가 뭐야? 여긴 뭐가 맛있고, 양 많아?"

"잠깐만?"

자리에 앉았음에도 계속 둘러보던 로건이 누군가를 발견하곤 눈을 빛낸다.

"여기요!"

그의 부름에 가게에 멍하니 서 있던 주안이 화들짝 놀라 다가온다.

"주문하시겠어요?"

"예. 여기 청경채 볶음이랑 칠리크랩, 스위트 포크 주세요. 볶음밥과 모듬 딤섬 2개, 멜론 소다도 2개요."

흠칫!

주안의 몸이 크게 떨린다.

모두 딸 린이 좋아하던 메뉴들.

특히 칠래크랩 양념을 볶음밥에 비벼 그 위에 스위트 포크를 올려 먹는 걸 참 좋아했었다.

이 음식들이 남아 집에 가져간 날에는 언제나 밥그릇을 모두 비웠던 린. 멜론 소다까지 한 입 마시면 '잘 먹었습니다'라며 인사도 했었다.

주안의 눈에 왈칵 눈물이 차오른다.

그런 그녀의 모습에 로건이 당황한 표정을 짓는다.

"괜찮으세요?"

"죄, 죄송합니다. 청경채 볶음과 칠리크랩, 스위트 포크, 볶음밥, 모듬 딤섬 2개 멜론 소다 2개 맞으시죠?"

"네. 정말 괜찮으신 거 맞죠?"

"고, 곧 가져다 드리겠습니다!"

주안은 도망치듯 주방으로 향했고, 로건은 그런 그녀를 보며 다시 의미심장한 미소를 지었다.

그런 그의 표정 변화를 보지 못한 사내가 주안을 보며 혀를 찬다.

"무슨 힘든 일이 있으신가 보네."

"그런가 봐."

있었을 것이다. 아주 힘든 일이.

"아, 그보다 이 나쁜 자식아."

"갑자기?"

"내가 너 때문에 얼마나 난처했는지 알아? 내 핑계를 대고 놀러 갈 거면 말은 하고 가야 할 거 아냐! 너희 부모님이 연락해 와서 얼마나 놀랐는지 알아? 대체 누구랑 놀러 간 거야?"

"과 친구들이랑. 여자들이 많아서 부모님께 말할 수 없었어."

"……너희 부모님은 아직도 그러셔?"

"뭐, 그렇지."

"하아. 군대까지 다녀왔는데 여전하시네. 너희 부모님은 다 큰 아들을 왜 이리 못하시는 건지……. 잠깐, 군대하니까 또 열 받네?"

파병을 이유로 군 복무를 하는 동안 한 번도 얼굴을 비추지 않았던 로건.

휴가를 받았을 때 정도는 친구에게 얼굴을 비출 법도 하건만, 한 번도 자신을 만나러 오지 않았다는 사실이 못내 서운했다.

"그건 나도 어쩔 수 없었다니까."

아니다. 당시엔 강간 미수로 교도소에 들어갔을 때라 만나지 못한 거다.

그래서 로건의 부모님은 로건이 외박을 한다고 하면 불안해서 계속 연락을 하는 거다.

이에 로건은 사냥을 즐길 때마다 친구의 이름을 팔았고, 그는 아무것도 모른 채 로건과 말을 맞춰 주었다.

'그런데 이번에는 왜 말도 없이 찾아와서는!'

컬럼비아 대학 근처에서 자취를 하는 로건.

이번엔 린과 한창 즐길 때 자취방에 왔다고 갑자기 연락을 해 온 탓에 미처 말을 맞추지 못했다.

얼마나 당황스러웠는지 모른다.

"……아무튼 조심해. 너 투 아웃이야."

"오늘 내가 내면 아웃카운트가 하나 줄어드는 거지?"

"맛있으면 봐준……."

"음식 나왔습니다."

음식을 내려놓은 주안이 돌아서자 얼른 포크를 들어 입에 가져간 로건의 친구는 엄지를 치켜들었고, 피식 웃으며 한 입 먹은 로건은 입술을 비틀었다.

"그래. 맛있네."

절망이 듬뿍 들어 있어서 그런지 유달리 맛있다.

소금이나 후추 등 별다른 양념을 추가하지 않아도 될 만큼.

* * *

"으아아!"

이젠 차도 잘 지나지 않는 늦은 밤, 세 개의 화이트보드 앞에 선 종혁이 기지개를 켠다.

보니와 이번 사건에 투입된 요원들도 마찬가지다.

"아우, 빌어먹을."

"Fuck!"

페이탈북, 블루버드, 하트온 닷컴.

세 개의 사이트 이름 아래 주르륵 적힌 수많은 아이디와 닉네임, 그리고 이름과 성별, 나이.

드디어 용의자가 모두 추려진 것이다.

"커피 왔어요!"

"오!"

"고마워, 몰리!"

"고마워요."

몰리가 타 온 커피로 졸음을 쫓은 사람들이 화이트보드들을 응시하며 이를 간다.

"이 자식들 중에 범인이 있단 말이지?"

보니가 이를 간다.

6명의 피해자가 이용한 3개의 사이트.

피해자와 두 번 이상 연락한 총 493명의 이십대 남성.

이 중에서 겹치는 인물을 추려 내야 한다.

눈앞이 깜깜해졌다.

"거시기를 뜯어 개 먹이로 줄 새끼들."

직접 추린 놈들이기에 이들이 피해자들에게 어떤 말을 남겼는지, 어떤 대화를 나눴는지 다 알고 있는 그들.

종혁은 한숨을 내쉬었다.

"일단…… 서부와 중부, 남부는 빼죠."

너무 멀다. 살인을 저지르기 위해 몇 개의 주를 넘는다는 건 상식적으로 말이 되지 않았다.

그들은 피해자가 사망하기 이틀 전 서부와 중부에서 접속을 한 아이디들을 모두 삭제해 갔다.

"그래도 혹시 모르니까 몰리는 제외되는 용의자들의 카드 사용 기록을 확인해 주세요."

"알았어."

남은 건 동부에 사는 이십대 남성, 총 124명.

"최, 미남이 아닌 사람은 뺄까?"

몰리가 슬그머니 의견을 제시하자 종혁이 계속하라는 듯 쳐다본다.

"피해자들도 눈이 있는 이상 뚱뚱하고 냄새나는 사람을 좋아하겠어? 아무리 화술이 좋더라도? 최, 십대야. 이제 막 치장에 눈을 뜨고, 그걸로 서열을 나누는 십대 여자애들."

몰리가 의견을 제시하기 전, 이미 종혁이 프로파일링을 했을 때에 나온 이야기지만 종혁은 그녀의 추론을 진지하게 들어 주며 약간의 반박을 했다.

"이러한 채팅을 통해서 이성을 찾았다는 점에서 피해자들에겐 어떤 종류든 결핍이 있었다고 생각하는 편이 자연스럽습니다."

금전적으로 부족을 겪었거나, 외모에 자신감이 없거나, 또는 성욕을 채우지 못했거나.

어떠한 이유로든 피해자들은 그 결핍을 충족시키려고 채팅을 시작한 것일 거다.

그렇지 않다면 굳이 이런 사이트를 이용할 필요가 없었다.

"물론 그렇다고 해도 몇 마디 말을 나누는 것만으로 넘어갈 정도라면 평균 이상의 외모라고 생각하는 게 맞겠죠."

사람이 각기 지닌 매력은 다양하지만, 외모처럼 직접적으로 드러나지 않는 부분들은 어느 정도 함께 시간을 보내며 이해하고 호감을 품기까지 시간이 걸릴 수밖에 없다.

고작 몇 번의 대화, 만남을 통해서 호감을 얻었다는 건 외모가 어느 정도 준수할 가능성이 높았다.

"흠. 이 사람들은 빼죠."

첫눈에 끌리지 않을 법한 외모들.

제아무리 빼어난 화술로 꼬드겼다고 한들 썩 정감이 가지 않을 외모를 지닌 사람들은 목록에서 제했다.

그러자 다른 요원들도 자신의 기준에서 정이 안 가는 외모들을 삭제하기 시작했다.

"그리고 운전면허가 없는 사람도 제하죠."

"왜?"

"차가 없이 이동을 했는데 CCTV에 걸리지 않을 수 있을까요? 최소 오토바이 이상을 이용했다고 봐야 합니다. 몰리?"

"네, 네. 차라리 날 죽여."

한숨을 내쉰 몰리는 방금 말한 걸 수첩에 기록을 했고, 보니는 종혁을 봤다.

"택시나 렌트카를 이용했을 확률도 있겠네."

"좋은 지적이에요. 내일은 택시 회사와 렌트카 회사를 뒤져 보죠."

"오케이."

"그럼 제할 수 있는 건 다 제한 것 같은데……."

그렇게 다 제하고 나니 용의자가 64명까지 줄어들었다.

그런데 문제가 있다.

"하트온 닷컴만 48명이네."

별도의 신분 인증도 없이 간단하게 회원가입을 할 수 있는 하트온 닷컴.

“벤과 드롭이 페이탈북과 블루버드의 16명을 맡아 줘요. 전 렌트카와 택시 회사를 돌아볼게요.”

“그럼 우린 여기 하트온 닷컴을 이용한 사람들이 접속한 장소들을 둘러볼게.”

“빌어먹을. 이놈들을 언제 다 훑어봐.”

보니와 그의 파트너의 투덜거림에 종혁과 다른 요원들이 씁쓸히 웃는다.

하트온 닷컴을 이용한 얼굴 모를 48명의 유저.

이들의 신상을 알아내는 데만도 한 세월일 것이다.

혀를 찬 종혁은 보니를 쳐다봤다.

“그 장소에 놈이 있을 수 있으니까 조심히 알아봐 주세요. 괜히 FBI라고 광고하지 마시고.”

“걱정 마. 수사 하루 이틀 해?”

“후. 그럼…… 지금 더 할 거 있나요?”

“난 있어!”

몰리가 손을 번쩍 들자 종혁은 푸근히 웃었다.

“일단 집에 가서 간단히 씻고, 의무 방어전 치른 후에 속옷 챙겨서 새벽 2시까지 돌아오죠.”

“난 있다니까!”

“자, 해산!”

“최-!”

“오오오오오오!”

“으랏샤! 집에 가 보실까?”

“아, 난 그냥 속옷 사면 안 돼? 의무방어전 무서운데…….”

그들이 킬킬 웃으며 사무실을 나서는 순간이었다.

띠리리링!

갑자기 울리기 시작한 전화기.

마침 근처에 있던 종혁이 전화를 받는다.

"예, FBI 뉴욕지국 수사……."

-아, 안녕하세요. 전 택시기사를 하는 호세 카르난데스인데요."

"아, 예. 카르난데스 씨, 무엇을 도와 드릴까요?"

-제가 한 열흘 전에 웬 동양인 소녀와 백인을 택시에 태운 적이 있거든요?

"예?"

잠시 그의 말을 알아듣지 못해 고개를 모로 기울이는 종혁.

그때였다.

띠리링! 띠리리리링!

갑자기 사무실의 모든 전화기가 울리기 시작했다.

종혁과 요원들은 당황하며 전화기를 쳐다봤다.

* * *

-제 선물은 마음에 드시나요?

"당신이었습니까?"

갑자기 밀려든 택시기사들의 제보.

도통 무슨 상황인지 이해가 되지 않던 중, 종혁은 라비

에게 걸려온 전화에 어이없다는 듯 웃었다.

택시기사인 라비의 친구, 그의 힘을 빌린 것이 분명했다.

하지만 여전히 의문은 남았다.

"어떻게 그 많은 택시기사들을 움직인 겁니까?"

제보를 한 택시기사들은 다 같은 회사 소속이 아니라 제각기 다른 회사에 속해 있었다.

라비의 친구가 그와 같은 회사에 소속되어 있는 택시기사들의 도움은 빌릴 수 있었다고 하더라도, 다른 회사의 택시기사들까지 어떻게 움직일 수 있었던 건지 의문이었다.

-걔 삼촌이 택시 회사를 운영하세요. 3대째 운영하고 계시죠.

"아!"

이제야 모든 의문이 풀린 종혁이 탄성을 터트린다.

-린과 다른 피해자들이 마지막으로 목격된 장소가 어딘지 알았더라면 범위를 더 좁힐 수 있었겠지만…….

이건 종혁이 알려 주지 않았기에 어쩔 수가 없었다.

"아닙니다. 정말 큰 선물을 받았습니다. 감사합니다."

-아니에요. 요원님께서 저를 위해 해 주신 게 얼만데요.

종혁이 자신의 억울함을 밝히기 위해 끝까지 노력해 주지 않았다면 어떻게 됐을까. 아마 평생토록 부모님을 뵙지 못한 채 도망자 신세로 살았을 거다.

어느 한곳에 정착하지 못한 채 전 세계를 떠돌았을 거다.

"라비 씨……."

–그러면 부디 범인을 잡길 바랄게요.

"꼭 그러겠습니다."

종혁은 통화가 끊긴 전화기를 멍하니 바라보다 숨을 길게 내쉬었다.

그러곤 눈을 빛내며 일어섰다.

그런 그를 무심히, 그러나 뜨거운 눈으로 응시하는 요원들.

"갑시다. 이 새끼 찾으러."

라비가 이렇게까지 도움을 주었다. 이 응원에 보답하기 위해서라도 놈을 찾아야 했다.

아니, 잡아야 했다.

택시기사들의 제보를 받느라 어느새 해가 뜨다 못해 높이 솟은 아침, 그들은 FBI 뉴욕지국 건물을 나섰다.

한편 교도소 안.

전화기를 내려놓은 라비가 교도관을 향해 고개를 숙인다.

"편의를 봐주셔서 감사합니다, 교도관님."

"크흠. 어서 돌아가기나 해. ……이런 일 또 있으면 언제든 말하고."

"네, 그럴게요."

100달러의 위력.

아니었다면 이 아침에 이렇게 전화를 할 수 없었을 것이다.

돌아선 라비는 입술을 비틀었다.

"은혜는 열 배로. 차이나타운의 율법입니다, 요원님."

원한은 잊어도 은혜는 결코 잊지 마라.

이것이 그가 배운 차이나타운의 율법.

라비의 얼굴에 싱그러운 미소가 맺혔다.

* * *

햇볕이 쨍쨍 내리쬐는 점심시간 어느 빌딩 안.

연회홀처럼 꾸며진 공간에 뉴욕의 골목골목을 누비는 택시기사들이 모여 웅성거린다.

한 손에 음식이 담긴 접시를 든 채 그동안 잘 지냈냐며 서로 안부 인사를 나누거나 의자에 앉아 부족한 잠을 청하는 그들.

그렇게 그들이 배를 어느 정도 채웠을 때 종혁이 안으로 들어와 단상에 선다.

보니와 벤, 드롭은 원래 계획대로 움직였다.

―후. 후.

스피커에서 울리는 소리에 종혁을 쳐다보는 택시기사들.

종혁은 그런 그들을 향해 고개를 숙였다.

"안녕하십니까. 바쁘신 와중에도 이렇게 찾아와 주셔서 감사합니다. FBI의 최종혁입니다. 모두 바쁘실 테니 바로 본론으로 들어가 볼까요?"

딱 손가락을 튕기자 갑자기 어두워지는 공간.

종혁의 등 뒤로 내려진 스크린에 피해자들의 밝게 웃는 사진이 걸린다.

그에 음식을 내려놓고 사진을 가만히 쳐다보는 택시기사들. 미간을 찌푸리거나 고개를 모로 기울이며 아리송해한다.

맞나? 아니나?

종혁은 기억을 짜내는 그들, FBI에 제보 전화를 했던 그들을 보며 낯빛을 진지하게 굳혔다.

“그럼 한 분씩 제보를 받겠습니다. 거기 기사님부터 앞으로 나와 주시겠습니까?”

“여기에 내려 줬다는 말이죠, 카르난데스 씨?”

“네! 여깁니다.”

몇 개의 붉은색 동그라미가 쳐진 지도의 한 곳을 가리키는 택시기사, 호세 카르난데스.

“감사합니다. 더 생각나는 게 있다면 언제든 연락 주세요. 이건 약속드린 수고비입니다.”

이들을 한 명씩 찾아다니는 건 너무 시간 낭비라서 종혁은 수고비, 인당 400달러의 수고비를 주며 이들을 한 자리에 모았다.

즉, 종혁은 돈으로 시간을 산 거다.

“아니, 도움도 못 됐는데 이런 걸 다…….”

아쉽게도 이 택시기사가 태웠던 승객은 이번 사건과 무관한 인물이었다.

그러나 혹시 모를 단서가 나올 수도 있기에 일단 그들이 내린 장소까지 체크해 둔 종혁.

"충분히 도움이 되었으니 너무 걱정하지 않으셔도 됩니다."

신경 쓰지 말라는 종혁의 푸근한 미소에 택시기사는 안절부절못하다가 고개를 푹 숙였다.

"그…… 감사합니다, 요원님."

"예?"

"제 동생이 참전 군인입니다. 코라 인베스트먼트에 투자를 했었죠."

"아."

"덕분에 동생의 목숨값을 지킬 수 있었습니다. 진심으로 감사드립니다."

"아닙니다. 해야 할 일을 했을 뿐입니다."

멋쩍어 볼을 긁적인 종혁은 이내 고개를 숙였고, 그런 반응에 택시기사는 감동했다.

'이런 사람도 있구나!'

그 어떤 경찰이 범인을 잡기 위해 자신의 사비를 들여가면서까지 이렇게 노력하겠는가.

종혁은 정말 멋지고 대단한 사람이었다.

"요원님! 이 소녀들이 마지막으로 목격된 곳이 어디라고요? 제가 아는 기사들에게 수배를 한번 해 보겠습니다!"

"아뇨, 아뇨. 아닙니다. 괜찮습니다."

"은혜를 갚고 싶습니다. 부탁드리겠습니다!"

"으음……."

잠시 갈등하던 종혁은 입을 열었다.

"이곳, 이곳, 이곳인데 마지막으로 목격된 시각이……."

종혁은 피해자들이 마지막으로 목격된 시각과 장소를 알려 줬고, 단단히 당부를 했다.

"딱 여기까지입니다. 그때 이 장소를 지났던 택시기사분이 누군지만 알아서 제게 연락해 주시면 됩니다."

강간살해범을 쫓는다는 정보를 누설하지 않은 채 그날 그 시각에 피해자들이 마지막 목격된 장소를 지났는지만 확인하는 거다.

수사 정보가 함부로 퍼져 나갔다간 어떻게 범인의 귀에 흘러가게 될지도 알 수 없는 일.

그런 일은 결코 있어서 안 됐다.

"걱정 마십쇼! 저도 눈치라는 게 있습니다!"

택시기사의 호들갑에 무슨 일인가 하고 모였던 다른 택시기사들.

'그런 일이 있었어?'

'오, 저 젊은 친구가 그 사건을 해결한 요원이었구만?'

'맞네! 맞아!'

표정이 방금 전 보다 더 열정적으로 변한 택시기사들.

"저희도 힘써 보겠습니다!"

"누가 먼저 나간 친구들에게 연락해 봐! 괜히 입 털지 말라고!"

"부탁드리겠습니다."

"예엡!"

눈빛이 불타오른 택시기사는 몸을 돌렸고, 종혁은 택시기사가 준 블랙박스 영상이 담긴 USB를 만지작거리며 옅게 웃었다.

"다음 분?"

"예! 저는 말이죠!"

냉큼 다가와 눈을 초롱초롱 빛내며 묻지도 않았는데 말하기 시작한 택시기사. 다른 택시기사들도 말하고 싶어 안달이 난 눈치다.

하루 온종일 일해도 벌까 말까한 400달러.

빨리 말할수록 더 쉴 수도 있고, 운행을 해서 돈을 더 벌 수도 있다. 그들은 적극 협력을 하기 시작했다.

그렇게 몇 시간이나 지났을까.

택시기사들이 거의 다 빠져나가고 종혁도 말하기 지쳐갈 때쯤 왜소한 체격의 인도계 이십대 남성이 다가선다.

다 늘어진 셔츠와 움츠린 그의 어깨.

"저어……."

"아, 예. 성함이?"

"도핀도라고 합니다. 도핀도 라즈푸즈."

'응?'

처음 듣는 이름. 제보를 했던 택시기사들의 이름을 적어 둔 명부를 살핀 종혁은 의아해했다.

"아, 예. 라즈푸즈 씨."

"호, 호세에게 들었는데, 동양인 소녀와 남성을 태운

적이 있으면 이쪽으로 가라고 하던데…… 제, 제가 태운 건 아니고 본 적은 있거든요?"

"아. 카르난데스 씨 소개로 오셨군요."

지이잉!

종혁은 갑자기 울리는 핸드폰을 봤다가 눈을 빛냈다.

—늦게 연락드려서 죄송합니다. 곧 사람 한 명이 갈 거거든요? 왠지 중요한 걸 본 것 같아서 그쪽으로 보냈습니다!

'흐음?'

"그, 그래도 돈을 주실 수 있을까요?"

정신을 차린 종혁은 꼬질꼬질한 그의 모습을 보고 푸근히 웃었다.

"그럼요. 어디서 뭘 보셨는지 차분히 말씀 부탁드리겠습니다."

그 말에 얼굴이 확 밝아진 도핀도.

"한 일주일 전인가, 열흘 전인가 그때쯤 워싱턴스퀘어 아치에서 6번가로 가는 길에 있는 골목에서 동양인 소녀와 백인 남성이 꼭 끌어안고 있는 모습을 봤거든요? 저, 정확한 날짜는 기억 안 나는데 아무튼 그랬습니다."

저녁에야 하루 한 끼나마 겨우 먹는 도핀도 라즈푸즈.

그날도 길거리에 앉아 샌드위치로 간단히 식사를 때우던 그는 너무나도 행복해 보이는 남녀의 모습에서 눈을 떼지 못했다.

자신의 힘들고 비루한 삶과 너무 비교됐기 때문이다.

움찔!

그의 증언을 들은 종혁은 두 눈을 크게 떴다.

린이 마지막으로 목격된 장소와 시각과 매우 흡사한 그의 증언.

종혁은 다급히 뒤를 가리켰다.

"저기 뒤에 있는 소녀들 중에 그 소녀가 있습니까?"

"죄, 죄송합니다. 골목이라 너무 어두워서 얼굴까지는……."

"그러시군요……. 그래서 그 뒤에 어디로 움직였는지도 보셨나요?"

"그렇게 서로 끌어안고 있더니 차에 타서 후진으로 빠져나가더라고요."

"후진이요? 흠. 혹시 차종이 뭔지는 기억하십니까?"

"그, 분노의 질주에서 주인공 아버지가 가지고 있던 차 있잖습니까."

"포드 머스탱이요?"

"네, 네. 그 차의 신형 모델이었습니다. 제, 제가 기억하는 건 여기까지인데……."

"아, 예. 여기 있습니다. 저쪽에 음식이 있으니 드시고 가세요."

"감사합니다. 정말 감사합니다!"

도핀도가 연신 허리를 숙이며 멀어지자 잠시 생각에 잠겼던 종혁은 아차 하며 다음 택시기사를 불렀다.

그 순간이었다.

지이잉! 지이잉!

갑자기 울리기 시작한 핸드폰.

문자 내용을 확인한 종혁은 눈을 동그랗게 떴다.

—1098 택시를 운전하는 브레드 고어가 어퍼 웨스트 사이드 주변을 잘 돌아다닌다고 합니다!

—3874번 택시를 운전하는…….

먼저 돈을 받고 떠난 택시기사들의 새로운 제보가 쏟아지고 있었다.

* * *

"푸하!"

다시 밤이 된 FBI 뉴욕지국, 슬그머니 퇴근을 준비하던 몰리에게 어마어마한 양의 블랙박스 영상과 제보 내용을 안겨 주며 그녀를 절망시킨 종혁이 자신의 자리에 무너지듯 앉으며 혼이 빠진 표정을 짓는다.

무려 156명.

게다가 택시기사다. 수다가 특기인 택시기사들.

진이 모두 빠질 수밖에 없었다.

종혁은 따갑다 못해 뻐근한 목을 어루만졌다.

"수고했어, 최."

"뭘요."

보니가 건네는 커피를 받아 든 종혁이 한숨을 내쉰다.

내일은 뉴욕에 산재한 렌트카 회사를 돌아 봐야 하기 때문이다.

'그나마 목이 쉴 시간은 있겠네.'

그래도 앞으로 며칠은 죽었다고 봐야 했다.

렌트카 회사도 회사지만, 돈을 받고 떠났던 택시기사들이 새롭게 제보해 온 사람들을 만나러 다녀야 하기 때문이다.

보니는 커피로 목을 축이며 은은하게 웃는 종혁에 모습에 어쩔 줄 몰라 했다.

"에이, 괜찮다니까요."

"하지만 오늘 쓴 돈이……."

택시기사 한 명당 4백 달러, 무려 6만 달러가 넘는 돈을 썼다.

거기다 건물의 한 층을 빌려 공사를 하고, 뷔페를 부르고.

아마 족히 8만 달러 이상은 썼을 것이다. 영수 처리를 한다고 해도 이 중 3분의 1이나 돌려받으면 다행.

너무 미안해서 견딜 수가 없다.

"이 정도는 괜찮아요."

보니를 달래기 위한 말이 아니라 정말 아직까지는 괜찮았다.

"이깟 돈보다 범인을 잡는 게 중요하죠. 보니는 어때요? 소득은 좀 있었어요?"

"……하아."

일단 공용 IP를 사용하는 인터넷 카페와 게이밍 카페를 먼저 돌아봤지만 별다른 소득은 없었다.

"CCTV 저장 기간이 5일인 곳도 있더라고."

직원들에게 프로파일링에 부합하는 손님을 기억하고 있진 않은지 확인하는 것이 고작이었다.

"인터넷 카페는 몇 곳 되지도 않아서 마땅한 정보가 없었고, 그나마 게이밍 카페에서 조금 수확이 있었어."

미국에서 요금을 내고 PC를 사용하는 카페가 두 종류로 나뉜다.

하나는 음료를 사면 PC를 무료로 이용할 수 있는 인터넷 카페. 그리고 한국의 PC방처럼 게임을 즐기기 위해 찾는 게이밍 카페.

온라인 게임의 발달로 게이밍 카페들이 우후죽순 늘어나면서 인터넷 카페는 점차 사양길에 접어들고 있었다.

"하트온 닷컴을 이용한 사람이…… 네 명이네요."

게이밍 카페는 가입된 회원이 무슨 게임을 했는지, 어떤 사이트에 접속을 했는지 다 기록이 된다. 혹여 불법적인 사이트에 접속할 수도 있기 때문인데, 이는 한국의 PC방도 마찬가지다.

"그중 두 명은 10대. 나머진 40대."

프로필을 만들 때 속였다는 뜻이다.

"이제 30퍼센트 돌았으니 더 돌아다녀 보면 뭐라도 나오겠지!"

종혁은 애써 파이팅 하는 보니의 모습에 고개를 끄덕였다.

맞는 말이다. 이제 수사는 시작이다.

종혁도 파이팅을 위해 활짝 웃었다.

"외부에서 인터넷 카페를 비추는 CCTV도 가져왔죠? 그것 좀 나눠 주세요."

움찔!

"어, 음. 일단 싹 끌어오긴 했는데……."

보니가 공포에 질린 눈으로 몰리를 본다.

파이팅 있게 에너지드링크를 마시며 모니터를 잡아먹을 듯 노려보는 몰리.

"어쩐지 몰리가 날 잡아먹으려고 들더니……. 왜 생각 없이 다 넘겨서……."

택시기사들이 넘겨준 블랙박스 영상을 절반가량 넘긴 종혁이 할 말은 아니었다.

"……케이크 시킬까?"

"제가 사 올게요."

일단 저 분노를 누그러트린 후 일부분을 가져와야 할 듯싶다.

"아니, 내가 살게. 같이 가자."

보니는 컴퓨터를 붙잡고 있는 요원들을 가리켰다.

죄다 눈이 팬더에 가까운 요원들. 곧 자신도 저 모습이 될 것 같다는 걸 직감한 종혁은 고개를 끄덕이며 몸을 일으켰다.

아무래도 에너지 드링크를 박스채로 사 와야 할 것 같았다.

'워싱턴스퀘어 아치에서 6번가로 향하는 길의 골목이라…….'

왠지 도핀도의 그 말이 계속해서 머릿속을 맴돈다.

'내일 확인해 봐야겠네.'

* * *

–멍…… 멍멍…….

잠결에 아련하게 들리는 개 짖는 소리.

개가 아니라 사람이 짖는 소리.

"흐응."

나른하게 웃으며 눈을 뜬 로건이 왠지 묵직한 아랫도리를 본다. 터질 듯 부풀어 오른 팬티.

로건의 붉은 혀가 밤사이 마른 입술을 핥는다.

"목이…… 마르네."

그뿐만 아니라 덥다.

에어컨이 빵빵하게 틀어져 있는데도 마치 흥분제를 먹은 듯 심장이 거칠게 뛰고 뜨거워 몸을 주체할 수가 없다.

로건은 이것이 뭔지 알고 있다.

갈증.

심장이, 영혼이, 피가 새로운 먹잇감을 사냥하라고 외

치는 거다.

"빨라졌네."

갈증이 찾아오는 주기가 빨라졌다.

로건의 입장에선 결코 좋지 않은 일.

혀를 차며 몸을 일으킨 그는 샤워실로 향해 차가운 물로 열기를 식혔고, 그것도 모자라 얼음물을 세 컵이나 마셨다.

하지만 그럼에도 수그러들지 않는 갈증.

이젠 짜증마저 솟구치던 그의 눈에 컴퓨터가 들어온다.

"……그냥 찾기나 해 볼까?"

딱 탐색만. 수백, 수천 마리의 사냥감 중 원하는 사냥감을 찾을 때까지만.

접근을 하는 건 사냥감을 정한 후에 해도 늦지 않다.

"그래. 접근은 다른 곳에서 해도 되니까."

여태껏 그래 왔음에도 단 한 번도 의심받지 않았다.

FBI가 찾아오지 않은 게 그 증거.

그사이 금세 말라 버린 입술을 핥은 로건은 의자에 앉으며 컴퓨터를 켰다.

* * *

"이게 내비게이션과 GPS 기록의 전부라는 거죠? 혹시 신분증 사진과 외모가 다른 사람이 와도 차를 빌려줍니까?"

"그럴 리가요! 다른 곳은 어떨지 모르지만 저흰 절대 아닙니다!"

솔직히 정말 돈이 급하지 않은 이상 다른 곳도 빌려주지 않을 거다.

"저희 차가 어떤 범죄에 쓰일 줄 알고요!"

범죄가 끊임없이 일어나는 뉴욕.

심지어 위조된 신분증으로 렌트카를 빌려 팔아먹는 놈들도 있다 보니 렌트카를 빌리는 것조차 절차가 복잡하고, GPS 기록장치는 필수다.

그리고 차량이 돌아오면 무조건 내비게이션 기록과 GPS 기록을 백업해 놓는다.

'확실히 이런 건 좋네.'

그것이 범죄에 대한 두려움 때문일 테지만, 이런 건 한국도 배웠으면 싶었다. 2008년인 지금도 왕왕 비대면으로 차를 빌려주는 한국의 일부 렌트카 업체들.

안전불감증이라고 볼 수 있었다.

"하하. 알겠습니다. 진정하세요."

기록뿐만 아니라 피해자들이 마지막으로 목격된 그날을 기준으로 이틀 뒤까지의 모든 명부까지 확보한 종혁이 협조해 줘서 고맙다 말하며 고개를 숙인다.

"오우, 아닙니다. 당연히 협조해야죠. 무슨 일인지 모르겠지만 꼭 잡으십시오."

"감사합니다."

다시 한번 고개를 숙이며 렌트카 업체를 나선 종혁이

넥타이를 풀며 음료를 들이켰다.

"푸후우. 어우."

아침에만 렌터카 업체 20곳을 돌아서 그런지 목이 타들어 갈 것 같다. 조금은 쉬고 싶지만, 지금도 괴로워하고 있을 피해자 유족들의 심정을 생각하면 멈출 수가 없다.

명부를 확인한 종혁은 이내 혀를 차며 보조석에 던졌다.

"여기도 없네."

현재 용의선상에 오른 인물들, 그중 확인된 인물들 중 차를 빌린 사람이 없다.

그래도 혹시 확인이 안 된 용의자들의 이름이 명부에 있을 수 있기에 가져가는 것이지만…….

지이잉! 지이잉!

갑자기 울리는 핸드폰 발신자를 확인한 종혁의 심장이 철렁 내려앉는다. 매일 두 번씩 표시되는 발신자지만 언제나 심장이 내려앉는다.

"후우. 예, 최종혁입니다."

-어, 어떻게 됐나요? 범인은 잡았나요?

초조하면서도 다급하며 물기가 가득 섞인 주안의 목소리.

종혁이 눈을 질끈 감는다.

"죄송…… 합니다. 지금 열심히 찾고 있는 중이니 조금만 더 기다려 주십시오."

-……흑! 죄송해요! 기다려야 된다는 걸 알지만, 린이 계속 그 차가운 곳에 누워 있을 걸 생각하니까……. 요, 요원님. 그, 그냥 제 딸을 데려가면 안 될까요? 엄마가 돼

서 어떻게 딸을 그런 곳에 놔둬요! 린이 얼마나 춥겠어요!
“죄송합니다. 정말 죄송합니다.”
종혁 본인이라고 왜 린을 주안에게 인도하고 싶지 않을까.
그러나 종종 시간이 지나 다른 단서가 발견되기도 하기에, 그땐 보지 못했던 걸 나중에 발견을 하기도 하기에 쉽게 인도를 할 수가 없다.
“죄송합니다. 무리한 부탁인 걸 알지만, 조금만 참아 주십시오. 최대한 빨리 찾겠습니다. 죄송합니다.”
—흑! 죄송해요…….
전화를 끊은 종혁은 운전대에 이마를 박는다.
쿵! 쿵! 쿵!
운전대를 부숴 버릴 듯 때려 박은 종혁이 고개를 뒤로 젖히며 담배를 문다.
물기가 섞인 눈이 천장을 응시한다.
“죽겠네. 씨발.”
초조하다. 방금 전 전화 때문이 아니라도 초조해진다.
“수사에 들어간 지 며칠이나 됐다고 이러냐.”
그런데 왜 이렇게 짜증이 치솟는 걸까.
투욱!
힘이 없지만, 너무도 아팠던 주먹.

—찾아 준다며! 찾아 준다면서—!

자식을 잃은 어미의 비통.

꽃을 피지 못한 채 저물어 버린 어린 소녀들.
아마 이것 때문일 것이다.
계속 조급해지는 건…….
"하아. 가자, 가."
이렇게 한탄할 시간에 한 발이라도 더 뛰어야 범인을 잡을 수 있다.
종혁은 이를 악물며 차를 몰았다.

* * *

커피향이 은은하게 맴도는 허름한 인터넷 카페 안.
구석진 자리에 앉은 로건이 여러 색의 긴 털이 북실북실하게 뭉친 열쇠고리를 코에 가져가 냄새를 맡으며 모니터를 가만히 응시한다.
걸려 들까. 걸려 들지 않을까.
그의 눈이 초조함을 머금는다.

-응! 그래! 우리 만나자!

번뜩 눈을 빛낸 로건이 빠르게 키보드를 두드린다.

-오늘 만날까?
-오늘? 어디서?

“그러게. 어디가 좋을까.”

그동안 사냥한 사냥감들과 만났던 곳이 아니면서도 가벼운, 그러면서도 십대의 흥미를 훅 끌어낼 수 있는 그런 장소.

뉴욕엔 그런 장소가 많아도 너무 많았다.

—파서 뒤피 스퀘어 알아?

—알아! 타임스스퀘어 근처에 있는 거 말하는 거지?

—동상 앞에서 7시에 볼까?

—그래! 7시. 파서 뒤피 스퀘어 동상 앞에서!

상대가 채팅을 나가자 로건이 눈을 가늘게 뜬다.

“일단 말하는 건 취향이긴 한데…….”

보내 준 사진도 취향이긴 하다.

그러나 어떤 보정이 들어갔을지 모른다.

“만나 보면 알게 되겠지.”

사냥감으로 삼을 만한지 아닌지.

컬랙션으로 삼을 만할지 아닐지.

열쇠고리를 빤히 바라보던 로건은 부디 외모마저 취향이길 바라며 몸을 일으켰다.

* * *

“수고하세요.”

“예, 수고하십쇼.”

렌트카 회사를 나선 종혁이 핸드폰을 든다.

“예, 안녕하세요. 오늘 아침 연락을 드렸던 FBI의 최종혁입니다. 지금 그쪽으로 가려고 하는데…… 아, 벌써 퇴근을 하셨다고요.”

시간을 확인한 그는 혀를 찼다.

‘아직 6시밖에 안 됐는데.’

“예, 예. 그럼 내일 아침 8시에 뵙겠습니다. 예.”

전화를 끊은 종혁이 차에 오른다.

방금 전 렌트카 업체에서 확보한 명부를 확인하던 종혁은 다시 혀를 차며 보조석으로 던진다. 이곳도 일치하는 사람이 없다.

어느덧 보조석에 한가득 쌓여 있는 서류들에 부딪쳐 의자 아래로 떨어지는 명부와 기록.

“……밥이나 먹을까?”

생각해 보니 점심에 간단히 햄버거 하나 먹은 것을 제외하면 아무것도 먹은 게 없다.

“다음 렌트카 회사를 8시에 만나기로 했으니까…….”

2시간의 여유가 있다.

“거기에 한번 가 보자.”

도핀도 라즈푸즈가 말한 장소.

종혁은 차를 출발시켰다.

부우웅! 빵빵!

퇴근 시간이라 꽉 막힌 도로.

"쯧. 괜히 브로드웨이 쪽으로 방향을 잡았나."

이 시각의 맨하탄은 어딜 가나 이렇기에 마음을 달랜 종혁은 담배를 물며 차창을 내렸다.

그와 동시에 들리는 커다란 음악 소리.

쿵쿵쿵쿵쿵!

"오늘 공연 같은 걸 하나 보네."

파서 뒤피 스퀘어 세워진 특설 무대와 그 앞에 몰려 있는 사람들.

다정하게 팔짱을 끼고 있는 커플도 있고, 연인을 기다리는 듯 꽃 한 송이를 든 채 서 있는 남성도 있고, 무대 앞에서 환호를 지르는 여성도 있었다.

"좋을 때다."

아무런 걱정이 없는 그 모습에 종혁의 입가에 푸근한 미소가 걸린다.

빵빵!

"아."

다 피운 담배를 재떨이에 끈 종혁은 빠르게 차를 출발시켜 워싱턴스퀘어 공원으로 향했다.

입맛이 없어서 이번에도 그냥 햄버거를 산 종혁은 워싱턴스퀘어 아치 앞에 서서 한 곳을 빤히 응시했다.

"저기에 피해자 린이 서 있었지."

워싱턴스퀘어 아치에 설치된 CCTV에 포착되었던 린.

마치 누군가를 기다리 듯 자꾸 핸드폰을 확인하던 린은 어떤 전화를 받고 6번가 쪽으로 향한다.

왼쪽으로 몸을 튼 종혁은 햄버거를 씹으며 그녀의 행적을 쫓아 움직였다.

그러나 몇 발자국 걷지 못하고 멈춰 설 수밖에 없었다.

"여기서 끝났지."

공원을 절반조차 벗어나지 못했는데 감쪽같이 사라져 버린 린. 아니, 정확히는 여기서부터 그녀가 찍힌 CCTV가 없었다.

종혁은 다시 파서 뒤피 스퀘어 사거리로 돌아왔다.

그리고 다시 걸음을 옮겨 횡단보도를 지나 서쪽의 6번가 쪽으로 향하는 그.

대략 20미터 정도 갔을까. 종혁은 멈춰 서서 길 건너편을 유심히 바라봤다.

"저곳이라고 했지."

워싱턴스퀘어호텔에 손님을 내려 준 도핀도 라즈푸즈는 차를 약간 옮긴 후 보도블럭에 앉아 식사를 하다 연인처럼 보이는 동양인 소녀와 백인 남성이 끌어안고 있는 걸 발견하곤 신세 한탄을 했다.

종혁은 도핀도 라즈푸즈가 두 사람을 보았다던 골목을 응시했다.

"이 안에 차를 세웠다라……. 굳이?"

금이야 옥이야 아껴도 모자랄 차인데, 언제 어떻게 차가 긁힐지 모를 골목으로 움직인다?

주변에 차를 세울 곳이 마땅치 않은 것도 아닌데, 구태여 차량 한 대가 겨우 지나다닐 수 있는 골목에 주차한다는 건 다소 이해하기 힘든 행동이었다.

다른 사람의 시선을 피하고 싶은 게 아니고서야 말이다.

"흐음."

미간을 좁힌 종혁은 골목 안으로 들어갔다. 그리고 반대쪽으로 골목을 빠져나와 주변을 둘러봤다.

"몰리, 혹시 지금 시간 돼요?"

–캬아아악!

"피해자 린이 사라진 시각을 기점으로 1시간 사이 워싱턴 플레이스 거리부터 웨스트 4번가, 3번가, 그리고 6번가 대로까지 좀 뒤져 주세요. 차량은 검은색 신형 머스탱 GT. 차량 번호는 모르고요."

–정말 내가 죽으면 되는 거지?! 그런 거지?!

"내 마이애미 별장 이용권 3일!"

–……뭘 살피면 된다고?

씩 웃은 종혁은 방금 말한 걸 다시 말해 줬다.

–알았어. 3시간만 기다려 줘.

"사랑합니다."

전화를 끊은 종혁은 다시 골목을 둘러보며 눈을 가늘게 떴다.

"일단 확인만 해 보는 거니까."

고개를 끄덕인 그는 왔던 길로 돌아가기 위해 몸을 돌렸다.

그 순간이었다.

"안녕하십니까!"

골목을 내달려 달려와 마이크를 들이미는 젊은 여성과 캠코더를 들이미는 젊은 남성.

"이번 미성년 동양인 연쇄강간살인 사건을 담당하고 계시는 FBI 요원님 맞으시죠?!"

표정이 딱딱하게 굳은 종혁이 캠코더를 빼앗아 녹화 된 영상을 지운다. 안 그래도 기분이 더러운데 왜 굳이 이렇게 빰을 때리는 걸까.

"이봐요! 지, 지금 뭐하는 짓……."

콰좌작!

영상을 지운 것도 모자라 캠코더의 목을 비틀고 분해시키는 종혁. 그는 마른침을 삼키는 여성의 멱살을 잡아 들어 올려 안쪽으로 향했다.

"켁! 케엑!"

"어이, 쓰레기들. 지금 너희가 뭔 짓을 하고 있는지 알기는 하냐?"

만약 FBI가 자신이 피해자를 만났던 근방을 조사하고 있단 사실을 범인이 알게 된다면 어떻게 될까?

치밀했던 놈이 더욱 치밀해질 것이고, 그놈을 쫓을 새로운 단서를 얻기란 요원해질 가능성이 다분했다.

즉, 이 인간들의 행동은 범인을 돕고 있는 것이나 다름없었다.

"사, 살려……."

종혁은 겁에 질린 여성을 한심하다는 듯 쳐다보며 손을 풀었다.

쿵!

여성이 엉덩방아를 찧자 얼른 달려와 그녀를 뒤로 숨기는 카메라맨.

"이봐요! FBI라면……."

콰악!

종혁은 항의를 하려는 카메라맨의 입을 틀어쥐었다.

"고소할 거면 해. 그런데 이거 하나는 명심해. 니들이 이번 사건에 대해 털끝만큼이라도 언급해서 범인이 도망친다? 그럼 나 너희 곱게 안 죽여."

공무집행방해죄, 방조죄부터 걸 수 있는 모든 걸 걸어서 재판장에 세울 거다.

"그것뿐일까? 이번 사건에 소요된 모든 경비를 니들 앞으로 청구할 거야. 그리고 뉴욕의 모든 언론사에다가 이렇게 말할 거야. 너희를 고용하거나 너희의 제보를 받는 언론사는 앞으로 보이콧할 거라고."

"우, 우슨……."

"왜? 못할 것 같아? 할 수 있을지, 없을지 지금부터 보여 줄까?"

"……."

종혁은 시선을 피하는 카메라맨을 풀어 줬다.

"국민의 알 권리고 지랄이고 진짜 적당히 하자, 씨발 것들아."

종혁은 품에서 돈을 꺼내 그들에게 던졌다.

"이거면 더 좋은 캠코더를 사고도 남을 거다."

이거 받고 닥치란 소리.

바닥에 흩뿌려진 100달러 지폐들을 본 여성과 남성이 눈을 부릅뜬다.

그걸 확인한 종혁은 콧방귀를 뀌며 처음 들어왔던 골목 입구로 향했다.

"하아. 씨발. 또 폭주했네."

종혁은 핸드폰을 들었다.

"네, 헨리. 지금 지켜보고 계시죠? 방금 그 두 년놈들 감시 좀 해 주세요."

돈으로 달래 놓긴 했지만 기자를 어찌 믿을 수 있을까.

"네, 감사합니다."

전화를 끊은 종혁은 골목 안을 바라보며 혀를 찼다.

"다른 언론사들이 왜 FBI 요원들을 따라다니지 않는지도 모르는 멍청한 것들. 응?"

삐이! 삐이!

후진을 하며 골목 옆으로 서는 택배 차량.

시간을 확인한 종혁은 무언가에 홀리듯 택배 차량으로 다가갔다.

"이 늦은 시간까지 일을 하시네요?"

"누구십니까?"

낯선 사람이 다가오자 슬그머니 경계를 하는 택배기사.

주위를 둘러본 종혁은 슬쩍 FBI 배지를 보여 줬다.

"헉!"

"혹시 매일 이때쯤에 이 동네를 도시나요?"

"일요일은 쉬는데, 일할 때는 뭐 그렇죠?"

"그때마다 여기에 서시고요?"

택배기사는 고개를 끄덕였다.

"왜, 왜 그러시죠?"

"블랙박스 좀 확인해 볼 수 있을까요?"

종혁은 차량의 앞 유리창에서 빨간 불빛을 번뜩이는 작은 블랙박스를 가리켰다.

* * *

파서 뒤피 스퀘어.

하늘하늘한 원피스를 입은 작은 키의 소녀가 동상 앞에 꽃을 들고 서 있는 로건을 발견하곤 혹시나 하며 다가선다.

"혹시…… 알렉스?"

"요코?"

소녀 요코의 눈이 동그래진다.

큰 기에 제법 다부진 체격, 사진과 거의 흡사한 잘생긴 외모. 그리고 또래의 남성에게선 절대 맡을 수 없는 향수의 은은한 향기까지.

'미, 미쳤어! 미쳤어!'

눈이 절로 호선을 그리는 요코의 심장이 방망이질을 친다.

그건 로건도 마찬가지다.

'보정을 한 게 아니네?'

딱 취향이다.
작고 아담한 동양인 소녀.
그렇다면 삼아도 된다.
사냥감으로. 컬렉션으로.
'이번엔 얘다.'
로건의 눈이 곱지만 위험한 반달을 그렸다.

* * *

FBI 뉴욕지국의 사무실.
"으아!"
조용한 사무실을 꿰뚫는 외침에 요원들이 고개를 돌린다.
"배고프다-! 도넛 먹을 사람!"
"어우, 벌써 10시네. 나! 하프 박스!"
"나도! 한 박스!"
저마다 손을 드는 요원들.
한 번 흐름이 끊기니 이 시간까지 남아 있던 모든 요원들이 어깨를 늘어트리거나 굳은 몸을 푼다.
"최, 너는 안 먹어?"
"예?"
가만히 모니터를 응시하다가 고개를 돌린 종혁은 주변 눈치를 슬쩍 보곤 배시시 웃었다.
"뭐 먹을 건데요?"
"도넛."

"그럼 전 믹스로 다섯 박스. 여기 돈이요."
"오케이. 최는 믹스로 다섯 박스."
수첩에 배달 내용을 기록한 요원이 자리로 돌아가 전화기를 들자 종혁은 다시 블랙박스 영상을 응시했다.
천만다행으로 린이 사라졌던 그 시각의 영상이 남아 있던 택배차의 블랙박스.
종혁이 다시 집중을 하기 시작한다.
"거의 이 시간이었는데 말이야……."
그때였다.
모니터에 시선을 고정한 채 품 안의 담배를 잡아 가던 종혁의 손이 순간 멎었다.
"어?"
다급히 영상을 정지시킨 종혁이 눈을 부릅뜬다.
"왜 무슨 일인데?"
맞은편에서 의자를 뒤로 젖힌 채 쉬고 있다가 종혁의 반응에 슬그머니 몸을 일으키는 벤과 드롭.
"피해자다."
"뭐?!"
쿠당탕!
의자를 박차고 일어난 둘은 다급히 종혁의 뒤로 향했고, 종혁은 흐릿한 영상을 가리킨다.
"이거…… 피해자 린이 맞는 것 같죠?"
맞다.
린이 사라진 그날 입고 나갔던 옷차림 그대로 골목 안

으로 들어서고 있었다.

오싹!

"홀리……! 보니, 이리 와 봐! 빨리!"

"왜? 무슨 일인…… 미친."

순간 다리에 힘이 풀려 주저앉을 뻔한 보니와 그의 파트너.

"뭐야, 최! 이건 어디서 구했어! 여긴 또 어디고!"

피해자 린이 차이나타운을 빠져나와 워싱턴스퀘어 아치에 도달해 서쪽 6번가로 향하는 장면을 수십번, 수백번 돌려 본 그들조차도 처음 보는 장소.

"워싱턴스퀘어호텔 맞은편이에요."

"사거리에서 서쪽으로 있는 곳?"

"예. 한 20미터만 가면 있는……."

벌떡!

의자를 박차며 몸을 일으킨 종혁이 몰리를 향해 날아간다.

"몰리! 신형 머스탱 GT 찾았어요?!"

"방금 찾았어!"

방금의 소란을 들었기에 덩달아 다급해진 그녀.

"웨스트 3번가가 아니라 그 아래 미네타 레인으로 빠져나와 카르민 스트리트로 향했다가 7번가 사우스 거리로 향했어!"

워싱턴스퀘어 아치에서 6번가로 가는 길에 있는 골목에 세워져 있던 차량이, 맥두걸 스트리트와 6번가의 위치한 CCTV에는 찍히지 않은 채 미네타 레인에서 모습을 드러냈다.

좁은 골목에 주차를 했을 때처럼 의식적으로 CCTV를 피해서 다닌 게 아니고서야 부자연스러운 일이었다.

마치 자신이 그곳에 있었던 것을 숨기고 싶어 하는 듯한 행동들.

'이새끼다!'

순간 촉이 강렬하게 울린다.

"정면 사진 찍힌 거 있어요?!"

"아직!"

"계속 쫓아요!"

종혁이 움직이는 차량에서 시선을 떼지 않고 지켜보던 그때, 갑자기 느릿하게 나아가던 차량이 자취를 감췄다.

몰리는 빠르게 그 주변 CCTV들을 검색했다.

그러나 10분이 지나도 나타나지 않는 차량.

"보니! 크리스토퍼 스트리트!"

성소수자들을 위한 거리 크리스토퍼 스트리트.

차량이 갑자기 사라진 곳이 바로 이곳이다.

"오케이!"

지갑과 키를 챙겨 든 보니가 사무실을 뛰쳐나가자 종혁이 다시 몰리를 향해 입을 연다.

"빠르게 돌려요!"

"하고 있어!"

빠르게 재생되던 화면에 다시 신형 머스탱 GT가 나타

난다.

그리고 그 차는 허드슨 스트리트에 진입했다가 8번가 큰 도로를 타고 북쪽으로 쭉쭉 올라간다.

그걸 바라보던 종혁이 순간 눈을 빛낸다.

"스톱!"

다급히 멈춰 세운 종혁이 어느 사거리 앞에 멈춰 선 GT의 앞 유리를 가만히 응시한다.

"남자와…… 여자?"

"나도 그런 것처럼 보여."

"몰리, 이거 화질 못 높여요?"

"애초부터 화질이 나쁜 모델이야. 일단 해 보기는 하겠는데……."

"일단 계속 쫓습니다. 벤, 차량 번호 조회해요!"

"알았어!"

벤이 얼른 자리로 달려가 마우스를 잡고, 종혁과 요원들이 몰리의 모니터를 응시한다.

느릿하게 과속하지 않고 북쪽으로 나아가던 차가 메이저 디건 익스프레스웨이, 한국으로 치면 외각도로에 올라선다.

그에 몰리가 맨하탄을 벗어날 수 있는 모든 도로와 다리의 CCTV 영상을 띄운다.

"……차량 발견!"

브로드웨이 브릿지를 통해 용커스 방향으로 가고 있는 차량.

'이 새끼 뉴욕을 벗어나고 있다!'

그것도 허드슨강을 따라서.

린이 살해된 채 발견된 장소, 사건 현장에 점점 가까워지고 있는 것이다.

"드롭은 따라오고, 몰리는 계속 쫓으면서 계속 중계 부탁해요!"

"알았어!"

"오케이!"

종혁과 드롭은 이어폰을 귀에 꽂으며 사무실을 박차고 나갔다.

* * *

과아아아앙!

늦은 저녁의 뉴욕을 빠르게 벗어나는 종혁의 차.

용커스를 지나 어빙턴, 테리타운, 슬로피 홀로를 순식간에 지나친다.

-슬리피 홀로 마너에서 빠졌어! 펠프스 병원!

슬리피 홀로 마너의 북쪽에 위치한 대형 병원 펠프스.

끼기기기기긱!

커브길로 사라지는 붉은색 후미등.

대형 병원인 펠프스 병원에 선 종혁이 입을 연다.

"여기서는요?"

-강변도로 쪽으로!

끼기긱! 과아앙!

-록우드 홀! 록우드 홀부터 CCTV 없으니까 일단 대기!

펠프스 병원 위쪽에 위치한 록우드 홀 공원.

"알았어요!"

강변도로에 올라타 조금 달려가니 펼쳐지는 숲과 나무의 향연.

종혁의 차가 느릿하게 감속한다.

"후아!"

그제야 터지는 드롭의 숨통.

안전벨트를 꽉 잡고 있던 손에서도 힘이 풀린다.

"죽는 줄 알았네!"

시속 200에서 250km의 롤러코스터.

드롭은 천국과 지옥을 왔다 갔다 했다.

"큭큭."

"내가 장담하는데 아까 고속도로 순찰대도 우릴 잡기 힘들어서 포기했을 거야."

"하하핫! 제가 몰리 통해서 그쪽에 알리라고 말했잖아요."

"몰라. 안 들렸어."

죽느냐 사느냐가 문제인데 그런 게 들렸을까.

다시 웃음을 터트린 종혁은 마침 적당히 차를 세울 만한 곳이 나타나자 차를 멈춰 세웠다.

스르륵!

"잠시 콧바람이나 쐬죠."

뉴욕에서 여기까지 거의 2시간 동안 미친 듯 달렸다.

당장 몰리가 중계를 한다고 해도 잠시 쉬어 줘야 동선 추적을 이어 갈 수 있었다.

차에서 내린 종혁과 드롭은 강변 쪽의 숲으로 걸어갔다.

그러자 우거진 수풀 사이로 난 넓은 길과 나무들 사이로 검은 강물이 보인다.

"흠. 아는 사람만 아는 포인트인가 보네요."

"그러게. 바큇자국이 몇 개 없어."

많은 사람들에게 알려졌다고 치기엔 길에 난 바퀴자국이 별로 없다.

겨우 한두 대 수준. 또 흙이 마른 정도를 보면 이틀 사이에 이 안쪽으로 들어간 차가 없다는 걸 말해 주고 있다.

"휘유우!"

뉴욕에서 얼마나 떨어졌다고 이렇게 하늘이 맑은 걸까.

쏴아아아!

강하게 불어오는 강바람에 둘은 잠시 어깨에서 힘을 빼며 담배를 문다.

뉴욕으로 흘러가는 넓은 허드슨강.

'왜 하필 고속도로에서 벗어나 이 강변도로로 접어든 걸까?'

그것도 옆에 철도길이 있는 비포장도로다.

이 길을 쭉 따라 올라가면 나오는 곳은 스카보로라는

작은 도시, 마을이라고 부를 수 있을 만큼 작은 도시가 나온다.

"계속 브로드웨이 고속도로를 타고 움직여도 될 텐데……."

그럼 뉴욕 북부 어디든 갈 수가 있다.

단속 카메라가 대부분인 고속도로다 보니 중간에 빠져 버리면 찾을 길이 없어진다.

그럼에도 차량은 이쪽으로 왔다.

"몰리."

−아직 밖으로 안 나왔어.

순간 종혁의 미간이 좁혀진다.

"아직도요?"

−4배속으로 돌리고 있는데도 안 나와.

"설마?"

순간 휙휙 돌아가는 종혁의 고개.

"여긴가? 이 록우드 홀 안에서 멈춰 선 건가? 드롭은 어떻게……."

종혁은 바닥의 흙부터 채취하는 드롭을 보며 피식 웃었다.

피해자 린의 손톱과 발톱에 끼어 있던 흙과 먼지들.

너무 혼합되어 그 출처를 알 수 없는 흙들.

"알았어요. 일단 계속 살펴 주세요."

잠시 전화를 끊은 종혁은 벤에게 전화를 걸었다.

"차량 번호 조회 결과 나왔어요?"

−어, 나왔어. 소유주 이름은 로건 오데아. 나이 28세.

현재 컬럼비아 대학에 재학 중이야. 그런데…….

갑자기 어두워지면서도 뜨거워지는 벤의 목소리에 종혁은 의아해 했다.

-후우. 최, 아무래도 네 촉이 맞는 것 같다.

"그게 무슨……."

-이 자식 미성년 강간 미수 전과가 있어.

쿵!

골이 크게 울리는 충격에 잠시 굳어 버린 종혁.

"……인종은요?"

-동양인.

"놈이 현재 사는 주소와 하트온 닷컴에서 가져온 IP 주소 대조해 봐요."

-일치하는 게 있어. 첫 번째 피해자 글로리아 베이비와 두 번째 피해자 안젤라 초이 때.

뿌득!

이놈이다. 80퍼센트 이상의 확률로 이놈이 범인이다.

"알겠습니다. 일단 끊어요."

전화를 끊은 종혁은 드롭을 봤다.

통화 내용을 들었기에 표정이 딱딱하게 굳어 있는 그.

종혁은 몰리에게 전화를 걸었다.

"예, 몰리. 놈이 나왔습니까?"

-나왔어…… 2시간 뒤에. 스카보로가 아니라 왔던 길을 되돌아서 다시 브로드웨이 하이웨이로 올라탔어.

"알겠습니다. 일단 계속 추적해 주세요."

통화를 종료한 종혁은 보스 캘리 그레이스에게 전화를 걸었다.

“보스, 접니다. 아무래도 놈이 일을 벌인 곳 중 한 곳을 찾은 것 같습니다.”

–어디?

“록우드 홀이요. 록우드 홀을 싹 다 뒤져 봐야 할 것 같습니다.”

–3시간.

“알겠습니다.”

통화를 종료한 종혁은 드롭을 봤다.

“차로 갑시다. 통제해야 되니까.”

감식반이 도착할 때까지 록우드 홀로 들어오는 진입로를 통제해야 한다.

드롭은 이를 갈며 고개를 끄덕였다.

＊ ＊ ＊

오늘도 태양빛이 내려쬐는 오후.

교정을 걷는 로건의 입술을 꿈틀거린다.

‘언제가 좋을까.’

제법 좋았던 어젯밤의 데이트.

실제 성격까지 마음에 든 사냥감 요코.

‘개를 벗겨 놓으면 얼마나 예쁠까?’

발아래서 꿈틀거리며 멍멍 짖는 모습은 또 얼마나 예쁠까.

"하아아."

로건의 얼굴이 붉게 달아오른다.

"로건!"

황홀한 상상이 중단되자 얼굴을 구겼던 로건은 이내 열게 웃으며 친구를 반긴다.

"응? 뭐야? 얼굴이 빨간데? 감기 기운 있는 거야?"

"아냐. 방금까지 좀 졸다 나와서 그래."

"아, 그래? 그럼 밥 먹으러 가자!"

"……우리 아침 겸 점심을 먹은 게 2시간 전이었지 않아?"

"에이, 뭘 그런 걸 신경 써."

"신경 좀 쓰지?"

"그럼 카페에 샌드위치 먹으러 가자! 넌 그냥 커피 마셔!"

"……넌 진짜 내가 친구인 걸 다행으로 여겨."

"그래, 그래!"

로건의 친구는 앞장서서 걸었고, 로건은 혀를 차며 그의 옆에 섰다.

"아오, 이놈의 학점은 진짜."

누가 아이비리그의 대학 아니랄까 봐 수업도 무진장 어렵다.

"그러게 누가 시험 망치래?"

"그야 시험이 어려우니까…… 잠깐? 너도 같이 망쳤잖아!"

그래서 같이 여름 학기를 등록한 거다. 아니라면 남들 다 졸업할 때 한 학기를 더 다녀야 할 테니 말이다.

안 그래도 늦은 나이에 대학을 다닌다고 집에서 눈치를 주는데 졸업까지 늦는다? 그땐 맨몸으로 쫓겨나는 수가 있었다.

"난 집에서 쫓겨나는 거지만, 넌 집으로 소환되지 아마?"

"……."

로건의 친구는 입을 다무는 로건의 모습에 킬킬 웃었다.

"우리 힘내서 올해엔 졸업하자."

"그래야지. 음?"

로건은 갑자기 자신을 막아서는 십대 동양인 소녀에 깜짝 놀랐다.

"안녕하세요? 더우시죠? 레모네이드 한 잔 드시고 가세요!"

"멘하탄 하이스쿨에서 방학 숙제 때문에 나왔습니다! 레모네이드 한 잔만 드시고 가세요!"

"제발 저희 좀 도와주세요!"

지나다니는 사람을 붙잡으며 애원하는 학생들.

로건의 친구가 눈을 빛낸다.

맨하탄 하이스쿨. 그들이 다녔던 학교다.

"와우. 무슨 숙제야?"

"설문 조사요. 주제는 상관없고요."

"아, 그래서……."

로건과 친구의 시선이 그제야 한쪽에 세워진 판넬로 향한다.

레모네이드가 당신의 더위를 식히는 데 도움이 됐습니까? 라고 적힌 판넬. YES 쪽과 NO에 스티커가 많이 붙어 있다. YES가 압도적으로 많았다.

"와. 요새 하이스쿨은 이런 것도 하나 봐. 우리 때랑 많이 다르다, 그치?

"그러게."

그보다 더 대단한 건 사람들의 투표를 끌어내기 위해 레모네이드를 공짜로 나눠 주고 있다는 거다.

'똑똑한데?'

로건의 눈이 고운 호선을 그린다.

나이는 좀 많아 보이지만, 그래도 십대의 동양인 소녀. 아슬아슬하게 걸친다.

"더운 날 수고하네. 두 잔 줘."

"네! 여기요!"

로건과 친구는 레모네이드를 단숨에 들이켰고, 그걸 보며 눈을 빛낸 소녀는 얼른 빈 컵을 받아 쟁반에 올렸다.

"여기다 붙이면 되지?"

"감사합니다!"

"아냐. 어려워하는 후배들을 위해 이 정도는 당연히 해 줘야지. 나도 맨하탄 하이스쿨을 나왔거든."

"엇? 저희 학교 선배님이세요?!"

"응. 학교생활에 궁금한 점 있거나 힘든 일 있으면 이 번호로 연락 줘."

"앗! 감사합니다, 선배님!"

"그래. 수고해."

소녀의 어깨를 두드린 로건은 몸을 돌렸고, 친구가 그의 옆구리를 쿡 찌른다.

"뭐야. 동양인이라는 거야? 너 이거 범죄다?"

"시끄러워."

둘은 그렇게 멀어졌고, 그 모습을 빤히 바라보던 소녀는 얼굴에 드리워졌던 미소를 싹 지우며 길가로 걸어가 한 차 앞에 선다.

그러자 열리는 차창.

소녀는 보조석에 앉아 있는 보니에게 방금 전 로건이 쓴 빈 컵을 내밀었다.

"여기요, 아저씨."

"어차차. 조심해야지."

조심스럽게 받아 든 보니가 빈 컵을 증거물 봉투에 담자 소녀의 눈이 초롱초롱해진다.

"자, 옛다."

"감사합니다!"

"한 번에 다 쓰지 말고!"

"네!"

돈을 받아 든 소녀가 멀어지자 보니의 파트너가 입을 연다.

"누구야?"

"아동 실종 및 납치 부서 롱의 딸."

"아, 맞아. 너 전에 거기에 있었지?"

"그렇지."

고개를 끄덕인 보니는 증거물 봉투를 보며 눈빛을 가라앉혔다.

"이게 만약 피해자들 몸에서 나온 DNA와 일치한다면……."

뿌드득!

"일치하길 바라야지. 출발할게."

보니와 파트너를 태운 차가 FBI 뉴욕지국을 향해 출발했다.

한편 그들이 떠난 자리의 근처.

"찍었어?"

종혁에게 혼이 났던 두 남녀 중 여성이 캠코더를 든 남성을 향해 다급히 묻는다.

"찍긴 찍었는데…… 후, 이거 정말 괜찮을까? 그저께 그 요원이 한 말 들었잖아."

움찔!

"카, 카메라맨이 왜 그렇게 새가슴이야? 특종이잖아! 역시 이쪽을 쫓길 잘했지!"

동양인 미성년자를 대상으로 한 연쇄강간살인 사건.

오리무중이던 범인의 윤곽이 드러나고 있다.

이걸 만약 누구보다 빨리 밝힐 수만 있다면?

몸을 부르르 떤 여성은 눈을 붉혔다.

"됐고, 얼른 움직이자. 국장님 만나러 가야지! 보너스 안 받을 거야?"

"……그래. 가야지."

보너스.

그 말에 눈에서 망설임이 사라진 남성까지 몸을 돌렸다.

그 순간이었다.

스윽!

갑자기 나타나 그들을 애워싸는 사람들.

"CIA다. 내놔."

"헉!"

둘의 얼굴이 하얗게 질렸다.

* * *

저녁이 다 되어 가는 시각의 FBI 뉴욕지국.

감식반과 함께 돌아온 종혁이 헨리와 통화를 하며 사무실로 들어선다.

"고마워요, 헨리. 혹시 실례가 안 된다면 더 잡아 둘 수 있을까요? 딱 이틀만 더요. 네, 감사합니다."

통화를 종료한 종혁이 혀를 찼다.

'내 이럴 줄 알았지.'

실적에 미쳐 있는 기자들 때문에 하마터면 일이 꼬일 뻔했다.

미리 손을 써 두어서 천만다행이었다.

"무슨 전화야?"

"아, 별거 아니에요."

고개를 끄덕인 드롭이 돌연 미간을 좁힌다.
"감식반이 내일도 록우드 홀에 간다고 했지?"
"그 큰 곳을 하루 만에 다 뒤지는 건 무리죠."
거기다 아직은 요란하게 수색을 할 수 없다.
그랬다가는 냄새를 맡은 기자들이 벌 떼처럼 달려 올 테고, 그렇게 되면 로건 오데아가 도주를 할 가능성이 생긴다.
그건 피해야 했다.
"거기서 채취한 흙과 6번째 피해자 린의 손톱에서 발견된 흙이 일치하기만을 바라자고요."
그리고 지금 미친 듯 달려오고 있을 보니가 확보한 놈의 DNA도.
"이제 오는 거야? 수고했어!"
"밥은?"
반기는 요원들에게 화답하며 화이트보드로 걸어간 종혁이 눈을 가늘게 뜬다.
린과 팔짱을 낀 채 한 식당 안으로 들어가는 로건 오데아.
보니가 오늘 아침 겨우 구한 사진이다.
"개자식!"
욕설을 내뱉은 드롭이 이를 간다.
"이렇게 둘이 있는 사진이 떡하니 존재하는데도 영장을 받을 수 없다니!"
정확히는 시도조차 할 수 없었다.

"이 새끼 부친이 손을 쓸 수도 있으니 어쩔 수 없죠."

로건 오데아의 부친, 리암 오데아.

뉴욕주의 하원의원인 그가 용의자의 부친이라는 사실을 알게 되었을 때는 종혁도 골머리가 아파 올 수밖에 없었다.

심지어 리암 오데아는 뉴욕 남부 연방검찰청장까지 지낸 인물이기에, 영장을 신청하러 가는 순간 말이 새어 나갈 가능성도 있었다.

확실한 증거를 확보한 후, 그가 무언가 손쓸 여지도 없게끔 만들어야만 했다.

'나야 뭐 곧 갈 사람이라 그냥 들이받아 버리면 되지만…….'

씁쓸히 웃은 종혁은 다시 다정한 연인처럼 린과 팔짱을 낀 로건을 응시했다.

"흐음."

"왜?"

"왠지 어디서 본 얼굴 같아서요."

그것도 최근에 본 얼굴 같다.

'어디서 봤더라…….'

쾅!

"내가 왔도다!"

문을 박차고 들어오는 보니의 모습에 모두가 눈을 희번뜩 뜬다.

안쪽의 개인 사무실에 있던 캘리 그레이스도 잰걸음으

로 걸어 나온다.

“어떻게 됐어?”

“지금 막 넘겼습니다. 이틀 안에 결과 나온답니다.”

“오케이. 수고했어.”

“저보다는 최가 수고했죠.”

종혁을 뜨거운 눈으로 응시하는 보니.

만약 종혁이 미약한 의혹을 가지고 머스탱 GT를 찾지 않았다면 어떻게 됐을까. 아마 지금까지도 범인의 꼬리조차 찾지 못한 채 허송세월만 보내고 있었을 것이다.

종혁은 그런 감사를 담은 보니의 눈빛에 씩 웃었다.

“뭘 벌써부터 수고했다 말하고 있어요? 누가 보면 범인 잡은 줄 알겠네.”

“……그렇지. 몰리, 추적은 어떻게 됐어?”

보니가 확보한 놈의 DNA까지 일치한다면 정황 증거는 충분히 모았다고 할 수 있었다.

하지만 이것들은 어디까지나 정황 증거.

설령 구속을 하더라도 놈이 끝까지 범행 사실을 부인한다면 일이 상당히 귀찮아질 수밖에 없었다.

그러니 놈을 확실히 처벌하기 위해서라도 놈이 범행을 저지른 장소를 찾거나, 피해자들에게 사용한 마약과 근육이완제 등 물적 증거를 확보해야만 했다.

“일단 브로드웨이 하이웨이에서 117번 국도를 타고 플레전트빌에 진입한 것까진 확인했는데…….”

종혁이 감식반과 함께 있고, 보니가 놈의 DNA를 얻기 위해 뛰어다닐 때 계속 놈의 차량을 쫓은 몰리.

린뿐만 아니라 그 이전의 피해자들이 마지막으로 목격된 시간대도 모두 뒤져 본 그녀.

그 결과 피해자들의 사망 추정 시각, 피해자들이 마지막으로 목격된 날마다 놈이 이곳을 지나쳤다는 게 확인됐다.

뿐만 아니라 로건은 이후로도 계속 이곳을 드나들며, 어쩔 땐 하루 이상 있다가 나오는 게 영상에 잡히기도 했다.

문제는 이곳을 지나친 이후의 종적이 확인되지 않고 있다는 점이었다.

너무 작은 도시 플레전트빌. 그녀가 확인할 수 있는 주정부 소유의 CCTV의 숫자가 현저히 부족했다.

"일단 2시간 뒤 다시 그 길로 돌아 나오는 것까지는 확인했어."

최소 2시간. 놈이 플레젠트빌에 들어갔다가 나오는 데 최소로 걸린 시간이다.

"한 시간 거리 안에 뭔가가 있다는 거구만?"

왕복으로 치면 2시간.

피해자들을 어딘가에 숨겨 놓고 돌아 나왔을 시간까지 계산하면 대략 왕복 110분.

그 시간 내에 오갈 수 있는 곳에 놈이 피해자들을 가두고 며칠이나 괴롭힌 장소가 숨겨져 있다는 소리다.

"그렇다고 봐야겠지."

그럼 답은 하나다.

짜악!

모두의 시선이 종혁에게 모인다.

"그럼 피해자들이 마지막으로 목격된 장소를 다시 검토해 봅시다! 몰리, 그 주변 CCTV 자료들을 모아서 넘겨주세요."

"알았어!"

몰리의 능력을 믿지 못하는 게 아니라 한 명보다는 두 명이, 두 명 보다는 다섯 명이 매달리는 게 훨씬 빠르다.

보니는 모두를 향해 외쳤다.

"자자, 조금만 힘내 줘! 최, 안젤라 초이 맡아 주고, 벤은……."

"으랏챠!"

"그럼 힘내 보실까?!"

사무실이 뜨거워졌다.

* * *

"드르렁!"

어느새 해가 다 떠 버린 아침, 사무실에 코고는 소리가 우렁차게 울린다.

"어우. 뻑뻑하네."

지난 이틀간 CCTV를 보고, 피해자가 마지막으로 목격된 장소 주변을 다시 뒤지며 목격자를 찾거나 놈이 차를 숨겼던 장소를 유추하는 등 하루 두 시간만 겨우 자며 쉴

틈 없이 움직여서 그런지 눈이 피로하다.

젖은 머리를 수건으로 털며 들어온 종혁은 의자를 젖힌 채 잠들어 있는 보니와 그의 파트너를 흔들어 깨웠다.

"일어나요. 아침입니다."

"컥?! 어우, 뭐야. 벌써 아침이야?"

"하아암. 배고파……."

경기를 일으키며 일어나는 보니와 눈을 뜨자마자 밥부터 찾는 그의 파트너. 벤과 드롭마저 깨운 종혁은 자리에 앉아 다시 플레전트빌의 CCTV 화면을 켰다.

"왕복 50분 거리까지 좁히긴 했는데……."

플레전트빌까지 날아가 수거한 개인용 CCTV 영상들 가운데 놈의 머스탱 GT가 찍힌 게 있었다.

아니, 정확히는 플레전트빌을 지나쳐 그 아래 남쪽의 작은 도시인 손우드로 향하던 놈의 차량.

지도를 펼친 종혁이 생각에 잠긴다.

"여길까?"

눈에 들어오는 장소가 하나 있다.

그렇지 않아도 작은 도시에서도 더 인적이 드문 케니스코 저수지.

"아니면 국도를 타고 그 옆의 도시 아몽크로 향했을 수도 있지."

세수만 한 보니가 손가락으로 손우드를 관통하는 내니하겐 로드를 따라 주욱 움직여 아몽크를 가리킨다.

아슬아슬하게 왕복 시간 안에 들어 있는 아몽크.

"발랄라일 수도 있어."

이번엔 벤이 다가와 손우드 아래에 있는 도시 발랄라를 가리킨다.

"그러네. 발랄라도 왕복 거리 안에 있네."

"샤파쿠아도 있고."

플레전트빌의 동북쪽에 위치한 도시 샤파쿠아.

"거긴 좀 아니지. 손우드와 반대 방향이잖아."

"수사에 혼선을 주기 위해 일부러 돌아간 게 아닐까? 놈은 CCTV를 피해 다녔잖아."

순간 시끄러워지는 사람들.

종혁은 그런 그들을 말리며 입을 열었다.

"됐어요. 뭐든 오늘 손우드에 다녀오면 놈의 아지트를 찾을 수 있겠죠."

그럼 놈은 끝이다. 범위를 여기까지 좁힌 이상 추가 증거를 확보하는 건 시간문제였다.

"개새끼."

"빌어먹을 자식."

빠드득! 뿌드득!

종혁과 사람들이 이를 가는 순간이었다.

띠리링! 띠리링!

"예. FBI…… 아, 존슨! 예? 벌써 검사 결과가 나왔다고요?"

종혁과 사람들의 입이 다물어지며 보니를 응시한다.

기괴하게 뒤틀리기 시작한 그의 입술.

두근두근 심장이 기분 좋게 박동을 하기 시작했다.

"알겠습니다! 감사합니다! 예, 바로 보내 주세요!"

전화를 끊고 종혁들을 돌아보는 그의 얼굴에 활짝 미소가 피어난다.

"일치한대! 일치한다고-!"

찌리릿 온몸을 관통하는 전율.

"……으랏샤!"

"그렇지-!"

환호성을 터트리며 서로 수고했다고 끌어안는 사람들.

다른 사건을 맡은 요원들도 일어서 축하를 해 준다.

지난 8개월간의 고생이 스쳐 지나가서 그런지 보니와 그의 파트너의 눈에는 눈물마저 고인다.

종혁도 고생했다고 보니를 두드리곤 크게 외쳤다.

"자, 그럼 모두 집에 가서 씻고 3시간 뒤에 모입시다!"

이토록 애를 먹인 놈을 검거하러 가는 건데 이런 추레한 몰골로 갈 수 있을까. 때 빼고 광을 내야 했다.

"어우, 그래 보실까?"

"개새끼, 넌 죽었다."

발걸음도 가볍게 사무실을 빠져나가는 그들의 눈빛이 흉흉하게 일그러졌다.

* * *

따사로운 여름의 햇빛이 쏟아지는 아침.

기지개를 켜며 몸을 일으킨 로건이 창밖을 보며 미소를 짓는다.

오늘이다. 사냥할 날짜를 잡는 날이.

자신에게 어떤 일이 벌어질지도 모른 채 승낙을 할 요코를 떠올리니 로건의 그곳이 뜨거워지기 시작한다.

"씻어야겠네."

오늘은 특별히 더 치장을 해야 할 것 같다.

침대를 벗어난 로건은 흉악한 부풀어 오른 것을 덜렁거리며 화장실로 향했다.

가만히 있어도 땀을 흘릴 만큼 숨 막히는 더위를 잠시 피하게 만들어 주는 센트럴파크. 오후 4시가 되자 로건이 센트럴파크 안에 있는 더 레이크에 모습을 드러낸다.

새하얀 셔츠와 선글라스, 모자를 쓴 그는 양손에 아이스크림을 든 채 더 레이크의 유일한 다리이자 커플들에게 인기가 많은 보우 브릿지 위에 올라서다 잠시 멈추며 입술을 비튼다.

찰칵, 찰칵!

낭만적인 분위기를 물씬 풍기는 새하얀 다리 위에서 셀카를 찍고 있는 요코.

어른의 성숙함을 따라 하려는 건지 화장을 짙게 한 그녀는 속이 비치는 새하얀 블라우스와 미니스커트를 입고 있다.

로건은 비틀린 미소를 지우며 그녀에게 다가섰다.

"요코."

"로건!"

황급히 핸드폰을 감추며 배시시 웃는 그녀.

"기다리느라 힘들었지? 자."

"와. 내가 민트맛을 좋아하는 걸 어떻게 알고?"

"우리 처음 만났을 때 네가 웨이터에게 식당에서 민트 맛 아이스크림은 없냐고 물었잖아."

"그, 그걸 기억하고 있던 거야?"

또래의 남자들, 그 눈치 없고 급하기만 한 멍청이들에게선 바랄 수조차 없는 배려.

요코의 볼이 발그레 달아오른다.

"아, 나도 로건 주려고 음료수 가져왔어!"

이번엔 로건이 살짝 놀랐다.

"저번에 오렌지 주스를 두 잔이나 마셨잖아."

"그걸 기억하고 있던 거야? 멋진데?"

멋지다. 더 이상 참지 못할 정도로.

"그럼 갈까?"

로건은 손을 내밀었고, 요코는 잠시 멍해졌다.

너무 자연스러우면서도 과감한 스킨십.

다시 한번 또래의 남자들과 비교를 하게 된 그녀는 활짝 웃었다.

"응!"

손을 붙잡은 둘은 센트럴파크를 느릿하게 걸으며, 복잡한 산책로 속으로 들어갔다.

사람들의 시선이 잘 닿지 않는 그곳으로.

* * *

햇빛이 어스름히 흔적만 남아 하늘을 밝히는 오후 7시.

로건과 요코가 센트럴파크를 빠져 나온다.

"아까 거기 좋았지?"

"너무 좋았어!"

사방이 숲으로 둘러싸여 있으면서도 더 레이크의 푸른 물이 훤히 보이던 작은 공터. 손깍지를 낀 채 손바닥에 장난을 치는 로건까지 더해지자 환상적인 시간이었다.

이게 어른의 데이트인 걸까.

"그런 곳은 어떻게 안 거야?"

'설마 전 여자친구랑?'

지금까지 여자친구를 많이 사귀어 봤을 거라 생각될 정도로 잘생기고 매력적인 로건. 요코의 눈이 작은 불안을 머금는다.

"부모님이 젊었을 때 자주 데이트를 하셨던 곳이거든. 그게 갑자기 떠올라서 가 봤던 거야."

"서, 설마 날 처음으로 데려간 거야?"

"풋……! 뭐야, 질투했던 거야?"

"아니, 난……!"

"걱정 마. 그 장소에 이성을 데려간 건 네가 처음이니까."

"아……."

선글라스를 살짝 내리며 드러난 푸른 눈.

요코의 불안이 사르르 녹아내리고, 그 자리를 설렘이 차지한다.

"로건……."

요코의 눈이 파르르 떨린다.

흥분과 설렘, 사랑으로 물들며 진도를 더 나간 스킨십을 갈구하는 눈빛.

로건은 속으로 피식 웃으며 한발 물러섰다.

여기선 한 번 튕겨 줘야 했다.

"아, 요코. 나 다음 주 토요일에 친구랑 라이에 갈 건데 너도 갈래?"

"……라이? 거기가 어딘데?"

살짝 뾰로통해진 답변에 로건은 눈을 빛냈다.

드디어 사냥 날짜가 정해지는 순간이다.

"뉴욕주 동쪽에 있는 작은 도시인데, 거기가 꽤 멋지거든. 내 소유의 요트도 있고."

"요트? 로건, 너 요트도 있어? 와아!"

"저녁엔 그 요트를 타고 해변에서 바다 야경을 보면서 놀 생각이거든."

가고 싶다. 하지만 너무 멀리 간다는 게 좀 마음에 걸린다.

그런 기색을 눈치챈 로건은 셔츠처럼 새하얀, 무해한 미소를 지었다.

"저녁엔 돌아올 생각이니까 한번 생각해 봐."

"저녁에?"

"당연하지. 나 대학생이라고, 이 아가씨야. 과제해야 돼."

코를 톡 건드리는 손길에 요코의 마음이 무장해제가 된다.

'저녁엔 돌아온다니까…….'

"아, 알았어. 생각해 볼게."

불끈!

허리 뒤로 돌린 주먹이 꽉 쥐어진다.

'됐다.'

드디어 사냥감이 승낙을 했다.

"그래, 생각해 봐."

로건은 흉흉한 속내를 감추며 몸을 돌렸다.

그러며 주머니에 손을 넣었다.

"어라? 어?"

"왜 그래?"

"음. 미안하지만 먼저 나가 있을래? 아무래도 아까 거기에 차키를 놓고 온 것 같아."

"뭐? 진짜? 같이 가!"

"아냐. 입구에서 기다리고 있어. 금방 뛰어갔다 오면 돼."

"으응. 알았어."

요코는 아쉬워하며 몸을 돌렸고, 로건은 그런 그녀를 보며 다시 눈을 빛냈다.

"요코."

"응?"

요코는 휙 잡아당기는 팔에 눈을 동그랗게 뜨며 로건에게 끌려갔고, 로건은 그런 요코를 안으며 그 작은 입술에 입을 가져갔다.

그에 더 놀랐다가 이내 눈을 질끈 감는 그녀.

그 모습을 본 로건의 입이 주욱 찢어진다.

이걸로 끝이다.

이 키스로 이제 그녀는 자신을 벗어날 수 없게 될 것이고, 일주일 후에 제 발로 알아서 따라오게 될 거다.

그의 입가에 위험하고도 잔인한 미소가 맺히는 순간이었다.

"거기까지다, 씹새꺄."

휙 품에서 빠져나가는 요코와 어느새 눈앞에 날아든 주먹.

'주먹?'

뿌가아악!

잠시 로건의 기억이 날아갔다가 돌아온다.

정신을 차리자마자 어리둥절해하는 그.

"내가 왜 땅바닥에……."

의아해하며 몸을 일으키려는 순간, 종혁이 팔을 꺾으며 그의 목을 무릎으로 짓누른다.

"아악! 뭐, 뭐야! 누구야!"

"로건 오데아. 널 글로리아 베이비, 안젤라 초이, 메이린 등 6명의 미성년 여성을 강간하고 살해한 혐의로 체포한다. 넌 묵비권을 행사할 수 있고, 변호사를 선임할 권리가 있으며 불리한 진술을 거부할 수 있다. 또한 이 체포가 부당하다 생각될 시 언제든 이의를 제기할 수 있는데 하지 마, 이 개새끼야!"

쿠웅!

'드, 들켰다?'

새하얗게 질린 로건의 얼굴이 일그러졌다.

"아악! 놔-!"

* * *

"와아!"

환호성이 터져 나오는 사무실.

보무도 당당하게 들어오는 이들에게 박수와 찬사가 쏟아진다. 대견해하는 표정을 짓는 캘리 그레이스도 박수를 아끼지 않는다.

그에 다시 한번 울컥하는 보니와 그의 파트너.

"수고했어요, 보니."

"최……."

"워워, 진정해요. 난 남자가 끌어안는 거 정말 싫어한다고요."

"몰라, 씨발!"

종혁과 벤, 드롭, 몰리를 와락 끌어안는 보니와 그의 파트너.

사무실에 따뜻한 웃음이 터진다.

그런 웃음처럼 따뜻한 미소를 지으며 보니를 토닥인 종혁은 이내 곧 그를 떼어 놓았다.

"얼른 가 봐요. 마무리해야죠."

"알았어! 가 볼게! 그리고 오늘 약속 있어도 비워 둬! 내가 찐하게 살 테니까!"

"하하. 예. 얼른 가 봐요."

고개를 끄덕인 보니와 그의 파트너는 수집된 증거들을 들고 취조실로 향했고, 종혁은 그 모습을 바라보다 기지개를 켜며 돌아섰다.

"끄으으!"

"최, 이번에도 휴가 낼 거야?"

"아마도? 하지만 이번엔 짧게 낼 거예요."

곧 한국으로 돌아가야 하기에, 이들과 떨어지는 게 아쉽기에 하루만 쉴 거다.

"아, 제가 저번에 말한 거 기억나요?"

"뭐? 아, 시간 있냐고? 언제 볼까? 내일 볼까? 아니, 그보다 하고 싶은 말이 대체 뭐야?"

"그건 내일 말할게요. 성인이면 좀 참읍시다."

"별거 아닌 말이기만 해 봐라……."

"별거인 말이니까 기대나 해요. 커피?"

"커피 좋지."

그들은 탕비실로 향하며 키득키득 웃었다.

그동안 그들을 괴롭혔던 로건을 검거했다 보니 웃음이 떠나질 않았다.

그렇게 얼마의 시간이 흘렀을까.

갑자기 사무실 안으로 슈트를 입은 노인이 들어온다.

"무슨 일로 오셨습니까?"

의아해하며 일어나는 한 요원.

노인이 푸근히 웃으며 품에서 명함을 꺼내 든다.

"로건 오데아의 변호를 맡은 오웬 필입니다. 제 의뢰인은 지금 어디에 있습니까."

술렁.

순간 거대하게 요동치는 사무실의 공기.

"왔네, 씨부럴."

종혁은 얼굴을 구겼다.

(회귀 경찰의 리셋 라이프 24권에서 계속)